太湖流域民間信仰類文藝資料叢書

叢書主編　陳泳超

太湖漁民神歌彙編

裘兆遠　主編

创于1897
商務印書館
The Commercial Press

圖書在版編目（CIP）數據

太湖漁民神歌彙編 / 裘兆遠主編. -- 北京 : 商務印書館, 2024. --（太湖流域民間信仰類文藝資料叢書）.
ISBN 978-7-100-24807-5

Ⅰ.I277.253.3

中國國家版本館CIP數據核字第2024D8K642號

太湖流域民間信仰類文藝資料叢書

叢書主編 陳泳超

太湖漁民神歌彙編

裘兆遠 主編

商 務 印 書 館 出 版
（北京王府井大街36號 郵政編碼 100710）
商 務 印 書 館 發 行
北京虎彩文化傳播有限公司印刷
ISBN 978-7-100-24807-5

2024年12月第1版 開本 880×1230 1/16
2024年12月第1次印刷 印張 25¼

定價：158.00元

國家社科基金重大項目『太湖流域民間信仰類文藝資源的調查與跨學科研究』（批准號：17ZDA167）

國家社科基金藝術學一般項目『漁民上岸背景下太湖水上民間文藝傳承變遷的調查與研究』（批准號：23BH150）

江蘇省社科基金青年項目『江南漁民口傳文藝的調查整理與研究』（批准號：21YSC008）

蘇州市非物質文化遺產保護管理辦公室資助

本書由江蘇省優勢學科項目經費資助出版

#《太湖流域民間信仰類文藝資料叢書》編委會

（按姓氏音序排列）

車錫倫　陳雙虎　陳泳超　顧希佳

呂　微　潘建國　丘慧瑩　施愛東

王欲祥　徐國源　葉　濤　鄭土有

總序

陳泳超

太湖流域是一體化的文化區域，處於吴文化核心地帶。從歷史發展來看，它不但在精英文化方面居於全國重要地位，在民俗方面也形成了獨具特色的文化傳統，而民間信仰類文藝正是其中最具綜合性、豐富性的代表之一。

太湖流域在制度化的佛教、道教之外，民間歷來還有豐富多樣的神靈信仰和儀式活動，並有特殊的表演文藝形式與之伴生，比如寶卷、神歌、太保書、寶懺、香誥等等，它們對太湖流域民衆生活的影響非常深遠，大到跨地區的重大廟會，中到一個社區的集體祈福禳災，小到一家一户的紅白之事，這些信仰類文藝資源都産生了不可或缺的功效。它們都有至少百年的悠久歷史，也有各自的繁榮時段。如今，這些文藝形式有的瀕臨或已經消亡，有的却適度調整後在現代生活中大放異彩。無論何種情況，對這些凝聚着民衆生活和審美歷史的傳統文藝資源，都有進行整體性調查、呈現和研究的必要。

從五四新文化運動以來，對這類信仰文藝的現代研究便陸續展開，顧頡剛、鄭振鐸、胡士瑩等前輩篳路藍縷，姜彬、車錫倫、顧希佳等當今學者用力尤深，取得了許多卓越的成績。同時，海外學者分别從民間文藝、民間信仰以及基層社會史等不同領域對太湖流域的信仰文藝予以關注。但已有的調查研究主要集中在寶卷這一種形式上，某種程度上説，寶卷研究儼然成爲國内乃至國際漢學中的一門顯學。加之新世紀以來國内掀起的『非物質文化遺産』保護熱潮，吴地寶卷也被列入第四批國家非遺名録，太湖流域的靖江、同里、張家港、無錫、常熟等地先後公開出版本地寶卷彙集，推動了這一區域對寶卷調查研究的熱度。

顯然，相較於其他太湖流域性質相似却又豐富多樣的信仰文藝資源，寶卷研究一枝獨秀的局面甚爲偏頗，其根本原因在於寶卷大多有書面傳抄的文本，而其他文藝形式多靠藝人的口頭演唱和大腦記憶，留存文本相對較少，這就給搜集整理工作帶來了很大的難度。而没有大規模文本面世，就很難吸引非本地學者的關注，因此，寶卷之外的其他文藝形式，雖然一九九〇年代在姜彬先生領導下曾發動江浙滬吴語協作區内學者對之進行過相當程度的面上調查，却並没有産生有持續影響的成績。即便是已經出版的各地寶卷，除個别地方比如無錫之外，大多採用排印方式，不但丢失無數民間文藝的珍貴資訊，還帶來了新一輪的諸多錯誤。

本人承擔的國家社科基金重大項目『太湖流域民間信仰類文藝資源的調查與跨學科研究』（17ZDA167），目標之一即在大規模科學調查的基礎上，搜集本區域内實際存在的民間信仰類文藝文本，通過甄别優選，出版大型資料集『太湖流域民間信仰類文藝資料叢書』。我們的原則是面向太湖流域的所有信仰類文藝形式，寶卷固然仍在計劃之中，但要避免與已有出版物的重複，故更重視其内容和版本的稀有性。同時，對於神歌等其他文藝門類，我們將大力傾斜，在認真鑒别和評估的基礎上，凡有歷史文本留存者，盡量全部影印出版，以保存其真實的面目；對於口頭文本，則選準代表性藝人，在全部録音基礎上，聘請專人翻録、整理、注音、釋義，以方言的形式排印出版。所有出版資料，都將在實地調查的基礎上給予恰當的語境説明。

鑒於民間信仰類文藝資源的珍貴性、稀有性和一定程度的偶發性，同時必須考慮到相當數量的民間文獻收藏者年事已高，他們對自己一生的心血收藏的出版非常期盼。我們將本套資料叢書設定爲開放式格局，在保留統一名稱和格式面目的前提下，根據材料性質，成熟一批出版一輯，這樣不但回報收藏者，盡早貢獻學界，同時也希望爲今後在該地區進一步搜集出版民間文本資料起到示範效應。

文本乃文藝研究之本。我們從來不輕視田野調查，但也非常倚重文字的跨時空傳播效應，希望以我們的田野努力，爲學界展示更多更精彩的民間信仰類文藝資源的真實存在。

太湖流域水上贊神歌概説

裘兆遠

一、太湖流域漁民概述

太湖流域指圍繞太湖及其支流網絡所形成的一個地理空間，主要包括以太湖爲中心的蘇、錫、常地區以及與江蘇東南部交界的上海和浙江的湖、嘉、杭地區。太湖流域漁民（下文簡稱『太湖漁民』）主要指在太湖流域開展生産勞動的漁民群體。他們的生計模式與岸上民衆不同，大多過着『操一葉舟，倏來倏往，人非土著，到處爲家』〔一〕的生活。太湖漁民可以分爲罛船漁民、北洋船漁民、網船漁民等。罛船漁民在太湖流域的漁業生活史最爲悠久，他們捕魚所用的罛船船體較大，因船上豎有六道檣桅，也被稱爲六桅船。罛船漁民常年在水上勞作，遠離主流社會，其中绝大多數成員没有教育背景，有關他們生活、生産、風俗的歷史完全憑藉一代代人的口耳相傳。由太湖東山文人吴莊編撰，成書於康熙三十八年（一六九九）的《太湖漁風》是目前存世較早，記載太湖罛船漁民的文獻。該書源自一次偶然事件，康熙年間地方政府爲清剿太湖湖匪，欲令湖中所有罛船漁民棄船上岸，吴莊邀太湖周邊文人作詩勸諫。吴莊與太湖巡檢沿太湖水路一路察訪，所到之處以詩紀事，這些詩詞最後

〔一〕《水陸保甲》，《點石齋畫報》乙集九期，申報編印館，一八八四—一八八九年，合訂本。

被輯成《太湖漁風》。書中記載：『吴縣漁册，張文彦、張榮先等八户皆九代、十代；陽湖縣漁册，蔣祖衡、薛以忠、蔣文興、陸加善等二十二户皆七代、八代。』〔一〕吴莊《太湖漁風》成書於康熙三十八年，以傳統社會十八歲結婚生子作爲一代人的時間標準推算，十代人至少要一百八十年，由此可見太湖罛船漁民定居太湖的歷史最晚也可以追溯至一五一九年前後的明中期，距今至少也有五百多年。

吴莊在《太湖漁風》所收録的《罛船説》一文中介紹『太湖罛船之制不知其所自始』〔二〕，太湖的罛船體量大，載重可達六十噸，有『村外連村灘外灘，舟居翻比陸居安，平江漁艇瓜皮小，誰信罛船萬斛寬』〔三〕的竹枝詞爲證。罛船的捕魚活動受其體量的限制，衹能在太湖的局部深水區開展。罛船既不能進入太湖流域的港瀆，也不能出海，常年不能靠岸，凡有漁獲，都由岸上漁販用行賬船上船收取，再發至牙行上市。漁民采購日常生活必需品，便換撑小脚船上岸。罛船船民以船爲家，有『浮家泛宅』之説。『以水面作田地，以網罟代耒耜，以魚鱉爲衣食，取天地自然之利』〔四〕是罛船漁民生活的真實寫照。受地理空間與生活、生産方式的限制，罛船漁民與一般岸民基本没有交集，也不通婚。

罛船漁民的生産作業方式特殊，船上没有槳櫓，行船動力來自湖風，罛船漁民捕魚往往四船相聯，稱爲一帶，漁民乘風下網，船隻没有固定的停靠地點，風止即下錨收工，《罛船説》中稱：『無論四時候風暴行船……當其乘風牽網，白浪滔天，奔濤如駛，

〔一〕吴莊：《太湖漁風》，復旦大學古籍整理研究所藏，手抄本。
〔二〕吴莊：《太湖漁風》，復旦大學古籍整理研究所藏，手抄本。
〔三〕金友理撰，薛正興校點：《太湖備考》卷十一《罛船竹枝詞》，江蘇古籍出版社，一九九九年，第四六六頁。
〔四〕吴莊：《太湖漁風》，復旦大學古籍整理研究所藏，手抄本。

商民船隻俱不敢行，而罛船縱浪自如。』〔一〕舊時太湖中連檣接艦的罛船群，如同水中村落。罛船捕魚往往要數人協同合作，每船都要雇傭水手，包括頭工二人、管網二人、柁工一人，五人各有所司，缺一不可，雇工一般來源於船主的兄弟子姪，行船中拉篷扯索則由船上婦女負責，『小姑腕露金跳脱，帆脚能收白浪中』〔二〕即描寫漁民女子動作麻利地收放帆索。罛船開捕用拖網，如同岸民犁田。受季節與漁業資源的影響，傳統的罛船漁民用網也有差異，夏天用布兜，秋天用小兜，冬春二季都用檣摟。罛船每年受屬縣管理，發給編號烙印船上。地方政府對罛船的管理與岸民相同，爲便於管理，罛船中也實行保甲制度。清初罛船也需繳納漁税和丁錢，一船所征漁税相當於岸民一畝地的税收，一户漁民需要完征一個丁税。康熙二十年，湯斌以罛船捕魚冒風波、生活艱苦爲由向朝廷上奏，漁税得以免除。

據《太湖漁風》記載，康熙年間太湖中的罛船數量基本保持在一百條左右，四十八條屬蘇州管轄，五十二條歸常州管。據當時北𡶶禹王廟廟祝吴紹文統計，每年上𡶶的船隻總計二十五帶，一帶四條，與一百條的總數相當。因造價昂貴，罛船的數量不會有太大的變動。罛船漁民是太湖漁民的典型，特殊的生産工具與生産作業方式使得罛船漁民文化在太湖漁民中最具特色。與網船漁民相比，罛船漁民受外來文化與岸民文化的影響較少。罛船漁民有自己獨特的文化與俗信對象，其中平臺山夏禹是罛船漁民俗信對象的典型。罛船漁民在平臺山禹王廟開漁市，結香社，每年春祈秋報，形成了以平臺山爲中心的太湖罛船漁民俗信生態圈。

〔一〕吴莊：《太湖漁風》，復旦大學古籍整理研究所藏，手抄本。
〔二〕朱彝尊：《曝書亭集》，《儒藏》精華編二七三册，北京大學出版社，二〇〇八年，第四四九頁。

十九世紀中葉太平天國運動，使江南地區人口遭受重創，『一八三一年，蘇州府九縣一廳，「實在人丁」三百四十餘萬名，經清政府的中外聯合清剿屠殺後，一八六五年蘇州府人口鋭減，衹剩「實在人丁一百二十八萬餘名」』〔一〕，如此大規模的人口鋭減，導致蘇、錫、常地區遍地荒蕪，荆草蔓生，一八六五年的《上海之友》記載：運河兩岸十八裏都排着可愛的房舍，居民像蜂群似的忙碌着。自蘇州復歸於清軍之手後，這些房舍以及無數橋梁全都消失了……沿途佈滿了數不清的白骨骷髏和半腐的屍體，使人望而生畏。』〔二〕蘇南人口的鋭減爲蘇北移民遷入提供了有利條件。蘇南水路交通便利，漁業資源豐富，山東、河南、安徽、淮安、鹽城、揚州等地的漁民大量流入太湖流域。其次，自然灾害與戰爭導致蘇北向蘇南大量移民。『十九世紀六十年代晚期的饑荒迫使大量蘇北人移居上海，一九〇六年的灾荒又使許多蘇北人流入上海，以至於上海在一九〇七年成立一個江北饑民委員會處理蘇北難民問題。一九一一年、一九二一年和一九三一年的蘇北洪灾迫使更多人到上海謀生。』〔三〕抗日戰爭時期也有大量蘇北人遷居江浙滬地區，『一九三七年大約有七萬五千名難民涌入上海，蘇北人約占其中的三分之一』〔四〕。這群移民中不乏蘇北漁民，『清朝末期高郵湖、邵伯湖有一部分漁民沿運河而下，從内河到外江，又沿長江、運河東至上海，在黄浦江岸浦東一帶打魚賣魚並定居』〔五〕。蘇、錫、常地區自然也是蘇北漁民定居的首選。這

〔一〕董蔡時：《太平天國在蘇州》，江蘇人民出版社，一九八一年，第二五〇頁。
〔二〕（英）呤唎：《太平天國革命親歷記》下册，王維周譯，中華書局，一九六一年，第五四四頁。
〔三〕陳橹、唐李：《論清末民國時期蘇北人進入上海的途徑、過程與規模》，《南京理工大學學報》（社會科學版）二〇〇七年第四期。
〔四〕（美）韓起瀾：《蘇北人在上海，1850—1980》，盧明華譯，上海古籍出版社，二〇〇四年。
〔五〕劉一飛：《早期揚劇在上海》，《藝術百家》一九九一年第一期。

些漁民按照家鄉的習俗，每年要做『漁船會』，便到家鄉請『香火』到定居地做會。

一九四九年以來，國家對漁民群體進行統一管理，特別成立蘇南太湖行政辦事處，一九六〇年以後漁民歸屬地管理，政府逐漸安排漁民上岸。改革開放以來，隨着政府對漁民群體管理的制度化以及市場經濟的推動，大量太湖漁民上岸，開始從事漁業養殖、水產經營等工作，有的棄漁從商，漁民生活整體有了較大改善。由於漁業資源豐富，太湖流域分佈着大量的漁業社區〔一〕。其中太湖漁管會〔二〕下轄五十八個漁村中蘇州占二十六個，無錫（包括宜興）占二十七個，常州兩個，湖州三個。大量漁業社區的存在使得漁民的生活和信仰習俗在上岸以後依舊保存良好。就漁民類型而言，太湖漁民除了土著的大船漁民、來自海上的北洋船，還有大部分來自江蘇北部、山東的網船漁民，這三者占太湖漁民的绝大多數。太湖土著的七桅、六桅漁船和北洋船，由於船體較大，載重能達三十噸到六十噸，所以在太湖地區統稱其爲大網船。江蘇北部和山東遷徙來的網船由於船體較小，載重一般在十噸以内，所以被稱爲小網船。船體大小的差異導致不同類型漁民活動範圍的差異。大船漁民的漁業生産範圍以太湖主體水域爲主，由於船體過大，船隻在内河流域基本不能通行，所以主要分佈在太湖水位較深的西太湖地區〔三〕。網船漁民由於船體小，行駛靈活，但不能經風浪，他們的生活、作業範圍主要在東太湖地區〔四〕以及太湖的各條支流和太湖沿灘。由於作業方式與作業範圍的差異，大船漁民與小船漁民基本不相往來，兩者之間交集不多。

〔一〕漁業社區指地方政府爲加快推進漁民上岸，就地規劃建設，安置上岸漁民的社區。
〔二〕太湖漁管會全稱江蘇省太湖漁業管理委員會辦公室，成立於一九六四年，是江蘇省主管太湖漁業管理的職能部門。
〔三〕蘇州本地居民習慣把蘇州光福、鎮湖範圍内的太湖水域簡稱西太湖。
〔四〕明代以後，洞庭東山與蘇州西南諸山間的大缺口逐漸淤塞，形成一個狹長的湖灣，稱東太湖。

二、太湖流域漁民的贊神歌傳統

太湖漁民對自己的信仰活動有『待佛』『待南北』『做事體』『吃猪頭』等不同稱呼。〔一〕其中具體的儀式包括做社、出會、待家堂、燒路頭、掃横風、開光（開相）、做常年、做期長、待妝臺、做花筵等。贊唱神歌是『待佛』活動中的一個重要環節，漁民稱之爲『贊神歌』。

關於江南地區的神歌記載最早可以從明人筆記中找到痕跡，黄暐《蓬窗類記》稱：

……吴下多淫祠。五神者，人敬之尤甚，居民億萬計，無五神廟者不數家。廟必極莊嚴，富者門勝相誇。神象赭衣，冲天巾，類王者，列於左；五夫人盛飾如后妃，列於右。中設太夫人，五神母也，皆面南。貧者亦繪於版，奉之曰『聖版』。迎版繪工家，主人齋香以往，樂導以歸，迎象亦然。至則盛設以祀，名曰『茶筵』，又曰『待天地』。召歌者爲神侑，歌則詳神出處靈應以怵人。自後主人朝夕廟見，娶婦不祀廟，不敢會親友。有事必禱，禱必許茶筵祈神佑，病癒訟勝，輒歸功之神，報禮不敢後。

〔一〕『待佛』的稱呼比較普遍，因爲其祭祀對象是以觀音、劉王、太姥爲主的各種神道，漁民統稱這些神祇爲神，所以稱這一儀式爲『待佛』。『待南北』漁民的保護神有南朝北朝之分，所以漁民稱呼這一活動爲『待南北』。『做事體』是漁民比較隱晦的一種稱呼。『吃猪頭』是舊時漁民舉行儀式，猪頭是必備的祭品，所以諢稱其爲『吃猪頭』。

苟病死訟敗，則曰心不誠耳，罔出一語爲神訕。中人之家，一祀費千錢，多稱貸爲之。〔一〕文中所列活動在今天太湖流域的漁民中基本都保存完好，漁民使用的馬張基本保持了『神象赭衣，冲天巾，類王者，列於左；五夫人盛飾如后妃，列於右』的形態特徵。即使『中設太夫人，五神母也，皆面南』的傳統也是一仍其舊。罛船漁民因爲生産技術優良，家境殷實，所以他們仍舊供奉更爲精緻的『聖版』。每當漁民有嫁娶活動時則在家裏待神，稱爲『喜筵』，這時漁户委托專門的畫師重新繪製家中的家堂畫。這種傳統與『娶婦不祀廟，不敢會親友』完全吻合。在這裏就有『召歌者爲神侑，歌則詳神出處靈應以怵人』的説法。此處具體歌者的身份已經無從考證，而稱歌詞内容爲『詳神出處』與今天漁民中傳唱的神歌内容十分相似。

不同地區的漁民給太湖流域帶來了不同的民間信仰内容。山東、蘇北遷徙來的北方漁民帶來了巫儺信仰，即『香火戲』『童子戲』；長江出海口遷徙來的江海漁民帶來了天妃信仰；本地的太湖大船漁民則更多地沿襲江南本土的民間信仰。大船漁民每年上太湖中的平臺山祭禹，小船漁民則更多地圍繞江浙地區的各大山頭開展自己的香汛活動。大船漁民太保與童子彼此獨立，分工明確，而小船漁民則往往童子與太保合二爲一。舊社會贊神歌藝人爲漁民做會主要分集體做會和私人做會兩種。集體做會指組織船户集體進香做香火會，這與江南地區的岸民香會相同，香火戲藝人帶領船户至杭州靈隱寺、普陀山、蓮泗蕩劉王廟、湖州石淙太均廟、姑蘇上方山等地進香做會。這些進香地點中，漁民公推蓮泗蕩劉王爲自己的香火主，大量網船

〔一〕黄暐：《蓬窗類記》卷五，《續修四庫全書》子部·小説家類第一二七一册，上海古籍出版社，二〇〇二年，第六一七頁。該材料由北京大學中文系陳泳超教授提供。

漁民每年清明期間在蓮泗蕩匯合結香社，舉行『網船會』，也叫『劉王會』『南朝會』『猛將會』。漁民的香汛與江南的俗信環境相吻合，因此在南方的祠廟空間裏開展祭祀活動時，由北方遷徙至江南的漁民也並未與岸民之間産生不和諧或衝突。私人做會主要包括驅邪逐疫、喊願心、做常年。驅邪逐疫是漁民中流傳的古老儀式，通過表演『舞火鏈』『咬秤砣』『站雙刀』『净船』等儀式實現驅邪的願望。喊願心是漁民主家生病或家中遭遇意外，請贊神歌藝人在家中待神喊願，事成則需『還喜願』，事情不成或者病人亡故仍會請香火戲藝人來家舉行『還苦願』。相比『還喜願』，『還苦願』的規模較小，儀式簡單。做常年是漁民爲求漁業豐收，以家庭爲單位開展的待神儀式，每年或隔一年在自家船上舉行一次。在江南地區的岸民中，家中有兒女結婚則請堂名藝人主持『待花筵』祭祖儀式，蘇北漁民遷徙至太湖流域以後也舉行『待花筵』儀式，漁民的『花筵』由贊神歌藝人主持，儀式流程照搬堂名藝人的做法，是贊神歌藝人在江南地區拓展的新業務。贊神歌藝人根據不同地區客户的需求而不斷改變儀式内容，如漁民贊神歌藝人的武戲，剛開始隨蘇北漁民一起進入太湖流域，因武戲表演的技術要求高，又與江南岸民的民俗格格不入，傳入太湖流域不久便逐漸消亡。當今的太湖漁民祭祀儀式中已經很少能見到『舞火鏈』『咬秤砣』『站雙刀』等儀式。

太湖漁民的贊神歌在音樂上主要分鑼鼓伴奏與清唱和歌兩種。鑼鼓伴奏沿用揚劇的鑼鼓調，每唱完一句敲五記鑼、十三記鼓。清唱時漁民香客用『接羅來』的方式唱和。其中『接羅來』用在待神儀式中的記載較多，清初浙江人李漁（一六一一—一六八〇）自創戲曲《比目魚》中，有這樣一段待神唱神歌的描寫：

（内敲鑼擊鼓，唱『哩羅來、羅哩來』介）（副净）稟千歲：又到一處行宫了。（外）暫停車馬。（丑扮土地上）本廟土地參見。（外）那些敲鑼擊鼓的是甚麼人？口裏唱的是甚麼曲子？（丑）本處的鄉風，凡有灾難，在神前許了願心，過後來還，就唱這些曲子，叫做『了茶筵』。如今趁千歲的誕日，都來還願，已到門首了，請千歲登壇受享。（外登壇介）（丑下，生、小旦扮還願人，捧祭禮，净、末扮陰陽，敲鑼鼓上；净、末每敲鑼鼓一回，生、小旦即進酒一回）【茶筵曲】有靈有感，哩羅來、羅哩來，是神祇，哩羅來、羅哩來，哩來羅來羅哩來。（敲鑼鼓介）起死回生，哩羅來、羅哩來，不用醫，哩羅來、羅哩來，哩來羅來羅哩來。（敲鑼鼓介）但把藥資，哩羅來、羅哩來，來了願，哩羅來、羅哩來，哩來羅來羅哩來。不曾破費，哩羅來、羅哩來，甚東西，哩羅來、羅哩來，哩來羅來羅哩來。（敲鑼鼓介）有靈有感是神祇，起死回生不用醫。但把藥資來了願，不曾破費甚東西。茶筵禮畢，祭事請收。（生、小旦收祭禮，净、末敲鑼鼓，同下；外下，引衆行介）〔一〕

這裏『哩羅來、羅哩來，哩來羅來羅哩來』的襯詞與今天太湖漁民贊神歌的襯詞高度一致。可見江浙地區的待神儀式有較爲統一的贊唱形式，也説明太湖漁民的贊神歌傳統基本保持了清代的樣貌。這種傳統的保持主要受太湖漁民水上生活獨立性的影響，他們封閉的水上生活使得水上儀式傳統得以保留，直至今日還能較爲完整地開展水上祭祀活動。漁民清唱的和歌帶有典型的江南特色，太湖漁民贊唱神歌的曲調與宣卷的曲調有着密切聯繫，漁民贊神歌的洛陽調、山歌調、因果調以及和歌調都能與太湖流域的宣卷曲調相對應。與太湖流域的宣卷相比，漁民神歌的曲調較少，儀式性較强，娱樂性較弱。

〔一〕李漁：《李漁全集》第五卷《笠翁傳奇十種》（下），浙江古籍出版社，一九九一年，第一五九—一六〇頁。該材料由北京大學中文系陳泳超教授提供。

太湖地區的網船漁民受水上生活限制，不少網船漁民從蘇北遷徙至太湖流域，二十世紀六十年代以前，這些漁民基本没有受教育經歷，直到八十年代上岸後，他们的子女才開始與岸民一起接受教育。老一代漁民的神歌都是在待神活動中耳聞心記，有的孩子七八歲就幫助父親打下手，一邊參與祭祀，一邊學習贊唱神歌，通過幾十年的觀摩把父親的一身手藝學習無餘。太湖漁民不能閱讀文本，所以他們所積累的神歌内容十分有限，這是導致太湖漁民贊神歌未能朝戲劇方向發展的重要因素，也是漁民没有把『唐六本』帶到太湖流域的原因之一。蘇北地區的香火戲有專門的香火贊唱神歌，太湖流域漁民做會受經濟等因素限制，根本無法請專業的香火戲藝人表演，衹能由漁幫内部的兼職藝人來主持，致使神歌内容單一。相比曲藝，儀式對漁民的俗信生活意義更大，漁户對漁幫中贊神歌藝人在曲藝上的素養要求不高，有的藝人根本不會贊唱神歌，也不影響其俗信活動的開展，這導致江南漁民的贊神歌在文藝上較爲簡單。

三、太湖流域漁民的神歌文本

太湖流域每個漁幫都有自己的香火主，漁民選擇香火主一般是就近原則。太湖漁民往往會找漁業資源豐富的地方定居，定居的漁民則把就近較有靈響的神祇認定爲香火主，並刻像在家堂中供奉。供在家堂中的神祇被漁民稱爲『靠背』，漁幫中的贊神歌藝人認定了固定的『靠背』以後，往往將其推廣到自己所服務漁幫中各個漁户的家堂内。漁民受生活作業的流動性影響，他們的『靠背』往往不止一個。按照生産捕撈的空間格局，漁民有『南北四朝』的俗信系統，其東南西北所對應的神靈可以隨生産捕撈區域範圍而變動，這種差序式俗信對象的産生是漁民流動性生産生活的必然要求，在漁民觀念中神祇的靈響受距離限制，神祇的護佑功能會伴隨着距離的拉長而減弱。在該觀念影響下，漁民往往就近尋找新的『靠背』，太湖流域『南北四朝』神祇組合應運而生。太湖漁民在贊神歌活動中贊唱的神歌便是『靠背』的歷史與傳説。

贊神歌文本主要來自岸民的筵科，明清以來這種傳統在江南岸民中也十分常見。無論岸民、漁民，衹要家中有事，都會邀請道士或者太保至家中待神，也稱待筵或者待家堂，在太湖流域諸多儀式中，小到一個人的鑼鼓書，大到請一幫道士待全筵，活動規模完全可以根據主家需要來決定。在太湖周邊神靈系統中，形成了獨立系統故事文本的神歌有《觀音神歌》《猛將神歌》《太姥神歌》《太均神歌》《七公神歌》《符官神歌》等，漁民贊神歌時一般會介紹每一主題神歌的段落特徵以及神靈出生等情況。光福公興社的沈水興回憶他父親沈佛寶當年贊神歌的情景稱：

被訪談人：劉猛將我們還有一段失掉了，大風裹晚娘叫猛將挑燈草，叫自己兒子挑重物。有的先生水準好的，自己還可以添一點，水準差的就少一點。以前我父親説難做，還有人挑釁的，現在没有那種情況了。人家在邊上聽還冲下來説：『唱得不對』，還要和你打也有的。

訪談人：你父親碰到過這種情況嗎？

被訪談人：主要在蓮泗蕩，這邊不會有。〔一〕

受社會運動的影響，漁民的贊神歌活動自解放以來已經停了五六十年，當然漁民也經常提到他們老一輩偷偷去太湖邊的蘆葦蕩中待佛，遇到巡查隊就把猪頭祭品全都扔進太湖，而蠟扦、香爐因爲是銅、錫製品比較昂貴，扔掉又不舍得，漁民特地用細綫一端系在蠟扦、香爐腿上，一端繫在船幫上，巡查隊一來就扔進湖裏，等巡查隊一走，再沿綫收起。二〇〇〇年以後，政府開始關注保護民間非遺，之前漁民中的老神歌手大多已經過世，有的漁幫已經没人再從事贊神歌活動，以致後繼無人。一些漁幫中的老人聽説蓮泗蕩恢復網船會，他們憑着兒時的記憶再次組建香會，回憶舊時父輩贊唱的神歌，但因爲不識字，憑藉兒時的記憶祇會越來越淡薄，所以關於各個神歌多少段落他們都還有印象，但真要他們依次唱出相關内容就很困難。

從筆者搜集的神歌文本看，主要有兩種類型，一種是科儀本，即神書、筵科，這些文本在小網船漁民中不傳，小網船漁民基本不識字，他們的神歌都是口傳。沈氏公興社沈佛寶在彌留之際交代小兒子用一周時間記録下了一些常用的文本，才使它們在今天得以示人。其中最典型的應該是太湖罛船漁民蔣柏祥的花筵科和神歌書，這些本子是清末時期的手抄本，能夠幫助我們把神歌的文本溯源到清晚期。結合花筵這一儀式，筆者在岸民中也找到了幾種花筵科，還有北京大學陳泳超教授之前寫的關於茶筵的研究〔二〕，其中也涉及大量的花筵科文本。結合花筵科儀，可以還原水上贊神歌活動的歷史傳統。

漁民的生産作業方式以及江南的民間祭祀傳統導致漁民多神信仰的形成。早在清代的竹枝詞中就有描寫太湖漁民中巫女

〔一〕訪談地點：蘇州市吴中區木瀆鎮翠坊社區；訪談時間：二〇一八年八月二十二日；訪談對象：沈水興；訪談人：裘兆遠。

〔二〕陳泳超：《『茶筵』的歷史及其在常熟地區的現狀考察》，《民俗研究》二〇一九年第三期。

降神時候『南朝聖衆答北朝』的場景。目前，結合田野調查可知，在太湖漁民中真正使用的神靈十分複雜、數量龐大，其中有些神祇在江南岸民的俗信生活中歷史悠久，如觀音、劉猛將、太姥、五聖、太均都有固定的講唱文本，觀音主題寶卷就有《香山寶卷》《金沙灘救劫寶卷》《賣香寶卷》《觀音度黄公黄婆寶卷》《妙音寶卷》等數種，《劉猛將寶卷》在太湖流域也十分常見，它是農民做青苗會時的重要文本。而這些神靈故事也在太湖漁民中以神歌的形式不斷傳唱、變異、發揚。

《觀音神歌》在漁民中的存量最多，各類觀音主題的寶卷在漁民中都有與其相對應的神歌。觀音神歌中《賣魚娘子度馬二郎》《觀音度黄公黄婆》的唱詞生動發噱，特别是用和歌調贊唱時，數百個漁民一起用『哩羅來』和歌，聲勢浩大，悠揚的歌聲在互動中消散了漁民數日做會的疲憊。

《劉王神歌》講述劉猛將出生到成神的故事。漁民稱劉王爲『普佑上天王』。關於劉王的傳説可參見《互文形塑：劉猛將傳説形象的歷史辨析》〔一〕，該文對劉猛將傳説在太湖流域的演變做了深入的分析。太湖流域的網船漁民每年清明在劉王廟做社，參與網船會。清末蓮泗蕩網船會規模空前，是江南網船漁民的盛會。網船漁民在劉王廟待社，短則一日一夜，長則數日，長時間的香火會使得漁民在岸民《劉王寶卷》與《劉王寶懺》基礎上不斷增加劉猛將傳説的故事情節，延長演唱時間，以滿足長時間做會的需要。除了劉王廟做社，漁民每次做常年、喊願心等待神活動都要贊唱《劉王神歌》。

上方山太姥與南堂太均是太湖漁民俗信中比劉王歷史還要久遠的兩位重要神祇，早在清乾隆年間的《太湖漁風》中便有

〔一〕參見陳泳超：《互文形塑：劉猛將傳説形象的歷史辨析》，《民族藝術》二〇二〇年第二期。

『聃無疾病使心焦，龜卜看來紙馬燒。巫女跳神神降語，北朝聖衆答南朝』〔一〕的詩句，北朝聖衆即是以上方山爲中心的北太湖地區的神祇群落，南朝聖衆即是以南堂太均爲中心的南太湖地區神靈系統。上方山神靈在江南一直被認爲是賜予民間財富的重要神祇，漁民對漁業豐收的渴望以及對漁民水上生活中各種隱患的抵禦，讓他們對上方山俗信充滿期許與寄托。直到湯斌禁毀上方山五通神，漁民把其中的一支香火遷徙到太湖西山島繼續供奉，並且對五位靈公的職能進行分工，將他們與西山島上的五個産業緊密結合，成爲各行的行業保護神。其中第五位靈公專門分管水上漁民，而受漁民的特殊供奉。上方山五聖往往與漁民的家堂俗信密切聯繫，漁民在家堂中把五聖與祖先並祀，足見五聖對江南居民俗信生活影響之深。南堂太均是太湖漁民産婦與兒童的保護神，舊時漁民醫療條件缺乏加上兒童在水上的各種溺亡事故，漁民産婦、嬰兒與兒童的死亡率較高，祭祀太均反映了漁民對婦女與孩子保護神的依賴。

贊唱《金元七相神歌》的藝人相對較少，金元七相是澱山湖、澄湖以及東太湖地區漁民的保護神，其神歌在昆山與上海地區的漁民中間流傳較廣。《北雪涇神歌》《親伯神歌》《先鋒神歌》産生較晚，都是漁民在祖先崇拜的基礎上新創的神歌。《傷司神歌》《南歌》屬於吴方言區的小曲，用山歌調與春調傳唱。漁民香火會中所唱神歌完全被江南固有的俗信文本所取代，這也是漁民俗信之所以能在各地生根的一個重要原因。

本書一共收録三家漁民的神歌，第一種是罛船漁民蔣柏祥提供的神歌抄本。這是目前筆者見到最老的漁民存世神歌文本。

〔一〕 吴莊：《太湖漁風》，復旦大學古籍研究所藏，手抄本。

從傳播角度而言，紙質文本相比口頭文本來得更加穩定，這筆資料起碼給我們呈現了一百年前太湖罛船漁民的祭祀傳統。第二種神歌本來自定居蘇州的揚州幫漁民徐二男，他們有清晰的移民印跡，祭祀儀式也有揚州特色，像吊傷官環節，他們要準備羊肝、羊腸在户外獨立舉行。從移民文化視角看，徐氏神歌是分析神歌文本融合的一個绝好切入。第三種文本是由蘇州光福虎山公興社沈氏提供，他們作爲内河網船漁民，在蘇州局部地區遷徙，又與罛船漁民的儀式有着各種關聯，這一文本所具備的變數與定量爲前兩種神歌本的考察提供了重要的參考。三種文本代表了太湖流域三種不同漁民群體的儀式傳統，它們各有特色，互有差異，能夠較爲全面地呈現太湖流域水上儀式活動的諸多面向。感謝三家漁民慨允提供神歌資料出版的同時也希望有更多的讀者能夠不吝賜教與批評，共同爲太湖漁民文化的保存、記録添磚加瓦。

目録

蔣藏本《帽子頭神歌》

蔣藏本《帽子頭神歌》

該本神歌書由太湖罛船漁民中的神歌先生蔣柏祥（一九四九年生）提供，封面署『帽子頭神歌　蔣府九候（侯）堂』。蔣柏祥是太湖漁民中的太保先生，六十歲才開始跟漁民陸法連學唱神歌。從疏文『中華民國某年某月某日完願信人』字樣可以看出該本子最早不會早於一九一二年。該本子爲手抄本，其中白字較多，辨識比較困難。據蔣柏祥介紹，這裏的帽子即詩贊體的神歌，現在使用得較少。以往主要是用在耗時較短的祭祀活動中。從文中的小標題可以看出，該本帽子頭神歌從頭到尾也是一個完整的儀式流程。其中像觀音神歌、關帝神歌、五聖神歌、金七神歌、猛將神歌、當境以及夏禹神歌的數量不等，按照蔣氏的解釋主要看時間的長短可以隨意取用。其中最典型的即結尾的酒詩，它有《獻酒詩抄》《獻酒詩》《酒詩抄》等多種酒诗，可以根據儀式需要任意選用。

蔣府九候堂

帽子頭神歌

元中之酒

請

观音帽子頭

观音妙相本如来　相貌端年坐法台

鸚鵒宝珠双髮攢　蓮花足踏四時開

左有净瓶并龍女　右有鸚鵡与善才

坐書年匕安國泰　士悲任本降消灾

又观音

士悲修道向金灘　四面波濤滚雪團

萬朶紅雲重法坐　千竿紫竹護灵台

下有帽子頭為

第一

[illegible]

香梵宝頂雲騰透　題插銀瓶路來見
常念士悲方便本　善才龍女笑中門

又观音

海湧潮旦自普門　九蓮的花言重才
楊珠一点甘泉露　變花三胡大地春
安國泰　真乾坤　文通教主獨為尊
只願洪恩能救苦　法王出降大王尊

又观音

覌音妙相救衆生　法立无边坐朝中
落伽山前金圣現　普陀天竺塑金身
大士大悲為第一　救苦救难救凡人
士悲上登雲端内　雲端裡盖小鄉民

又覌音

覌音菩薩妙神通　脚踏蓮花过東海
昨日普陀山上坐　今日請到筵前来

古云坦

孝順感動天和地　方顯士杭齐道正
普天之下人称讃　千年萬載拜观音
人〻尽把弥陁伏　一心則念大士正

又

观音本是公主身　生得如花似玉人
不才皇宮享快樂　一心只是要修行
吃尽千盤並萬苦　時今成佛在山林
中華伏國多朝拜　家〻户〻尽称名

関帝帽子頭

飞讚七国并前漢　且讚三国一直神
號起雲長透九霄　周護在駕顯英豪
父王獨斧单刀會　金伏青龍現月刀
三国走中身上将　関圣功勞第一名

又関帝

伏魔大帝起界灵　才高六尺有餘長
面是重棗才雄大　眉如蚕蛾鳳眼睛　第

帽子頭神歌

廿三至衣梁

收世龍青刀一把　主勇双金无比論
位在献帝登龍之　關帝功勞第一名

又関帝

掛印風景住漢相　尋兄要往遠陀灣
馬騎出亀行千里　倒提清龍出五関
五関斬將无人敵　雷鼓三通斬蔡陽
忠義開船忠条日　今古流傳安禾香

又関帝

請

年小為客雖蒲東　濟困扶危立大功
糾〻漢朝五虎将　魏〻盖世美髯公
時来官渡敬曹操　数盡臨坦遇冲〻
大義古今誰可及　灵神褒思淚痕紅

又関帝

三人桃園結義長　五関斬将顯名楊
征曹用謀神功大　机戰東吴其献昂
素主春秋留顯跡　荊地為美漢家神

關公為神忠義胆　定義兄哥定帝王

又關帝

素主春秋䀡雨齊　桃園結義列无刘

辞朝歸漢心非石　千里尋兄旦其幼

威直金相无可比　七荆水戰決洪苗

英雄无敵揚天下　重此英名萬古苗

又關帝

家住蒲東解粮縣　號是雲長關姓神　請

神兄劉備名玄德　義弟張飛黑面神
過繼關平為義子　收伏周蒼旦大刀
灵神元是真神道　威灵顯赫直到今

猛將

元師刘君天地水　威灵顯赫作王虫
王虫自手神赫々威　护国安民至海雩
三灯才来五穀登　家々秋社敬灵神
各方天有真無及　賜成魚苗花滿黃

七香

王葉盈枝本姓刘　權臣乱國不容留
避灾改移金為姓　継續娘家万古流
弍九之年恭逆誅　中兴宇宙復旧刘
吾祖又孫忠義士　全做神明護九州

杯中之酒上獎福神用过以畢回賜本家主〻才惡之酒廿七分敗踪則　福
如東海寿比南山獎前眺寿堂令納自己通成叨頭謝恩
日進千金香　時聽萬利才　年〻多吉多　日〻保平安

請上

上方帽子頭

上方生來北边高　宝塔歪斜透九霄
上方生來南边底　下有香水碧綠清
馬船出入能穩便　真是天生立廟門
老太奢華深似海　流名四句敬灵神

又上方

上方在廟鎮名山　揚帆遊玩尽來还
石湖明月在來旺　宝塔影匕透九霄

福神鎮坐龍口裡　祭礼香烟處々興
恭筵起初誰人主　王伯萬置到如今

又上方

上方影々勢崔巍　松柏蒼々遍成栽
宝塔淩雲孤雁繞　湖光浸月勝凡間
名山福地由神貌　香烟繚繞護龍光
天佐九年三祝寿　東湖争献万年盃

又太母

北南

太郡娘々圣母王　生同日月長扶桑
自從進入中吳地　萬載封疆福寿康
圣神侯王降土立神　家堂供奉大朝神
千年香伙蒙永護　伯歲康寍永日長

當境帽子豆

一紓自扶下九天　威灵顯赫正人間
十年香伙居廊廟　一敬朝叅御圣賢
耿耿丹心仝曜日　惶惶電日照青天

仰

每臨朔望朝金闕　尽是文羣臣奏善言

天相八脩子頭

御聽天圣降瑤台　文物威儀世罕哉

德配兩儀分八表　道通二曜按三才

須臾佈得呈祥至　頃刻留思降福來

獨奉壹新三派遠　聯芳棠棣滿庭開

二相公

生居宋世雇青庄　別父離母上帝邦

世業城都留題跡　後遂指行勅扶桑
德配鳳凰合欢德　排行棠棣古聯芳
巫鎮羅伽香天之　萬民保障樂安康
萬民保障樂安康

三相

古玩名山郎上方　攢楼幽閣聳雲寰
往來云影連上影　上下天光接水光
遠觀黄袍金燦爛　近观圣相氣軒昂
登臨祈福開佳趣　祐信兆源世有双

篆

四相公

妙化曾經貫世功
蹯翻山海鬧天宮
金鐃戰伐魔无蹟
火熖空燒鬼滅踪
大道濟人存利益
赤心護國表精忠
名揚正直通天府
玉篆高表聖敕封

起歌奉讚

山外青山樓外樓
西湖景緻在杭州
姑蘇城外寒山寺
獅子回頭望虎坵

大相帽子頭

福德灵廣鎮寶山　嬪妃外役貌非凡

西船遊玩停灘泊　珠轎行覌半里間

山叠〻水潺〻　東吴獨秀此峯巒

人間貴富春秋樂　一派笙歌接聖覧

兆

又二相

二廣雄相氣昂〻　排列尊卑左右傍

坐處雁行齊整殿　帰時鴛侶共聯床

烏紗帽　綉羅裳　琉璃殿閣起祥光
峯巒疊々峯雲翠　圣德巍々鎮侯王

又三相

三殿排來圣房中　圣侯顯光逞英雄
烏紗皂角人中樣　碧帶黃袍真罕同
朝踏馬　晚騎馬　神容萬古泛蘭舟
年々此景桃花路　鼓樂喧天賀圣中

又四相

排列四相觀朝天　威播名揚四海傳
赫赫通灵苗顯跡　堂堂神貌集香煙
山聳鎮　塔空縣　萬山朝拱五湖边
春秋多少風流子　尽作丹青画裡仙

又五相

丰姿洒落愛風流　位列尊卑第五矦
朝觀九天停翠鳳　遨遊山島従蘭舟
雲（多）射鳥飛　金弹　海底尋鰲下玉鈎

佔断繁華風月景　宋封今已得千秋

猛将帽子豆

幼年孝感匕穹蒼　猛烈威意真大唐
降矣雲間生上海　位似極樂材西方
紅羅纓在額青鬆　金甲輝浮射金拿
掌握天曹為案主　勅封楊爵顯侯王

刘王猛将又

楊威尊号顯通灵　掌握天遣上界神

請中筵　　囍筵

金甲披身光耀日　封抹扎額起紅塵
消灾降福陰功大　占正驅邪勝德龍
四海傳名皆有印　即行護国退蝗蟲

又刘王猛将

天曹猛将掌雲間　中幼是親巳毋年
投世福生夢外祖　塑娘掘土感蒼天
奏王上去河明義　作以上外保国恩
生世恩石村々成　生世洪福户々安

金元七相帽子頭

金府通灵去登筵　父子公孫永流傳
囬々千古彭仁廟　堂々神兒集香烟
赫白郎君仁義德　路遠來地火相筵
遥聞斋主拈香信　跨虎騎龍掛彩筵

又金元七相

春天爰放黄豆鳥　秋九八月放黄鶯
黄鶯放到張家去
取其年庚占家門　不用占求來問卜

又

錦城主宰鎮姑蘇　一郡康寧枝聖扶
一州七縣忙聽令　十鄉土地盡聽呼
祈晴祷雨多灵感　救患驅邪頃刻無
端坐廟堂賜禍福　功勳令節滿皇都

又　徐神

吳郡城西古洞庭　三州湖水映雲屏
世居塘里塵寰遠　户对青山万水清

威播圣朝名譽顯　官封岱嶽帷通灵
遥聞啟請臨筵位　迺船輕移過柳丁
夏禹王帽子
禹王治水萬苦性　坐鎮平抬安德寧
節風休雨是山島　對月披星定乾坤
安寧四海加有雲　九州五湖保太平
震澤漁民正宮献　祭王神前福禄增
夏禹王

平台衣泊湖五中　宮殿影遥氣象雄
大二青山環左右　萬千碧水如東西
洞形色　映梁玉　丹闕光　寒綠峯
震澤舟王　恭献　春秋報孝祭而豐

法符

中界傳聞達聖衆　威灵顯赫蹲蒼龍
玉殿傳請邀聖駕　奉請功書下九重

七相

不用占求来問卜　吉日行盤就做親
娶得賢惠張娘子　一門和氣值千金

又金元七相

爹乜便是金小一　母親張氏正亭子
生下五男并二女　七子各有神子身
生有哥来後有姐　排行就是七官人
許過光陰年十七　七月初七午時生

傷官帽子頭

得道傷官招澤矣　方基立廟几春秋秋
樓台武跨高千丈　香靄乘雲佈九州
門外旌旗正過溪　柳边蕭鼓迎船遊
姑蘇勝地為神主　宝塔圓匕照虎丘
馬福通灵
晚景升空馬福神　官居提督號通灵
蕭匕白髮巾帽滿　赫匕威灵臉上生
雖然老　壯年身　英雄无比石天神

當權执掌无私曲　猛烈傷官盡服尊

府城隍帽子

威灵顯赫府城隍　聽有英雄振八方

東岳殿前欽敕賜　至今感應坐黃堂

管七縣　鎮平江　紫袍金帶荔枝黃

一郡萬民皆敬仰　原圣重恩降吉祥

又府王

像動千判府城隍　郡流仙花坐黃堂

平生直〻通文武　威氣登樓安大邦
自始生來祈福利　萬年出入保安康
六曹官典分左右　赤旦忠心五兩廊

又城隍

聖德巍巍聳心天　翠雲靉靆現龍顏
煌〻燭炬明達燦　靄〻香飄放麝香
德澤廣施匡宇宙　光明普照撫唐朝
凡神祈禱神照格　致使蒼生仰拜瞻

水路

楚漢王(戎)真世界　中與王莽奪乾坤
外公奪了外甥位　殺盡劉家一滿門
若有一家正姓劉　九族全除斬滿門
石榴樹改為金古樹　祖姓劉來不姓金
水路城隍水路行　五湖四海便有春
蝦兵蟹將來請你　就到龍宮去做親
水路天自水路正　南北兩湖光遊春
平台山上灣船住　西昂五霸管香民

猷酒詩抄

正月裡：：

梅花先占隴豆春　崔鶯遊殿遇張生
夜間只說还香愿　悄匕西廂去听琴
紅娘私下傳書信　勾引張生没正經
老夫人見彩鸞不祥黃花女　拷打紅娘問事因

二月裡

杏花開放酒家門　英台三伯到杭城
三年同学為兄弟　何曾曉得女釵裙

梁兄相訪何來晚　奴奴已對馬家親
奴奴變作花蝴蝶　姻緣註得不分明

三月裡

桃花開遍滿山林　郭華会試上東京
愛殺月映娘子多容貌　買胭脂千正行半毫分
小姐叮嚀元宵会　誰知一睡不反身
可憐姻死在神堂庙　幸虧龍圖判斷又还魂

四月裡

薔薇開放似錦屏　王奎本是薄幸人
中了狀元重婚配　忘却前妻敫桂英
海神廟裡把兔情許　訴出夫妻結髮情
天王與奴來作主　勾取王奎作証明

五月裡

石榴花開滿園紅　鄭元和嫖院費千金
無錢只得把與來賣　陸道德逃去不还呈
天門街上打唱蓮花落　鄭丹打死又回魂

李亞仙收留讀詩入學　鄭元和不負有恩人

六月裡

河花池上飲孟遜　蔡伯喈長亭分別去求名
入贅相府牛小姐　爹娘年老靠何人
趙五娘家貧剪下青絲髮　賣錢殯葬公婆苦痛心
背真容別之張公上京尋夫主　一路迢迢不遠山遙得待

七月裡

鳳仙花開滿庭心　王招君出塞別劉君

爹娘痛哭來相送　吾兒做之離鄉背井人
心中恨殺毛延寿　琵琶彈得好傷人
雁門関外三千里　吾兒怎得轉回程

八月中

手捧香動月黄昏　朱買臣是个賣柴之
翟氏嫌貧改嫁張木匠　誰知買臣一舉便成名
衣錦榮归还鄉轉　攔街要認丈夫身
馬前潑水難收起　一場惶恐好羞人

寒

九月中

菊花開遍暮秋陰　范杞梁充軍万里築長城
孟姜女自把寒衣送　脚下弓鞋苦伶伶
千辛万苦到了沙場上　誰知不見丈夫身
大哭三声長城倒　三貞九烈古來聞

十月裡

芙蓉開遍滿江濱　何文秀流畄唱道情
王小姐納会在花园畄表記　爹娘知道不相因

抛在水中李虧思敘　爹娘知道不相因
後來浙江出巡按　報冤張家一滿門

献酒詩

一杯美酒閙元宵　爹爹手裡把鉄篙
打尽天下无敵手　回來遇着李存孝

二盃酒

二杯美酒隴台豆　千金小姐抛綵球
綉球抛在蒙正手　破窯裡面出諸侯

三杯

三杯美酒三月三　三戰吕布虎牢關
張飛馬上擒吕布　關公月下斬貂婵

四杯

四杯美酒菜花黄　私下關三楊六郎
殺人放火康雀竇　偷營刼寨是孟良

五杯

五杯美酒慶端陽　平生忠義由成玦

龍船勝會傳荊俗　萬古傳留姓名揚

六杯

六杯美酒日炎飞　関公馬上使单刀

遇着曹操兵来到　張飛喝断灞陵橋

七杯

七盃美酒近秋凉　刘智遠出外就封王

三娘庄上多辛苦　磨房生下咬臍郎

八杯

黄

八杯美酒菊花黄　沐公起義破秦邦
九里山前除項霸　功成韓信与張良

九杯

九杯美酒慶重陽　劉秀避難走南陽
姚期馬武双救駕　二十八宿鬧昆陽

十杯

十杯美酒自成冬　单鞭救主尉遲公
茂公設就瞞天計　仁貴保主去正東

獻燭賦

臘燭成清自古傳　良工油造細心坠
莱膏燒出光輝現　絳蠟凝成彩色鮮
影射眼成寶殿門　花開頂上結金蓮
双双献出常明燭　普照圣光及九天

送圣賦

抽身起馬鑾騰雲　觧纜開船就動身
衆朝衆圣归寶殿　金銀归庫馬駕朝

酌聖週完送聖賢　馬上金鞍轎掛簾
空中法炮如雷响　奉送神祇上九天

送聖賦

五色旗開列聖聽　金錢飛起乱飄空
紙灰飛起冲三界　馬足騰空駕祥雲
太保執旗威凛凛　嬪妃綵轎親匆匆
送聖回轉仙宮殿　一派笙歌奏碧空

酒詩抄

八仙献酒　一杯

八仙聚會在云遊　王母娘〻把手招
請問衆仙何處去　特来長寿赴蟠桃
老寿星　南極翁　白鶴仙童下九重
共慶王母長生酒　九重春色採仙桃

二盃

雲消花月滿仙台　上界天官賜福来
敕賜善門多吉慶　骈增百福寿長生

中神仙在蓬莱　叙赴蟠桃會上来

諸仙祝上齐来到　重々叠々上瑶台

三盃

雲淡風軽近午天　張果老留下太平錢

白豆翁相紅娘子　巧姻緣内遇神仙

逍遥歌　奏寿筵　身在蓬莱万々年

倒騎驢子呼々笑　将謂偷閑斈少年

四盃

天街小雨潤如酥
況醉東風回仙去
醉菩提　背葫芦
上下鮮花紅滿地
五盃
春城無處不乱花
浪淘沙滾江兒水
開懷飲　結義双

何仙姑修行道德多
浣沙溪上玉灵符
玉佩将来換酒呼
草色遥看近却無
鍾離跨海去滔滔
天下快樂有仙家
朝裡官家正及他

鑾王金帳全不信　輕烟散入五侯家

六盃

酴醾香夢却春寒　洞濵三囍白牡丹

岳陽樓上沽美酒　昔日曾穿秀加雲

漏双乱劍斬龍班　南山日夜煉仙丹

李了点石成金法　金炉香燼漏声殘

七盃

獨上江樓思悄然　採荷平地上雲端

籃內一枝花錦秀　回来打坐玉蒲團
龍虎劍　呂流泉　帶髮修行滴淚漣
行遊来到長安地　風景依稀似去年
八孟　李
花開紅蕚乱鶯啼　借體還陽鉄拐李
胡芦放出無蝙蝠　閒行足下步蹺蹊
鵝山令　古希奇　北海蒼龍甚我奇
有朝来到仙家地　山啣落日侵寒漪

九盃

閒来無事不従容　國舅移步出王宮
不原在朝朱紫貴　同雀台上扮道童
陰陽班　妙無窮　淡飯黄虀樂更濃
閒来講通黄庭卷　在覺東窗日己紅

十盃

一封朝奏九重天　湘子出外去修仙
不貪名内多富貴　抛辟家中美少年

仙家地· 快樂多 文公雪裡受灾磨
藍關却遇遭大难 夕貶朝陽路八千

酒詩 一盃

南極文光射牛斗 一点星祥補利求
蟠桃會上千年寿 玉象吠花足萬州

又 二盃

春花開玉蕊 夏藕結金蓮
秋月光千利 冬雪边長安

又

小桃向山来　黄花遍地開

一生異古香　雲云山衆仙来

三盃

又

酒是人仙楽　神仙祖代留

三盃無萬事　一醉解千愁寿

四盃

又

春遊万草地　夏賞緑荷池

五盃

秋飲黃花酒　冬行白雪詩

又　六盃

酒盃美酒泛清香　請得神明空裡来

神明來到神仙地　灵神吃酒笑花開

又　七盃

笑看洞中千年草　玉灵山上萬年桃

八仙出蟠無虛瑶　神明桌上集筵先

又　八盃

青鸞乱舞鶴朝來
湘子吹笛今妙曲

又

一盃美酒敬神明
萬裡請神行路遠

又

浪〻祥花火不榮
青盞玉盃胡桃色

玉女仙童小玉吹
西池王母献蟠桃

九盃

社稷山河海量寬
功曹上盞行盃歡

十盃春

留裡讚內喜春風
敬酒節來滴〻清

又喜

二盃二盞酒鴛鴦
同流鳳閣正彩女

又

壺節瓊漿酒
春風依滿袖

又

三盃三盞滿々清
神明来到雲端裡

十盃

對々蟠龍赴玉牙
胭脂御女上鶴梁
捧壺献上来
和氣笑顔開

十二盃

沙内淘金祿況々
香民箋前敬大神

又

每酒滿金盞　能占喜開懷

隔壁三家醉　千萬莫辭推

十三盃

又

幸逢明聖主　況酒有何妨

隔壁三家醉　開壜十里香

十四盃

又

李白能沽酒　成時詩百篇

十五盃

山河存到岸　盃足到在連

又　十六盃

酒及天　手梅綠　人間地　冨明前

古人留下師相義　金盞玉盃　奉歡

又　十七盃

休跼促且消　亭　名丁莫士玉山傾

不飲相逢空關去　同口桃花也笑人

又　十捌盃

五花馬千今斤求　不是中山酒是油
奉敬福神前筵酒　一醉能消万福愁
又　十九盃
漢出老師降舟水　寿鶴仙童入可起
五老三星来上寿　長生不老漢鍾離
又　二十盃
一盃去　二盃来　山上仙花多〻開
為毛師子反身占　又将波斯献宝来

又　　二十一盃

美酒三酌反今珠　竹也清香綠也浮

寺古神仙高好酒　童兵三醉岳陽楊

又　　弍拾弍盃

一盃蘇来滿及香　与我上来就對酒

香過刹来全受酒　燕子啣女上梁鸛

又　　弍十三盃

四季祥　光靏〻　一段起胡　用〻

高歌西　戴春風　滿听玉簫未　龍

又　弍拾四盃

世間造酒是杜康　消愁解悶最為先
里不留令能暢飲　至今明卓酒中仙

又

弍盃二盏里重〻　張之神明者一公
足一未敢拜参落　桃花一朵滿堂紅

又

一杯一盞一江風　一枝对每小堂紅
海棠每共西湖景　銀壺篩出獻神通

又

香無空蒙閑花　紫霞朶　閬蓬莱
碧桃紅杏四時開　朶〻祥　雲光彩

又

西園遍地種折花　投筆归來方浣沙
金印好藏玉匣記　幽閨無事弄琵琶

又

满盃满盏满灵台　灵神席上小筵開

脚達今安併宜焉　来是降福永消灾

又

三杯美酒反清香　符使接前手勒繮

祈掌神明朝金曲　拜表騰雲往上方

接又

再把真香炉内焚　燭行要紅寬圣神

氣心 全香迎神應　神要虔心佛要靈

又

後筵開處齊郡先　五色祥雲趁同天
香民今日迎聖駕　跨扶車龍趁彩筵

又

皇殿當豆紫閣重　仙神掌上玉芙
太平天子朝元日　五色雲車駕六龍

又

清净初早一枝香　敬天敬地敬神明
弟兄及力山成玉　父子同心土變金

又

山叠〻水棧〻　東湖獨秀此風鑾
人間富貴春秋双　香饮筵前敬天神

又

金炉再把好香焚　華美奇燭点双根
金童對〻来敬酒　玉女双〻棒夯筵

又

功焚奈王一班香　通達符使于明王

奈王所焚從身殿　拜表騰雲往上蒼

又

宝香炉内碌沉沉　神明受恩喜歡心

香民帝豆来完恩　吉祥的意保太平

天香者

翠鎖烟霞龍宝殿　蒼連雲舞繞天台

祥雲飄渺成華蓋　瑞氣氤氳福玉台

又

立于萬山頂上　身從海島蓬萊

成仙成佛入騎裁　入地升天永頼

天烛者

蠟燭汪汪祥宝金　燈草花簪捲成心

高白点起三美火　龍鳳双枝敬大神

茶用

浮玉雪　歲流家　青香界渴味边侄
為重羊蒯山中正　紫香共云有歲華
送
行〻返去陽碧天　仝〻華歌正喧天
行〻達馬往南北　帰也神圣楊仙宫

蔣藏本《路頭發符》

蔣藏本《路頭發符》

該本神歌書由太湖罛船漁民中的神歌先生蔣柏祥（一九四九年生）提供。神歌本無封面、首頁標題『路頭發符』。該文本與『大路頭發符』的區别在於它是一個以款待家神爲主的文本、書中疏頭稱『因某季路頭（年）規寬臺（款待）某某某合堂衆聖』主要用在漁民每年比較常規的季節性祭祀中。它所請是以家堂中供奉的觀音、關公、太姥、五聖、金七、王將軍等少數幾位神祇爲主。這一科儀可以看成是太湖罛船漁民待神的最簡文本。太湖罛船漁民因爲水上作業受自然環境等不確定因素影響較大、每次漁汛開捕都要舉行燒路頭祭祀家神儀式。正是因爲其活動的常態化、導致該儀式規模較小、用時較短、文本也較爲簡單。

路頭發符　伏以

華筵齋主恭对符使案前歸欽伏跪
五彩鸞雲南北飄　功曹上達九重霄
提鈴開路行千里　走馬如雲萬神朝
炉焚信香虔誠拜請今年今月今日今
時當班傳奏值日功曹飛雲奏報仙官
焚香奉請華山頂上〻中下三界值符
使者會同土穀當方里社明王同上香

各。登筵位坐。祭主備到美酒〻行初献。

一盃美酒敬符官。社稷山河海量寛。

符使請神行路遠。功曹上盞飲孟歡。

再行香醪成双二献。

二盃美酒泛清香。符使鞍（扳）手勒繮。

祭主落符頒諸殿。背表騰雲往上蒼。

威凛〻貌堂〻。大彰神化顯威昂。

俯垂聽亶宣揚意。一舉須臾奏五王。

再行香醪酒行三献
杏葉滿金樽　桃花臉上生
符使三酌酒　急速到天庭
三献告完今有口疏俯望符使
采听　今據
民國江南某府某縣某鄉某都某圖某天
王界下在船居住奉道信人某姓某名暨
船眷等拜千洪造具情伏爲々某路豆

規覓由某〻〻合堂衆圣。先来朝拜。值
衍使者花〻元馬。呈金元宝。開壇先酒。
米粉糰圓。吃卓看桌。義重千斤。總子長
章。㵎筆句岩。對面句岩。平无掛欠。再保
信合。船出吉。入口平安。舟船出入。風浪
安靈。生意亨通。漁財茂盛。四季三元。長
奉吉慶。一切之中。全叨盖庇。謹疏上聞。
時維。

天總統某年乙月乙日乙乙具文疏讀疏
以完再敬香酿酒行満献満献告完

伏以

一炷清香透上蒼　沖開宝殿与仙宫
似鸞似鳳又如虎　飛到華山十二峯
有劳符官傳香奉請南海慈悲蕭王老
太太郡聖母娘娘宝精吏公上方千歲
王孙圣母院君東宫宝殿相公西宫五
宫夫人青龍圖刘王大佛蟠龍會上尧

相

生

生灵公許江沢紅廣麼利濟侯王毛文九
相公金家堂内文子公卿府顯應城
隍太老爺尊神本朝衆神本手船神子孫
公李爺東廚司命灶君皇帝在路當境
本境大王金孫三殿姚都大王朝神傳
香奉請下殿監傷陽閣閭吊橋李六相公
蔣一塘上馬福提督吳西五路通達財
帛收留老爺王地福祿興隆尊神三十

長見一二三唱歌

六位大傷官七十二位小傷神左青龍
右白虎前朱雀後玄武羹頭已靈萬〻
請到位〻來臨符使變前再敬銀壺起
歌奉讚　讚符官
香煙炉內起祥雲　歌揚奉讚直符神
接得符使香燭上　龍駒馬上請朝神
靴適取出羊毫筆　鎖金帖上寫分明
說一位來寫一位　講一双來請二神
十三

南海慈悲相邀請　善才龍女同降臨
玄天上帝相邀請　三元三品同降臨
蕭王太母傳香請　上方老太熱邀迎
五風殿請去五通灵　伯花宮請去五夫人
家宙五五親身到　五宮夫人同降灵
青龍崗請去劉大佛　沃山河請去至元七
徐家父子相邀請　李府城隍同降灵
東厨司命傳香請　李船神主全降灵

當方土穀相邀請　陪筵衆圣同降灵
符官帶轉纏轉纏馬搜　傷官廟裡請傷神
閭门去請宋六相　對门去請馬通灵
生財五路相邀請　老年土地全降灵
招財利市相邀請　提調王爺全降臨
三十六傷官相邀請　七十二傷官同臨
先遠三代宗親相邀請　隨安宅宅灵全灵降臨
符官聽請多多保　讚揚几句值符神

急〻去　急〻回　勿要下山看看烟
急〻去　急〻回　勿要華山看飈旗
華山飈旗光休息　勿要悮却筵天中神
急〻去　急〻回　勿要華山貪酒杯
若要瓊漿筵前有　酒來恭敬值符神
奉敬一盃添行色　送符官上馬辭云
伏以
車令〻馬小〻欽承將令莫辭勞符官
滿飲〻杯酒攀神致意請神祇官人不

到備馬相催，夫人不到備轎相邀。楊鞭
走馬速去速回，稽首奉送。完

又

接圣

伏以 保案祭主恭对圣案炉前归琰 伏跪

玳瑁筵開列華堂 屏開孔雀奏笙簧

神明暂出黄金殿 一派笙歌接圣矣

倘有不潔净之人 各堂回避焚香迎接

請某〻〻

上桌归上坐 下者归下座各为分班覔

筵位坐俻到名香 托献名香

伏以

夫香者

身從海島与蓬萊　根盤名山天地栽

拈入金炉三祝壽　忽然雲外鶴飛來

香入金炉請聖受納

天烛燒過夫茶就到

樹上生嫩葉　穀雨出青芽　烘焙黄金色　清香味最佳　灵神神下馬先敬

收起茶炉盞擺開酒筵　台捧起銀壺酒

行初二三四五献五酌以过未敢再斟大神彡
付手下兜郎君馬背登安登来以時嗏
圣篤祭王平圣揭敬表讚
家堂金門兩扇開　衆朝侯王下瑤台
鳳儀丹朝離仙府　玉敕金書降下来
接得家番五王下來界　筵前坐位坐金交
官大灵神桃心坐　職下官卑兩下彡
脫落朝衣換小帽　換的小帽飲杯巡

小生不敢排坐位 土地年老說分明
上筵福神登宝位 揚歌安位下傷神
船來官渡相帯纜 馬到門前結繮繩
竹板撥指隨船放 休來驚嚇世凡人
安位傷官寬筵坐 揚歌奉讚大朝神
上筵福神來寬白 虔備名香炉内焚
香在炉内起祥雲 揚歌迎接大朝神

家廟五王登寶位　筵前桌上要留名
今日祭主來還愿　年規有裡待朝神
揀好來日黃道日　虔備錢粮完愿心
花花元馬備一付　黃白元宝當呈金
清香明燭來恭敬　開坛美酒敬大神
素菓福礼來款待　又有三牲敬朝神
祭主一片虔心意　只嫌重意莫嫌輕
相公提起羊毫筆　一筆勾消無掛心

大小男女常增福　合家老幼尽安寧
出外風水無驚唬　生意興隆長萬金
七件等事求太吉　起歌奉讚活觀音

觀音

香在炉中起祥雲　歌揚奉讚活觀音
家住西天西彌國　東京城里長生身
妙莊王帝生身父　佛母娘娘毫尽真
二月十九親生日　平分半夜子時生

出娘吃子胎裡素　一世何曾吃五葷
頭髮梳來脚勿纏　女扮男裝着海青
娘匕就叫妙善三公子　朝晨拜懺夜看經
宫王年交十六歲　又王傳旨要招親
娘匕不原招親事　白雀寺裡去修行
後來重進香山寺　參透神機比月明
四十八歲來得道　為直南洋觀世音
大士大悲多灵感　救苦救难救凡人

香火今日还神厚　一年四季保太平

關帝

家住蒲東解粮縣　號是雲長關姓人
姓關名羽雲長字　桃園結義弟兄稱
齐門塞散甘朝塞　五關斬将顯威灵
尋到古城重相会　再整桃園弟兄情
後有玉泉三顯圣　中國蠻邦尽欽敬
掛印辞朝扫漢相　尋兄筵夢主大長

馬蹄赤兔行千里　手提青龍出五關
盖然能今中以寿　英雄山此定乾坤
獨行斬將名無敵　今古然由戰矢關
太毋娘々
香烟炉内起祥雲　歌楊奉讚太夫人
家住日出夫桑国　烟州火縣丙丁村
父親便是雲佰万　毋在堂前稱院君
娘々弗是凡門女　大路天上一星神

少子蕭文夫妻显一世万　做二投胎作女者
生下娘娘香房裡　胭脂染就粉庄成
自小生來多聆利　年交七歲斈秀針
描龍畫鳳番番会　細線桃花件件精
小娘娘長成十六歲　李信豐作伐做媒
徽州府里蕭文顯　吉日行盤就做親
夫妻和合如魚水　長起家財万万年
一生積德行善道　天賜麒麟到宅門

一座　前存

來到橋上觀占看
橋面胡看羅五百
五龍橋上觀占看
抬頭看見上方令
天三尺寸金地
此間正好壹座門
上方造起七只殿
七只鸚鵡宝殿門
老太正坐朝陽殿
通天叁層兩邊分
五座平年見已久
無人上前把擋攔
二者神道將主魏
行筆子丨

羊山肉盤西湖湖　石湖酒海浪千層
上方造起七隻殿　七隻行宮宝殿門
老太正坐朝陽殿　观音獨佔後山門
茶筵祭主何人製　王伯万製造到如今
香伙祭主來恭敬　冬季年規敬大神
上筵寬待家廟圣　掃廚一席納神心
滿船人口常安樂　老少中年福壽增
出外風水凭敬嘥　生意滔滔長万金

家住瀚州義安元县 上方五廟
背家庄上作下坐身 小讚上方生出處
父親便是背菁芳
母親云氏太夫人 盤蓝對元門多有庙
上方排是劉荘
受是蕭家玉蓮表 蓑衣真神玄妙观

单讚平江五廟門
平無一些小神欽
不知何處造庄門
逸
園相對牡丹亭

李太白立廟方基上
妙善宮主盤門外（葑門前門来遊过）
來到橫塘要立廟
行到上方山一座
上方生來北面高
上方生來南边底（馬船山去入之边 正得便）
前門正對新瓜樓
行春橋好像內边坦

太白夫人是何處
就是鉄娘宮主身
十九歲上成婚配
八拜如同一輩
上方老太出降此
觀音接引到蘇
閶門便得見人烟廣
人烟稠密雜不安寧
婁門又有窰烟出
葑門葑董難立廟堂門
來到西門要立廟
胥門又有接官亭
在吳橋上思立廟
侍郎定不容情

閩王立廟到如今（無此門立廟堂門）
胥門有造接官亭
花光五聖三分
正中机謀八九分
宝塔遠遠透九肖
就在山中立廟門（真是天生立廟門）
後門正對跨塘橋
蠡墅村像好內橋立

有人說你東边日出扶桑園　西边西天佛世尊　東边鉄鈴三交界　北边一處邪歇馬亭
不東南西北边　出身源是有来因　家住徽州婺源縣　蕭府家在上長生身
父親受是蕭百万　母親雪氏太夫人　上方非是别一位　受是肖家五通灵
五位夫人是何處　受是鉄扇宮主　十九歲上成婚配　八拜如同母生
上方老太興龍處　观音接到蘇城　六門三關多有廟　平光一世中成心
蓑衣真神元帥堂　花園相對牡丹亭　李夫白方基上立廟　関王立廟在盤門
葑門斉門未遊过　無此可立廟堂門　閶門便覺人烟廣　人烟嘈雜不安寧

裏門有〻窑烟出　烟薰難立庙堂門
石灰橋上要立庙　侍郎占定不用情
来到橋上覌占看　橋面坍塌難立庙
一丈三尺寸金地　此見好立庙堂門
前門正對心底裡　又門又對蹺虖桥
上方造去七只殿　七只鸚鵡宝殿脩
立庙以年日已久　無[illegible]
背搞內山說句情　石湖〻酒〻海浪生

東門有〻接堂亭　来到西門要立庙
礼至姑蘇城一座　横庙橋上立庙門
五龍橋上覌占看　抬頭看見上方令
馬船走直能得使　直是大生立庙門
行春橋春儆內边垣　里是春〻儆內滚〻邑
老太正坐朝陽殿　通灵五相兩边分
上方神道將言說　一〻行〻說吩咐

先前覌音許我好　如今不應半毫分
把他淨瓶來打碎　我將拿來和酒吞
不催不討無灵感　那有香烟敬條生
上方神道細思想　即便作法顯威灵
生長香〻房年十六　花園裡面廣遊春
東園遊到西園去　蜜蜂對〻採花心
只見山茶花開滿　小姐意中喜歡心

若然覌音門前過　扯破袈裟不容情
覌音順風耳千里眼　騰雲前來說元音
覌音今親吩咐　猶如提醒夢史丈
姑蘇有位王伯萬　单生一女在閨門
八个梅香來服事　有之蜜蜂簇攏牡丹心
南園遊到北園去　黃鶯枝上叫連聲
双手板枝將花採　揷在鬢邊賽烏雲

老神道把指只一點
一交跌在地中心
人事不知半毫分
梅香扶起在床眠

熱来有如生炭火
冷来好是凍氷
請醫服藥無效驗
求神問卜總不灵

惡大佛問知得
变做凡間老僧
背駝一尊弥陀佛
廿四根灵子手中存

打從王家門前過
手捏千筒說分明
若人有事無頭緒
問我便知分明

門公見說忙通報
百萬聽告主喜歡
便叫門公前請進
請到裡面飲香茗

百萬即便裝香燭
口通鄉貫姓名
弟子蘇州王百方
為女有病不非輕

若是女病可有救
求一灵籤看分明
祷告之時来卦
發出一千斷事由

慈悲大佛来詳看
若然到殿還神元
自此五聖多灵感

細〻告與王公聞
小姐病患就安寧
直到如今天下聞

上方山着新神道
王公即便請口許
上方山上建立廟

小姐冒犯不非輕
處備錢粮到殿門
光受香芦烟万明

五通天

七層寶塔出身高
南風董德望々响
要讚五王兴隆處

四角同金在上村
北風掉下鳳凰声
畧談几句快行程

家住蘇州府人何縣　蕭家庄長〻生永
神父王封蕭七聖　蕭七聖傳下五通灵
神有四十五段興隆處　變成五段世凡神
杭州攻書第一段　端楊致李轉家門
泥婆山李法第二段　各李神通妙法灵
王家救女第三段　花園立塑廟堂門
風都救母第四段　王母仙桃救母吞
東京救官第五段　重封官職出朝門

建廟不絃州有縣　通灵五圣到如今
香烟塑以家堂内　朝神完原〻太平
延前吒出清江瀆　一笔鉤消光掛心
滿船人口長安樂　風水无敬保太平
生意興隆丑船做　紅旗杆盖小香名
奉讚福神寬上坐　再把文香大朝神
五夫人
五宮夫人寬延坐　厶　季華延敬大人

五彩華延来款待　人也虔心佛要安
完原要求家安樂　蒲船人口慶太平
老者在船增福寿　小者関殺開通俟亦人
中等成家來祭題　處々相逢遇好人
七件等事全卓盖　紅旗杆盖小香名
奉讚夫人寬上坐　慢々華延受原心
劉王猛將　松江府下亭縣
家住松江上海縣下亭　青龍崗上長生身

神父就是劉三舍　母是包家女秀英
周享年間神生下　正月十三卯時生
生下灵神多能干　年交七歲尅娘親
神母得病归陰府　高高山上作坵墳
佛官自小多有孝　朝朝夜夜拜娘親
孝感動天天必應　王母中藏好宝和珍
塑娘得見珠紅匣　後来又遇一庄情
周景年間蝗虫乱　趕退蝗虫就封恩

敕封芦国都元帥◎ 中天王三字猛劉神◎
今日香伙還神恩◎ 一笔勾消无掛心◎
金元七
宝香炉内起祥云◎ 楊歌奉讚七官人◎
七老相公沓華處◎ 祖姓刘来子姓金◎
楚漢二王争天下◎ 中間王莽奪乾坤◎
外公奪子外甥位◎ 天下刘家尽姓金◎
來到直隷平江府◎ 崑山七堡長生子◎

父是運粮都元帥　伯父朝中受祿人
叔〻托天金十四　公爹須八相公氶
一母所生兄和弟　叔伯排行第七名
小小快船㪷一隻　水櫓搖来像朶雲
搖船水手三十弍　个〻年方二八春
祭主虔誠还神愿　一筆勾消無掛心
衆位朝神寬上坐　秉筲敬酒滿堂神

勸酒

筵

祭主虔備　邀台奉敬　双盃敬献
南海慈悲　蕭王老太　〻君聖母
上方老太　是有院君　王環千歲
聖母娘〻　日月掌扇　波斯献宝神低
衆殿上　五殿灵公　有常五宮夫人
蕭家部下　王二殿朝神　衆灵神不飲
单杯双敬酒　双受酒永葉西安敬上美
酒瑤空受乱　归便勸　酒收鍾轉盞回敬

南朝衆神開壺斟酒双杯奉敬
刘王猛将　金元七相　張氏夫人
本府城隍　本船神王　在路當境大王
姚郁陪奉　衆灵神不飲单盃双敬酒
双受酒糖菓相敬水菓西安收鍾轉盞
留敬下馬傷官　開壺斟酒双杯奉敬
閭門家六相公對門馬福尊神關西五
路老年土地三十六位傷官金下馬衆

聖在案上灵傷官等衆下飲单盃双敬
酒双受酒糖菓相敬水菓再安敬上美
酒瑶空受礼归别勸酒收鍾捲盞回敬
上堂復敬之杯福敬開壺斟酒将杯呈
上黄楊求問
中華民国江南某州府某縣某鄉某都某
啚界下在船居住奉道延生信人某姓某
名拜干洪造具情伏為之因某季路頭

錢粮前来款白国山五顯侯王〻老
千歲各福大神子大福神完来少脩一
席元宝大錠葷素三牲米粉團圓净香
名烟開壇美酒再保佑合船人口平安
男增伯福女納千祥人〻納福个〻康
寧南山梅子不〻團圓一年四季水趁
漁財勝人十倍一七之中全叨盖庇今
疏上呈

中華民國某年某月某日完愿信人某
姓某名完愿一筆勾消並無掛欠 問筶
扶筶礼畢 叩首拜謝起歌奉讚
東君今日酒筵開 香伙筵前把酒杯
奉勸神明齊上盞 行杯到手莫辭推
泰字出頭夫為主 夫妻偕老伯年春
木字豆上加二点 米爛陳倉接子孫
十字豆上加一撇 千年富貴万年興

了字中間加一劃　子々孫々代々興
大十二字加三点　太平両字掛當門
衆位朝王享勿盡圓中酒　為來賜与主人家
福也增来寿也增　合家人等得安寧
条々路上賺黄金　風水無驚靠大神
中位朝神享勿尽园酒中　回来分散飲喉嚨
陰也歡来陽也歡　陰歡陽歡揔一般
凡人貪喫紅綾酒　失却堂前中大神

衆位朝王寛懐坐　楊家奉讚老将軍

王将軍

虔亦真香炉内焚　誠心拜請大神明

家住湖州西郡縣　世受王恩威武臣

大明一統開天地　後来科舉考賢人

代代為官多清正　身為総師領三軍

狀元不中别一位　正中周覧儒一人（称為以父辱其主）

結拜奸党魏太監　妄上欺君害好人

下

後來為相多奸佞 妄上欺君害好人 上
是此奸雄無忌憚 擾乱江山勿太平
天啟王上归陰府 崇禎王帝坐龍亭
聰明神聖多有道 說破奸雄正典刑
崇禎王帝雖美控 不識周賢儒一人
正宮就是周王后 詔子賢儒国寡身
因此賊相兵權大 下凌臣庶公欺君
是此天下多荒乱 河南李闖乱乾坤

鎮兵破了萊州府　紛紛兵乱陷京城
崇禎王帝无見識　煤山自縊命归陰
边關鬆兵吳三貴　提兵剿砍賊子兵
賊兵勢大難征伏　去兵清朝一枝兵
順治皇帝提兵追　剿除闖賊影无形
將軍大明忠良將　匡扶社稷姓朱人
无奈大清多洪福　四海黎民多伏從
称說太湖多廣濶　週圍八佰里封疆

領兵湖内来扎囤　安如盤石勝通洋
誰知四面俱受敵　彼兵賠計命归陰
上帝聞知忠良將　勅封護國保君王
五顯侯王執兵丁万弟　清到殿前付子正
五顯侯王叫保管湖則　漁湖忠帳叫付你
錢粮出拾你當心　路旦年規来穀白
路旦錢粮收清帳　一笔勾消无掛心
五王面前添好話　添起好話直千今

称讚將軍寬筵坐　後筵美酒敬大神

王將軍

家住常州无錫縣　天巫灣裡長〻子
爹〻有錢王伯万　母在堂前称院君
生下兄弟人二位　盡當出外做宮生
黄川販柴无錫賣　蕩对轉灣有餘雲
小消幾日狂風天　灵神二名付陰君
三相称讚多能干　請你殿上晉錢粮

三顋侯王封官職　漢文漢武二將軍
太湖簿子交付你　錢粮出入你當心
今日漁民還神愿　秋季錢粮了原心
冬季錢粮收清帳　一笔勾消无掛心
完愿之後求大吉　降須福祿在船廂
三相面前添好話　添句好話值千金
奉讚將軍寬筵坐　後筵美酒敬灵神
提起龍壺酒美酒　乙行千献敬大神

三顯侯王齐上盞　三宫夫人飲祿盞
合殿大神齐上盞　兩廊陪奉飲盃盞
十盃十盞團圓酒　上馬花湯敬大神

夫湯者

索出銀絲細粉鍋中伯佛化饍巧妙手
分其鼎内調和美味供上花湯
菉荳原来生早青　半年泥裡就耕耘
上路客人来販賣　香袋吊出便成真

就用耕牛来牽破 粒ㄑ磨得碎粉ㄑ

粗籮篩子細籮綳 合外花湯敬大神

香伙筵前收買得 買在船中敬大神

厨下娘子生巧計 合懷花湯敬大神

南海慈悲上湯性 蕭王太母上方上湯性

五三顯侯王上湯性 五三宫夫人受湯閬

合殿大神上湯性 合堂衆生受湯閬

王老将軍上湯性 后宫夫人受湯閬

三十六傷官上湯性　七十二傷官受湯聞
尊〻位〻上湯性　位〻尊〻受湯聞
移湯過　折湯飲　花湯入回厨房門
佛請先請前堂聖　送佛先送兩乜霊
衆位傷官聽事因　小生稟覆兩三声
轎馬龍舟多端正　下旗鑼傘上鎖釘
打法乞灵先行路　開路响道往前存
吩咐傷官来擺駕　回来拜送上堂神

一葉蓮舟海上飄　善才龍女樂逍遥
白雲聚驟雲豆外　奉送慈尊归海潮
奉請合堂衆聖上　上表盞各殿朝神受酒受
酒已畢衣表盞歸　白請聖寬坐楊歌慶誠

拜送

好日多同奏管弦　凡民款聖吁了心慶
休言祭王相催逼　又恐庚王别赴筵
香烟淺薄難留至　蠟燭飄殘燒見釘

瓶里無酒難留客　桌上殘肴难敬神

慈悲活佛歸南海　善才龍女駕雲霄

蕭王太母回宝殿　嬪妃擁护駕祥云

上方老太回宝殿　黄巾力士轉衙門

家廟五王回宝殿　五宫夫人轉回朝

刘王夾佛升天界　金元七相轉回朝

徐公學瑜回宝殿　在路當境轉回朝

南朝衆聖騰云去　倍奉神主轉回朝

船豆土地船豆坐　船豆六事官端清

家堂六神清坐家堂里　家堂六事管瑞清

東廚司命灶豆坐（王老将軍包宝殿）　灶上六事管端清（徐氏夫人轉回湖）

三十六殤官归宝殿　七十二殤官就駕雲

新興得道騰雲起　尊〻位〻駕祥雲

来時带下千年福　去時留些万年興

大聖乃　元吉　散花李太公　神明同

歡樂　各家在手　今當奉送

送聖

酌聖完厚送聖覽 ○ 馬上金鞍橋掛簾 ○

空中法炮是雷响 ○ 奉送神祇上九天 ○

照前云送佛

在宫回宫在殿回殿 ○ 各归仙宫宝殿 ○

安上金殿 ○ 奠酒奉送 ○ 伯李天吉 ○ 之李寸悳 ○

空中

[illegible]

[illegible] ○

蔣藏本《立廟神歌與大路頭發符》

蔣藏本《立廟神歌與大路頭發符》

該本神歌書由太湖罛船漁民中的神歌先生蔣柏祥（一九四九年生）提供。封面署『九侯世家堂　蔣富興記』。神歌本主要包括兩項内容，前半部分爲立廟神歌，主要介紹上方山五聖如何到太湖周邊立廟故事。後半部分標題爲『路頭發符』，版心處署『大路豆（頭）發符』。從文本内容看，它是在秋季開捕時舉行燒路頭儀式的科儀本。儀式中需要邀請太湖周邊各種神祇，書中一一羅列所請神祇名號。該文本主要在漁民喊願、還願、結婚等規模較大的待神活動中使用。較之一般的燒路頭科儀（筵科），它擴大了請神的範圍。疏中稱：『因某路頭年規寬臺（款待）龍船中（衆）聖、上中下三界、江湖南北兩朝、沿湖各廟平臺神聖、兩廊辦（陪）奉、合堂衆聖。』『完原（願）之後要保佑合船迪吉、人口平安、舟船出入、風浪安寧、生意亨通、漁財茂盛、四季三元常逢吉廣（慶）。』可見是罛船漁民舉行較大規模待神儀式、如結婚喜筵、待南北等活動中所使用的科儀本。

九侯世家堂

蔣富興記

石埠底立廟

三顯庚王敕上坐　畧敘句匕快行呈
不讚前長并後殿　单讚立廟顯威灵
住在上方多日久　一心一意要遊春
問得無錫多仙景　快船一只下湖心
東西跨塘穿梭過　木瀆就在面前程
出子胥口沙豆址　長沙一路不留停
冲邊二山行將過　三洋坟址面前程

塢址一路行将過
西南風吹去吉程匕
相公推開沙窗看
棹北風頭能介大
就在前灣匕船往
前灣好瑰與龍地
只為年 并月久
可恨化子人一中

沙豆就在面前呈
沿東山一搖快如雲
西北角上去烏雲
香船難上獨山門
三相上岸看戲真
三相五廟官鄉民
又來又遇一段情
前來抄乱廟堂門

東郎立廟

行一礼讚一神
三顯侯王欸上坐
家住徽州婺源縣

冡用

奉讚東郎三相身
揚聲奉讚歆盃巡
蕭家庄上長〻生

父親王封蕭七相
生下弟兄人五位
先在上方五宝殿
沙更五廟香烟浅
西湖一座多廣大
三相年年行香信
椒前峬後金鑼响

母親一品太夫人
排行都是三通灵
沙更門口造庄門
西下西湖去遊春
下落香船一直行
西太湖裡廣遊春
小艦搖得蚤麻能

家〻要敬侯王相
香伙祭主還神愿
送出灵神船當久
香船亭住在西峒上
連夜西北風頭大
就請三相東廊坐
禹白王萬歲親封賜

接着頭香燭為尊
三相此刻喜歡心
震澤捕魚打頭名
廣付財愿廿七名
香船難轉獨山門
東廊三相你為尊
勅封王飛三相身

坐船神聖你為主　威灵顯赫管鄉民
漁户總帳交付你　錢粮主入你坐心
四姓香伙来供敬　一笔勾消無掛心
還愿之後開船去　頭船道裡打立名
禹王萬歲面前添好話　添起好話值千金
保福求財說弗盡　楊歌奉讚別灵神
作以

五通靈囤山立廟

家住嶽州發源縣　離城十里鳳凰村
父親王封蕭七聖　母親一品太夫人
上下弟兄人五位　排行正是五通灵
七歲功書年十六　滿腹文章无比論
先到泥婁求仙法　後到酆都救娘親
東京求取官和職　來到平江成一座
五王久住上方多百久　一心一意要遊春
聞得西山多仙景　怅裡偷閑走一巡

中見岱山如猪羊
二龍戲子一般样
處聞好塊與隆地
只少人來發善心
五王四能回身占
暗口心頭自寸能
就在梅元來顯聖
鄭公為豆作主尊
便把緣簿來端正
山前山又寫金銀
收得金銀其完功
蘇州挽木造庄門
揀選良日并吉日
與工同行造庄門
造起九龍與宝殿
江西佛匠塑金身

虎豆快船叫一隻　吉日開船就動身

路上風景無心看　胥口早到面前停

伍子胥口行將過　扯起風帆道已行

在路行程来得快　元山早到面前存

就叫艄公灣船住　五王上岸看戲真

五在園山观占看　山青水秀果然真

左有千年果園石　右有黄鶴堪乾坤

元豆扯伸出龍形樣　石公扯伸出像龍形

正殿塑子通灵相　塑之清丁十二神恪升

天后聖母

香烟炉内緑沉沉　奉讚天后聖母尊

不讚娘娘身出處　单讚衙灣五廟門

衙裡有个朝游擊　做得官来似水清

太湖有个天后殿（洪心要造）　十方四个窩金銀

太湖有个四小甲　提去豆来也有名

大通灵寒河五廟

福德大相清已生　畧談几句納凡民
家住嶽州婺源縣　三圖七保長生身
父親便是蕭百萬　母親天仙女降臨
上下弟兄人五位　文也高來武也精

方爺本是徽州籍　祖籍鄉親是表親
侯王聽說心歡喜　龍亭作別大通灵
福德灵侯來上馬　經過衙灣認表親
在路行程來得快　天后宮在面前存
此間好塊興隆地　娘娘五廟荐三分
恭別娘娘無躭擱　大壟灣早已到來臨
陳根六相忙迎接　香茗一盞說元因
寒河有塊興隆地　侯王郎便看虛真

此間福地有龍脉　必須建廟鎮龍身
不說侯王心思想　且表方爺牙內情
前日小妾生一子　在過三朝不安寧
連疥夾痘有希夸　放生放死吃虛敬
方爺此刻無主意　禱告虛空過往神
若保公子身無事　獨建廟宇塑金身
通灵大相親听得　吾今就要顯威灵
駕在空中叨叨說　方爺你且聽元因

我今非是別一位　說起來時是鄉親
徽州府裡婺源縣　蕭家庄上有名人
你若寒沥五聖通侯殿　保你公子痧痘足除根
方爺便乃新口許　公子頃刻病全愈
方爺立刻來買辦　磚灰木了尽完成
不肖一月來造好　請其佛匠塑金身
正殿塑之通灵相　金徐二殿兩边分
王老将軍東首坐　陳根六相作伴兵

方爷誠心真千少　不費民間半点銀
是此通灵来立廟　騎龍宝殿到如今
祭主虔誠為神恩　降此紅福四般庭
冬季戾王行香信　一年四季吉星臨　此

三相　庙山五庙

炉内禅烟裊紫云　銀紅瑞烛吐紅氣
盃中美酒重重勸　炉内名香漸漸焚
三顯戾王清清坐　讚揚句几快行程

未知侯王家何處　根盤山處那州城
不說之時猶且可　說起之時甚有因
家住徽州婺源縣　三都七保白雲村
蕭王七聖生身父　太郡娘娘是母親
上下弟兄人五位　文又高來武有能
曾到蓬萊求仙法　又到酆都救母親
遊春來到扶桑國　鳳凰山上廣遊春
玉環聖母招親事　鐵扇宮主配為婚

搬運来到蘇州地 上方山立廟顯威灵
洞庭西山又立高宮殿 日夜香烟勿斷根
現在蘇州留圣迹 各家〻廟塑金身
三顯爺王桃心座 哥〻弟〻听原因
聞得無錫鄉里多仙景 思良玩耍去遊春
小〻快船叫一隻 作速吃飯就抽身
爺王下落官艙內 吩咐船家就動身
魚肉葷腥沿路買 酒米銅文多帶星

庚王正坐官艙內　扯起風蓬切〻行
行春桥下穿梭過　西塘一路快如行
胥口一路觀覩青　清明山上冷清〻
狂路行程来得快　長沙山狂面前存
黄麻門里穿梭過　冲漫兩山面前存
三陽岘扯行將過　兩扇風蓬道〻行
塢子一經穿梭過　沙扯一帶到来臨
沙豆上面挽船住　庚王上岸處看真

沙亘好塊興隆地
庚王下落官艙內
一路風帆来泻快
就在山前挽船住
山前好塊興隆地
庚王下了官艙内
庚王推開紗窗看
風又順来水又順

王林胡亘畨荐三公
開船解纜就行程
單嶂山在面前存
庚王上岸看虛真
祖師菩薩下容情
扯起風帆道〻行
只見廟山扯起青雲
西南風吹泻急沉〻

一路行呈来渴快　庙山北在面前存
就在山前挽船住　侯王上岸看虛真
此間好塊興隆地　一心此處造庄門
三顯侯王心思想　只有人来法善心
住居山前馮二敬　慣打官司有名人
只為强徒来扳寔　這場官司攪底沉
妻子婦女豪淘哭　滿門抄斬不輕非
三顯侯王問之淂　驚在云端說是因

馮二敬，你听因。吾有言来你且听。
吾今非是別一位，就是蕭家三通灵。
只要你庿山址上来立廟，保你無事占家門。
馮二官人親听得，睛了通誠許愿心。
不唱侯王来顯圣，無錫縣裡審强人。
强徒了了来問羅，单了揜立姓馮人。
回来就把緣簿釘，各村各户寫金銀。
收得疏銀皆完功，磚灰木了尽完成。

不消一月来造好，請其佛匠塑金身。
頭殿正坐侯王位，横豆缺少作陪賓。
不道湖中强盗廣，大武灣漢文漢武做强人。
捲捕所止里閙得，就差汎地兩丙丁。
二人奉命把强盗捉，沙毛哨快下湖中。
便把强盗来打死，二人落水付陰君。
三顯侯王親封贈，掌管錢粮直到今。
捕盗有功為神道，落水王爷兩将軍。

装塑一圣像横豆笔　威灵星赫管凡民
祭主虔办来朝拜　足办钱粮了愿心
伏法美王亲鉴内　一筆勾消保太平
歌声不敢延长费　又要移歌刷灵神　渊山口
刘三七才观丶三丶祖丶水明丶王三王丶立丶王母二
徐丶杨丶空三三太郡上金蓝越五三丶上方丶功丶贤
路丶当丶大丶北丶火神丶五聖

天妃娘〻

風火如来正九重　雲端江灵今圣中

今有待使忙通报　須吏船庭請圣中

萬神下礼低豆焚香迎接得瀛天后圣母

娘〻紅神普濟院君大姑娘〻小姑娘

〻中姑娘〻保右子孫娘〻吹風喝浪兆

柳二神晏公老爷賢德夫人左金童右

玉女新興登中在安条〻灵尊〻請到位〻

来臨空中先送飛雲走報仙官焚香迎接
照前請〻到〻灵〻分付与坐

水路城隍

一炷清香透上蒼　沖開寶殿與仙宫
似鸞如鳳又似虎　飛到平台請聖中
炉焚宝香虔誠拜請有勞符官焚香奉請

平台山上得道朝神大峭上敕封水路
城隍龍氏夫人同衙門出入陰陽班堂子
五聖東廊三相三宮夫人仙音平台山堂船
神聖王母三相霹面艄公左右王爷一搖三
位雲豆官筆小船一號金一搖管快船一號
馬下戎郎六虎有徒催討錢粮大江寓
張一張戎張三四爷朱家堂内朱巡湖朱戎先鋒
朱八官人才家堂内金豆得相君朵夫妻二人

敕封延湖御史陶君顯叔名元帥直值先鋒
君華士方西位新興宜興溧陽一指三位素鬼
興公有勞符官使奉請銅坑門口顧老相
公周李二位夫人善人橋朱八官人[illegible]氏夫人
有勞管使　香奉請南橫神聖秀山嘴鰲
山頂友浦港龍船灶王弌相公臧氏夫人楊瀆
橋廣濟侯王孫大將軍許氏夫人仙着殷監
後閘門吊橋方基五廟指澤侯宋之相公宋

慶三朝奉宋福 四尊神對溪塘 上馬福
老年都巡總管關西五路道遠財帛將軍
四川旗頭三十六位天殤官七十二位小殤
神西羅納喊傷官青龍年〻進貢右白虎
招財童子日〻生財利市仙官前來催後
文武坑首 神浙 江杭州府金花 五道天將軍
無錫蒼橋下木仙五路水土神祇句神騰蛇軒
轅台內百無禁忌神君門神和合如意神君一切

威灵年月日時四大將軍春夏秋冬四季管
湖聖神虛空過往監察神祇催討神司吏皇
亡灵一切威灵有勞符官雲霄宝殿須速啟
奏南朝門外頃刻傳聞迎邀聖駕速赴華
筵再奉一盃喊酌揚歌　不敢久留克送符官
自身起馬火化金錢今當奉送百事大吉

路頭發符　　伏以

華筵奈主恭对符使案前歸跂伏跪

五彩鸞雲南北飄　功曹上達九重霄

提鈴開路行千里　走馬如雲萬神朝

炉焚信香虔誠拜請　今年今月今日今

時當班傳奏值日功曹飛雲奏報仙官

焚香奉請華山頂上上中下三界值符

使者會同土穀當方里社明王同上香

大路香請符　　第盡

又登筵 位坐祭主信到美酒〻行初献成

成双二献酒行三献三献告完亭心風已

畢今有 口義对符先讀 今據大總統民

国江南某府某縣某鄉某都大王界下

在船居住奉道信人某某路船春等拜干

洪造具情伏為〻 国某路頭年規覓台

龍船甲（朝沿湖各廟白神聖西）圣上中下三界江湖南北兩朝

西廊办 奉合堂眾圣先来朝拜值符使

者花乙元馬羊一金元宝開缸先酒米粉
糰圓吃卓看案義重千斤完厚之後要
保佑合船娘嬉人口平安舟船出入風
浪安寧生意興旺漁財茂盛四季三元
長逢吉之一切之中全叨盡庇謹疏上
聞時維　大總統民国乙年乙月乙日
乙具文疏讀疏以完再敬香翻醆酒行滿
献滿献香完　　伏以
年乙月乙日書丞　　寫乙

一炷清香透上蒼　平開宝殿与仙宮
似鸞似鳳又如虎　飛到華山十二峯
又勞符官傳香奉請甲海南边普門大
士大悲救苦救難廣大灵感觀世音菩
薩尊神左右善才龍女護法韋陀風調
雨順四天　天王一十八　尊羅漢圣僧二
十諸天圣衆滿山護法讃教伽藍五名
山文殊廣法天尊峨眉山普賢真神雲

台青峯山上元一品賜福天官紫微大
帝中元二品赦罪地官青虛大帝下元
三品解厄水官洞音大帝三宮九府感
應天尊三百六十考校尊官武當山北
極玄天上帝金闕化身天尊龜蛇二將
一切神祇敕封三界佛魔大帝神威遠
震天尊左右圣子關興關平捧刀侍從
勇猛芦駕周老將軍三天門上孝感威

将山召青上京

皆中三

灵敕封天曹司楊威侯刘王大圣尊神
判步刘先鋒大圣押案刘勤王大圣香
山址崇花大圣周山址陶明花大圣蘇
先鋒大圣顧先鋒大圣虎興娜大圣虎
斗娜大圣金花大圣明花大圣三壇會
上虎圣灵公文劳符官傳香奉請
中界至尊東嶽圣帝大齐王大聖仁聖
帝君南岳佑圣真君四岳四山五岳五

宮皇后王妃地府院君北陰天子酆都
財帛三司叁拾陸案主宰七拾弍司聖
衆河南開封府包龍圖天子拾殿閻王
牛頭馬面張龍朝虎凍超薛霸行杖使
者五方監圣部瘟匡藥真人勸善明訣
禪師收灾佈福一切圣衆上方宝積灵
宮中天地同生日月共長崇福庇名圣
文蕭王老太太鄒千歲聖母娘娘日出
第り

年宮三青中界

扶桑國鳳凰山河道上方玉環千歲圣
母士右院君蕭家王府左殿上福寧嘉
康保五顯侯王右宮中仁義礼智信五
宮夫人仙眷㳅山河紅仁殿祖神堂彭
神廟勅封金千丈老相公金範一太保
上壇香金元一揔官彭華鄉金元二揔
官洪濟侯金元三揔管金花侯四揔管
金元侯六揔管礼濟侯金元七老相公

後宮賢德張氏夫人金家堂内文子三
十六代公卿長興福濟顯忠侯李元帥
秀州蘆国施老相公長江濱道金龍四
大王謝元師正神南木大神羊山狼山
大聖正神洞庭君主柳義相公蕭公雁
公鰍々公大河口張將軍小河口刘將
軍湯將軍梁將軍楊四將軍九龍將軍
漢公老爺神九之神李福三朝奉李福

浒字号青龙界

高 五

第三

四正神中大王小大王東平王關前主
李五河平禹王烏江頂王仁宗〻丁宗
二宗三舍人江河一切圣衆顯應朝神
有勞符官傳香奉請下界王尊
水府扶桑符官丹灵大帝陽谷洞源龍
正溪門源旦洞潮間百灵五湖四海溝
道號王南朝衆手裴府天台太老爺尊
神北亭順天府太老爺遊府城隍大老

爺正神蘇松常鎮四府天台顯應城隍
太老爺尊神各縣二王主神各縣二王
夫人仙眷各府安下左乂听右乂听差
徛役右徛役刀廊門子四皂隸新舁城
隍殿前一切威灵 又塑符官傳香奉
請沿湖衆圣胥口港胥王老太史清大
王長沙鶴頂山飛尤二府王馬圻都府
城隍前家玖郎鄧禹大王潭渎潭酉潭

次行 朱王

次行直家巷口趙

山大王冲漫西山姚郁二圣平東王大
王十三畐圣王天子洞坑門口回河村
巡湖顧老相公周李二位夫人善寧橋
朱八官人賢德夫人遊湖底里遊遊一遊
二遊福司老太三陽岐址六五阿太尊
神河漫堂金壆二老太二莫氏夫人金
墅港大王龍堂港夏禹大王沙墩港王
獨大王寧址港三顕羨王德道朝神沙

頭勅封王林湖老太提点二官人沙頭
天王中鼋山三顕奏王在殿得道朝神
拖山上面江東天 王吴塘白猫〻金司
大王水路城隍天巫灣北琅府老太無
錫惠泉山東王平天子下瀆山三顕奏
王項王天王石埠底三顕奏王吴許二
圣大 王馬積山東坦刘天公西坦刘二
公若行刘三公下埠刘四公刘家父子
爲匕

寺長壽民之朝

各貫了汝沙　年入
山鄉焦占姚王王地陳池百瀆李居士
地四天明王平孔山金雲六摠管竺山
址上頂王天王天沛港顯應城隍烏溪
港平二相靈前靈後靈福司天王靈址
上面祠山大帝青山址教山頂夾沛港
龍船址五廟衍澤王〻二相公臧氏夫
人秀州茅國施老相公長與福德李奏
王老太四安廣德祠山大帝小成大〻

成大閔圣帝老秦浦港蕭学五圣小梅
港橱三五圣楊漾稀雀湖滑道南河福
王徐大將軍許氏夫人大錢漾口吴公
吴婆秦花樹娘娘五樹將軍張綢江丘
老太太莫氏夫人花徑門口居相公楊
灣家五爰王雲氏夫人盛壕村沈福司
老太沈家堂内滑道潮神裡河塊内七
七四十九隻行香太尉西山當方九丈

李宮之壽星湖

告

[illegible]

五圣冉址兴〻陳根天相公長塘河内

馬天元帥荷灣珍龙殿天后圣母娘〻

吳公老爺後冉灣四昂山夏禹王天子

立神龍宮大相包巾明王塘里灣紫雲

台徐李瑜老太陰橫兩山盤龍大王干

山悲士朝山尊神葉山尊神馬四將軍

水東灘紅廟大王〻尊神勅封西太湖主

罕白山水路城隍龍氏夫人同衙丘人

陰陽班堂子五王右宮中一宮夫人
東廊五廟三顯侯王右宮中三宮夫
人衝灣分防行宮天后圣母娘娘洪
仁胥済院君順風耳聯千里眼吹風唱
浪桃柳二神東西刃廊殿王韓岳二王
金徐二殿姚鄒朝神家堂香似李船神
王當方血蒼保鄉天　王東厨司命九令
王帝足福灶君船王土地魚福尊神水
上主山長条大王
老弟乙

路坐船朝夜去班城隍安大一切威灵
勅封巡湖御史陶君顕敖明元帥張洪
泰先鋒君直先鋒君采夫妻二人丁張
呂王四位新兵官兵渠陽一十三位素
鬼新兵六殿監像閩関呂楊考基五廟
招澤房宋六相公宋慶三朝奉宋福四
尊神封門堂上年馮福通灵岳西楊五
路通達財帛將軍王成捻調全部双司

杭州湧金門金花五方五通天將軍武
錫倉橋下水仙王路水土地之神彦青
龍君白虎前朱雀後玄武坎水之神軒
轅台内百怪神君山門土地釣魚公公
神圣王娘三相彦君王爺千三伍六官軍
坐船一號鎮南伯王龍沈陳三相快船
一號金小一搃官小船一號馬下兔郎
年月日時四季宮湖神圣雲虛催討錢
粮吏豆飞灵請得到來速赴華筵再奉
節 十
符彦完事之接圣

一盃起歌奉讚

接送符

送奉符官去路遠　勒鞭跨馬加雲霄
請得神祈傾刻到　拜送天使丹去還
不敢久留奠酒奉送辭符已畢

完

邀聖

伏以叅王聖案炉前歸毯伏跪
五王標名聖敕虔　坐觀雲令獨風流
千秋寶精名山重　萬古英山越防州
爐焚信香迎邀拜請　上中下三界江湖南
北兩朝沿湖衆聖尊〻請　下馬位〻下
刁安上職歸筵　上坐上下職归筵下坐各
歸正位覓坐凡筵　叅王托献名香

上留五湟女聖

路十一

天香者

身從海島与蓬萊　根盤名山天地栽

拈入金炉三祝奉　急縩雲外鶴飛來

歛香入金炉請圣受纳　天烛者

巨燭煌〻照圣前　金光閃〻照花筵

細芯捲就千年烛　柚蠟澆成萬載釘

宝烛呈上請圣照旦

天茶

先春採得稱豆茶 雀舌龍團豈可誇
碧桃裝成青橄欖 竹炉湯沸火初紅
灵請下馬先敬一盃茶
上界王尊上茶 中界一切受茶
下界王尊上茶 沿湖衆聖受茶
路頭阿太上茶 花船三界受茶
收起茶炉盞 擺開酒筵 且捧起銀壺酒
行初献天酒者

[illegible]

第十二

一盃起　二盃来　三山仙花睹開
金毛獅子反身專　女將波斯献宝来
再飲一盃成二〻双献
二杯美酒沸清香　祭主人家鄉有功
滿尊美酒金尊丙　銀和酒出献成通
再飲香醪礼行三献
三杯美酒浪滔〻　王母娘〻把手招
請問中仙何處去　特来長寿献蟠桃

三獻告完未敢再斟大神分付手具卷

肖方馬肖登安登來以士後聖加祭主

平聖起歌奉讚

宝香炉内起歌云　楊歌迎接天朝神

接得聖駕云端内　頭艙上面坐金交

上界主尊請〻坐　中界主尊坐端請

下界主正請來灵　沿湖聖中洞金交

路豆阿太請〻坐　花船三界坐金交

路豆成聖　告一卜

全下馬圣中坐金衣　一切圣中坐端請
上殿天神請〻坐　歌揚奉請下傷神
傷官道裡所事因　小人稟覆兩三声
龍來暫歇深潭内　虎来差往黑松林
花〻轎子歇在花棚外　馬下傘放結繮繩
船来船边常牢纜　下旗羅傘拔銷釘
竹板穆指在船放　大神莫責小人求
衆位傷官寛筵坐　揚謌奉讚上堂神

衆朝衆神归筵坐　歌楊奉讚活观音

一　观音

大悲修道向金滩　四面波濤滚雲團

萬朶紅雲重法堂　千竿紫竹護灵台

香焚宝頂雲騰透　路插銀瓶路来見

常念大悲方便末　善才龍女笑中門

大悲大佛寬上坐　又要楊歌敬大神

開筵分讚别一位　歌楊奉讚関云長

大各三讚見青

刀點三言双音

年小為客離蒲東
濟困扶危立大功

第十四

糾〻漢朝五虎將
巍〻羊羌美髯公

時來官渡救曹操
数盡臨坦遇冲〻

大義古今誰可及
灵神褒恩淚痕紅

伏魔大帝起楚坐
歌揚奉讚刘猛神

劲年孝感〻雩蒼
猛烈威意真大唐

降吳雲間生上海
位似極樂材西方

紅羅纏在額青髮
金甲輝浮射金方

掌握天曹為安王　敕封楊爵顯侯王
上界主尊寬筵坐　楊歌奉讚大朝神

東岳上方

上方影々静雀巍　松柏蒼飞遍成栽
宝塔凌雲孤雁繞　湖光浸月勝凡間
名山福地由神巍　香烟缭繞護龍光
天佑九年三祝寿　東湖争軾万年盃
上方老太寬筵坐　歌楊奉讚太六人

上签三一讚上方

告卜上

又歌第十六

太郡娘〻寬上坐
太郡娘〻圣母王
自從進入中吳地
圣神康王降吉神
千年香伙蒙永護
太郡圣母寬寬坐
五顯康王請〻坐
仰瞻天 圣降瑶台

第十五

春行四句快行神
生同日月長扶桑
萬載封疆福寿康
家堂供奉大朝神
百歲康寧永日長
根連奉讚五相神
列名四句敬大神
文物威儀世罕哉

五

德配兩儀分八表　道通二曜按三才

須臾佈得呈祥至　頃刻留思降福来

獨奉萱新三派遠　聯芳棠棣滿庭開

五奏昰王寬上坐　連根奉讚五路神

路豆阿太坐得滄　句〻言條道你听

未知財神生出處　家鄉出處那州城

枉平將軍住何處　住在南京聚寶門

李四將軍住何處　本是常州無錫人

客廷汁申

页一六

路三六社　　第十六

孫尭將軍住何處　住在臨安養馬村
住安將軍住何處　住在鳳凰積米村
耿秀將軍住何處　住在蘇州狀遍村
家住各州并各縣　才是經商買賣人
義兄義弟前世事　佛遺天差到一城
一齊來到揚州府　瓊花館内歇安身
瓊花勝會真無比　更兼神通顯威灵
也友求財問大象　讀書君子問功名

其時弟兄多跪拜　明〻白〻口通誠
吾乃生在年初五　正月初五子時生
五伍將軍齊听得　同年月日共時辰
天下走到無覓處　哥〻弟〻天湊成
殺副豬羊齋関帝　拜其天地吉同盟
只是同年無大小　急分長幼好相称
閻子安在殿盈内　憑天取斷甚分明
杜老將軍拈來看　天意推尊老杜平

各一言白田將軍

斷至此止

四住將軍多快活　天隨人愿稱人心

凡事大兄來作主　生同買賣死同文

各出花銀六十兩　一總共成三百兩

收買雜貨多不讚　單唱宜興軀火盆

頭號大船斗一隻　一心只要往宜興

在路行程來得快　丁蜀山在面前存

看見窑方烘缸好　收來買足下船行

二号烘缸、烘缸、百缸、安

三等與缸、三等買、年、春門

裝在船艙就動身

入號烘缸一百口

友福之人天賜福　六月炎天水結冰

曼天大雪夂〻落　樹結銀花似水晶
頃刻烘缸多賣尽　換来尽是黄共白銀
一倍本錢千倍利　一船烘缸一船銀
个傳生意絃不做得着　原是天上財福星
財神淨子黄金無用處　特来付与船鄉民　卟以

龍王

一炷清香入炉焚　楊歌奉請老龍君
監心修煉幾千載　玉皇差你降凡塵

江湖河海你掌管　五湖四海你為尊
不唱龍王身出處　单唱陽山一段情
陽山朱氏容貌好　繆府擇日結啟親
神母愛吃仙桃子　吃子仙桃有重身
其時十月懷胎足　天宮降下一灵神
雷公雷母親護駕　七月廿三卯時生
龍王都是朱氏子　繆門朱氏嫡双親
當時接到龍王天空去　明日還須要娘親

神母湖面来看見　盤住娘親要乳吞
娘〻胆小心中怕　登時唬死不還魂
棺木成殮殯葬母　取其龍究作坵坟
陽山西面建立廟　流傳聖跡到如今
大唐天子登龍位　龍王得道上天庭
君王即便親封正　敕封朱氏太夫人
白龍西灣建立廟　萬古傳流直到今

止收

四府城隍听事因　畧提表名相送神
蘇州府主神通廣　提起頭来現見根
家住四州城都府　國家庄上長〻生
世代為官多清正　一生正〻管香民
君皇發到蘇州去　學管蘇州一郡人
只為江塘河工事　工成浩天勿容易
連次辛勤功不成　君皇差你督工人

大各之[illegible]四寸生

第二下

路上詞合看三

幾次江塘何工事
周爺思量無計策
朝廷獻書功成簿
一時友口難分說
神明得道闖陰府
勅封蘇州為府主
各府城隍三年換
一府七縣来供敬

全三

朝廷見奏怒生嗔
君王催捉不容情
要与君王弄賬清
將身跳入海洋心
玉皇上界聞知得
一生正直便為神
惟友周爺萬代興
神明畫依作主尊

大路頭四府

漁民今日还神愿　請来陪奉萬皇尊
祭主今日非別事　求財保福稱人心
枩江府主神通廣　松江一郡管青民
請到鑾前無別敬　秋季路頭敬大神
常州府主神通大　常州八縣管萬民
祭主時地虔城請　請来陪奉敬大神
鎮江府主顯應神　鎮江一郡管黎民
路旦規年还神愿　廣付漁財廿四分

第二十一

遊府城隍听事因 南北西湖廣遊春
小湖裡面你為主 裡湖兜内你為尊
飛府城隍听事因 五湖四海盡皆尊
各處凡民來供敬 祈保香民永太平
都府城隍听事因 当今一國獨為尊
天下凡民來欽敬 保祐江淂不山平
十七縣王听事因 畧談幾句各表名
各縣方民還神愿 只為求財保太平

斋主虔誠迎神愿
四府城隍寶筵坐

顧大相

家住蘇州吳縣管
自小讀書文章廣
後李王公三畧法
吟詩作賦最精名

一筆勾消無掛心
揚歌讚讚大朝神
外筵村上長生身
四書五經盡精名
拾八般武似皆能
摠捕所上用金銀

節二拾式

大路豆界江湖

買得捕快回家占　人〻只說提强人
便叫手下忙不住　你近前来听事因
三號快買船三只　防他石砲灯流星
[illegible]
船豆排去狼烟炮　藤牌掛潟兩边分
斬馬大刀皆完備　腰刀弓箭緊在身
摇船郎子多扎轉　团〻擒尾提虜人
接連三千狼烟炮　開船解纜就動身
外窑一路穿梭过　三洋峧嘴到来臨

看見小網船一只　搖到船边問事因
船上東人慌張子　人々告以相公听
我等捕魚來度日　並不非為做雞人
昨日耳聞來者說　盜船停泊在西灘
椒山灣理張布幔　吹歌唱曲飲杯巡
相公听說開船去　風帆兩道快如云
近椒三个狼烟烟　殘人後不見閭君
只有豆息心胆大　口裡嘮叨說事因

大路三頁人目

卷二　二三二

太歲三、雇、今、不

你今若要来拿我
相公暗〻心思想
後面你有陰兵助
前心後應难得过
就觧李曾毛一魯
相公不談陽官做
東岳圣帝重風正
崇禎二年為神道

第二拍三

如丟足下去騰云
心生一計捉强人
囬豆一箭背中心
强大活捉到船定
形法拍謌閻羅君
羔神落水付陰君
何國先峯第一名
加封神廟到如今

收足

王式相公

家住浙江湖州府　長興县管落鄉村

神父郎中為長老　鄉約断得及公平

撫養二官指六七　高堂父母作亾灵

請得地師看地穴　子孫後代定為神

殯葬二親土地内　登時一命赴陰君

閻王見了親分付　你去立廟管香民

此相奉命回家去　来到香山討廟門

第弍差 四

鄉民不知何神道　託其一夢衆鄉民
我今不是別一位　先年父母双亡过
就是王家邨內人　葬在爲神地上存
我今爲神來五庙　五庙裝金塑我身
你今不信我言説　擾乱村中不太平
當時鄉民怕不住　興工動作造庄門
廟宇造德無多日　各處香煙上廟门
邨中有个藏秀士　也到神前看寺因

說道神明多显应　緣何只是一单身
有口無心来說出　不道神明听得清
藏家有个千金女　庙中許我做夫人
弍相廟中来選日　要迎藏氏做夫人
相公打扮郵中客　帶得金銀即便行
走徑来到蘇州地　南濠街上買貨之
吃用貨物多買隆　緞羅緞疋及時新
百般貨物多買办　叫船裝載轉長興

一程来到香山嘴　王家郵內把船停
角ヨ才王
沈相先走上岸去　就叫船家後亘跟
原来不見王沈相　問来問去不知因
衆人稱説真希奇　莫非廟中相公身
船家進廟看一看　沈相容貌一般能
南貨發到庙中去　藏家女子命歸归陰
塑得夫人同上坐　樂殺王沈相公身
如此相公来婚配　夫人双々同道行

王氏相公寬懷坐　又要移歌別讚神

徐大將軍

家住湖州烏程县　徐家庄內長生子
神父就是徐公爺　母親高氏正夫人
生下𤆬神多容貌　送入書房讀詩文
自小讀得文章蓋　文又高來武又能
掀湖裡面張絲網　從空降下一將軍

掎援徐公多法術
以後經商回家鄉
舡上水手多煩惱
家〻尽把年来过
艄公听説微〻笑
你今人〻安眠睡
差遣陰兵無萬数
徐公當下来分付

第二折

勝云皆無尽加能
隆尽天氣水成永
人〻个〻不欢心
年近迸冯到家亭
你門听我二三声
将軍橋内顯神通
一時三刻到湖城
陰兵立刻去是云

揚瀆桥口挽船住　船上水手尽欢心
大家称說真奇怪　如河能渴喆家门
以後神通說不尽　登是就立廟堂门
楊瀆桥口来立廟　廣就香烟護凡民
祭主今日还神愿　則為求財保太平　信仙
居老相　姓金陶恃
家住蘇州称县吳宫　柳西村上長生身
爹了有錢百萬　母在堂前称院君

第头卷七

七號功書年指六 ○ 滿福文章無比論 ○

徐神肉盤吃勿尽 ○ 無人敬我姓居人 ○

高豆快船𣅀一只 ○ 涵盧一只当金受 ○

在路行程来得快 ○ 塘灣早到面前程 ○

李瑜老太忙迎接 ○ 香茶一道説元因 ○

我今到来会别李 ○ 要把西湖平半分 ○

李瑜老太面言説 ○ 居杏在上听元因 ○

騎得門前石馬動 ○ 就把西湖平半分 ○

弹得門前石鼓响　便把西湖平半分

撑得門前石船動　石旗敲去就因程

居老相公神通光　石鼓打得振行〻

相公騎上石馬背　四足騰云就駕云

石旗方在石船上　撑開石船就動身

李瑜老太来哉迁　居老相公去事行

、面放在坦圻上　長圻山嘴到如今

、面放在長圻上　坦圻山岐到如今

第三本

、面放在毛圻上　毛圻山歧到如今
後面徐神哉得近　一脚鉄岕大闕門
居老相公神通光　石旗三歧定乾坤
花徑門口来立廟　光就香烟護凡民
香民是你香炉脚　世代香烟不斷根　作止

王林湖老太

家住常州無錫县　王家村里長生郎
生下灵神多容貌　熟讀陰陽地里經

陰陽地里多精熟　鄉鄰請去看坵坟
正是少年行時日　手尽洛棺出公卿
一人傳二二傳四　人人只說地仙人
神子神孫將言說　公婆在上听原因
單看別家坟地好　不思後代出公卿
林湖老太心思想　此言有礼十分真
有心打看真穴地　此見坟地出公卿
青龍白虎灣灣抱　四面来龍汪汪能

合句武道乙

上南三分陽官做　陰官洛北二三分
陽官还防奸臣出　僚乱之年怕出征
若是為官还是陰　積代香烟不斷根
看罷死地回家轉　神子神孫听原因
大門要关三年半　将来出入側門行
嫣〻兒孫清听得　公〻爹說話自然听
分付几句良言話　欢容化命入幽冥
神子神孫忙不住　高〻山上張坵坟

免吊二字高门掛　兒孫收孝在家門
日〻生瘡併生癤　王皮搭骨瘦玲玎
鄉鄰道他來收孝　走之家內脫凡塵
收孝三年方滿足　脫凡換骨就為神
加請王上封官職　林湖老太到如今
香名是你香炉脚　接代香烟不斷根　收姓
李王　陆
家住浙江湖州府　長興縣管李桥村

第七台十

世代為官多清正
家有良田三千畝
粮户解到東京去
前頭衆人將言説
相公即便將言説
若要回家非难事
吩咐衆人安眠睡
差遣陰兵無影数

民 [illegible]十一

不是平是百姓人
白粮解户到来臨
年近有要轉家門
年近乃得拜新年
慢〻消停再理論
不消一日到長興
相公晴理便通神
不消几刻到長兴

逢山過嶺拗百响
前頭有个来冲破
相公一命帰陰去
相公托夢衆鄉民
原是聖跡流下传
李楊鄉官多豪富
七日七夜梁王啋
超度孤魂归上界

粮船早与到家庭
艄把陰兵羅不硂
陰兵使用要金銀
起升保佑永太平
粮船停在轉船灣
癸指搭起九霄雲
八日八夜度亡君
依然清太一乾坤

高宗皇帝親封正 ○ 封侯一品塑金身 ○

是些靈神多顯應 ○ 俱称福海李王神 ○

香伙是你香炉脚 ○ 世代香烟不断根 ○

冬季祭埽有清纡 ○ 一筆勾消無掛心 ○

四船人口常安寧 ○ 老少康亭福寿增 作双

徐家神王 ○

隔重水 ○ 隔重山 ○ 山青水秀塘裡灣 ○

縹緲峰高為山岐 ○ 塘灣青秀出徐神 ○

川雲之後徐學瑜　曾遇高人授法術
其時外邦倭寇乱　侵犯唐朝花錦城
有人退謁番邦賊　官上加職下輕封
學瑜老太收皇榜　單鎗匹馬去出陣
番邦小妖忙通報　兩邊交戰比輸贏
學瑜老太來變化　作化龍蛇去咬人
或變化蛇來出陣　或變蜜蜂去叮人
叮仃叮來咬仃咬　番邦倭寇走如雲

老太得勝回朝轉　威風凜々進朝門
君王一見心歡喜　高提龍筆就封恩
文武紅羅封官職　皇封官職歛盃巡
君王听奏開金口　賜鄉官帶書家門
上
學瑜太老辞官職　願做平民百姓人
學瑜老太神通廣　子孫代々尽為神
眾民是你眾炉脚　世代眾烟勿斷根
今日眾民還神願　一筆勾消無掛心
上帖

金龍詞

家住浙江嘉興府　平湖縣裡長生漢
積祖鄉紳謝百萬　母在堂前稱院君
善門生下麒麟子　眉清目秀少官人
七歲攻書年拾六　滿腹文章無比論
清明放學回家門　平湖塘上看塵真
可惡粮船無道裡　欺令百姓衆香名

有錢使費來放去　無錢使用剝衣襟
大王一見心中怒　遂去心豆以一盘
棉紙仙鶴來放去　登是放去九霄云
粮船一帶行不動　猶如鐵樹生根
官粮旗甲忙丧了　莫非撞著淺沙墩
就教水手來撈摸　並無擱淺半毫分
指揮粮甲無主意　端坐虛空過往神
大王

天王駕在雲端内
我今句是別一位
帶我名字朝中去
指揮當不親以許
指揮到京來去奏
勅封天王金龍司
上管江湖急水廟

一一行行說得真
平湖縣裡謝家村
粮船無事到東京
粮船一路去如雲
君王見奏就封官
李良洪上管鄉民
下管蘇杭花錦城

神名如此呈手段　下天聞名直到今　北火

（争香城中）

七相

清凉〻　親堂〻　讚之金家少年郎

父親雲良都元帥　叔伯排行第七名

取得賢惠張氏娘子　如魚得水過光陰

填山河內興宣殿　萬古傳流到如今

水路

陶君顯

香烟一炷入炉焚
南北朝神歘上坐
家住蘇州吳縣管
爷〻就叫明陶土
生下灵神船艙内
子覺長人年七歲

奉請石臺眾大神
陶君顯先鋒歆吾烝
六櫓船上長生子
叔〻明慶老成人
眉清目秀貌超郡
官艙裡面讀文章

陶文亨

滿腹文章神通廣　百般諸事尽加精
一指叁歲為小甲　北府衙門立入行
千游把摇为朋友　說公話事極古平
湖中若有不明白　君題一到兩公平
禹皇見他多能干　請你平堂管萬民
敕封灵神官不小　叔明元帥到如今
漁民攏帳交付你　錢粮立入你當心
四姓香伙錢粮收清帳　一筆勾消無掛心

上頭句子下切脚
手臂彎〻朝裡曲
遇皇面前添好話
刀斬手臂人手段
快行神灵劈竹性
奉讚大神寬筵坐

請你頭船第一名
捉魚人護意捉魚人
添起好話值千金
高樓上敲鼓走問名
三言兩句就抽身
東翁各勸滿堂上廿对

勸酒

龍

秋李路頭奉請七老相公請坐花船〻上

[illegible]

開旗鳳龍弍眼時辰細小丑在風相送順
相水連花船上面洪米油監一切登斉
説来無事叩求上蒼
天上金鷄叫一声地下龍船開眼睛天無忌
地無忌陰陽無忌百無禁忌左眼观天
右眼观地左眼開其龍眼右眼開其鳳眼右天左地
中間要取廿四分財源一敬天弍敬地三
敬花船多得礼

徐氏北大社神歌

徐氏北大社神歌

該文本由徐二男（一九四二—二〇二二年）於二〇一八年提供給筆者，原件是徐二男六十歲從業時，同行談根元所贈，原件爲手抄。徐二男祖上來自揚州，他們的儀式還保有揚州特色。徐氏祖上遷到蘇州以後一直是漁民，舊時以耥螺螄、張絲網爲生。祖上最早居住在葑門光榮墩（烏龜墩）六號。徐家贊神歌的傳承脉絡主要是：第一代徐長發，第二代徐采長，第三代徐升學，第四代徐金才，第五代徐二男。徐家關於各種神歌的使用如下：《太姥求子神歌》結婚時用，講述上方山五位官人如何娶五位夫人；《觀音神歌》都可以用，講的是觀音收伏黑心人；《劉王生身神歌》是做太平用，兒子結婚、小人剃頭時唱；《打糧船神歌》是在漁民打船儀式中唱；《看黄牛神歌》是到蓮泗蕩劉王廟燒香時唱；《七相神歌》哪里都可以唱，香汛裏唱得多；《沈福四神歌》是趕横風（驅邪）、生病人家舉行儀式時唱；《五公公、陸太爺神歌》是北雪涇待佛時唱；《三靈公神歌》是建廟、造房子舉行儀式時唱；《永興堂七公、七母神歌》很少用。

發符

今日夜間有促□□□社□□□香客裝香點燭，先請上界符爺。發馬騰雲，騰雲發馬。身穿龍袍，脚穿粉底朝靴。身背黄包，手拿象牙朝板。人家看見祇當是相爺國老，就是促上界符爺。來路騰雲要騰到，□□府□□監管土地□□香客（圓堂、神棚、衙門）高位請坐，邀請中界符爺。中界符爺是身穿盔甲，手拿開山月斧，騎上高頭白馬來騰雲。邀促中界符爺騰進□□社□□香客（圓堂、神棚、衙門）高身來坐。三邀三請三界符爺，三界符爺身穿馬褂，手拿三角令旗，手提銀鑼來騰雲。騰進□□社□□香客（圓堂、神棚、衙門）請促三界符爺。高來高坐，低來低坐，三界符爺全部上坐。有促□□香客敬上三杯銀壺，今日夜間非爲别事，爲的□□香客□□□□□□□□□，特請促符爺大人到得園堂。要請促符爺大人去請南北四朝大人到得真身，稍停片刻。

請神

挑起銀鑼拿起鼓，今日是□月□日，夜間有□□社□□香客剌（龍棚、圓堂）裏廂待大人。是爲（謝堂門、□□□香汛、待常年），大人要請促南北四朝大人、前輩祖師，到得（龍棚、圓堂）裏來吃太平酒，要請促前輩祖師、先鋒到接官亭上接大人。香客要請□□□香客三代祖先到圓堂外頭接大人，年輕花童要開鑢銀壺來敬符爺。符爺大人吃子三杯銀壺酒，要請符爺大人順手拿起羊毛筆，左手拿起請神簿，年輕花童説一聲來記一筆。要請符爺聽得清來寫得明，年輕花童要一一説分明。先要上請三十六，下請十八層，請東天日出扶桑國、北邊五湖四海、西邊王母、壽星、二官人，再請南洋觀世音、善財龍女、佛法阿彌陀佛一同請。黄天蕩徐公堂裏請大人、劉王千歲、二爺大人、長檯三爺、五公公、陸太爺、三四親伯、徐金鳳小姐、王阿爹、傷司八將、傷司五道、西北角裏總位先鋒、徐家堂門徐長法太師、徐彩長太太、徐升學阿爹、徐金財爸爸、徐長生先鋒、潘寶山一道請。楊樹港劉王千歲、二爺大人、傷司五道、先鋒蔣介學、蔣叙才、蔣雙福、蔣根生、蔣根學一同請。西山廟周李少爺、周李夫人、王阿爹、二阿哥、沈小姐、沈留妹、先鋒沈小毛一同請。火弄裏北大明王、林將軍堂門、周生才、陸彩長一同請。錢萬里橋茅山正神、九天司老王爺、王靈官、茅山五道一同請。龍口里公興堂要請劉王千歲兩大人、三四親伯、傷司五道、王阿爹、先鋒徐照堂一同請。雙金浜二爺大人、三四親伯、傷司五道、先鋒蔣友堂一同請。大黃石橋闞爺、仁記老爺、小黃石橋二爺、明王土地一同請。九渡里聖堂五方顯聖老爺、五方猛將一道請。陸家舍大王廟要請薛大明王、明王土地、徐轉發太師一道請。郭巷土地、大年橋土地、姜莊土地、楊年橋土地、四土地請出五夫人。楊枝塘要請金沙城隍、楊老太爺、大堂裏陳太老爺、當方土地一同請。小橋灣要請茅山正神、茅山王爺、九天司老王爺、王靈官、飛府五道、跳馬皮大王沈金男、沈南高先鋒、張永財、張小公子、徐壽學、潘闞山一同請。金家橋三顯劉王、二爺千歲、長檯三爺、先鋒沈壽堂、沈留堂、沈永堂一同請。西車坊高墩城隍、東車坊南洋觀音一道請。高殿金鷄八將、隨糧王、琴老先鋒、八阿爹、沈公子一同請。張家涇雲陸老太師、七相公、江華七爺、二爺堂門、沈回雲一同請。大窯金山城隍、城隍太太、澄湖馬石皇大爺大神、堂門一同請。稻墩庵千歲大人、啞子二爺、小橋裏朱府二爺、長檯三爺、傷司五道、先鋒金白頭、徐白頭一同請。永興堂三爺、七公七母、龍船四將、長檯上先鋒倪文長、馬明高、劉發祥、倪叙才、倪金妹、吴和尚、十三位落水亡人一道請。南塘三太均乾娘、先鋒金寶、銀寶、夏水寶一同請。長橋太均娘娘、五位官人、五位夫人、尹山土地一道請。龍橋四星堂三四親伯、啞子皇爺、先鋒蔣得方、談林高一同請。徐家浜茅山王爺、九天司老王爺、茅山五道、堂門馮阿爹一同請。李王廟李王、玉帝、木香港三官大帝、楊河涇三土地、三太太、三顯劉王一同請。上塘周何山、下塘韓通涇、塘市庵觀音大佛、千歲大佛一同請。蛇王廟要請蛇王將軍，四天地、大王一同請。蘇州府城隍司、闞王、玉帝、王母娘娘一同請。祝家墩上龍頭土地、船頭土地、魯班先師、寮簷五聖、三代家堂祖先一同請。玄妙觀要請六六三十六殿三清、玉帝，四大將軍一同請。西跨塘太姥親娘，請出小二男。水仙廟要請水仙城隍，水仙五道、水仙公子、水仙土地一同請。靈官廟要請子孫老爺，楊家橋三顯劉王一同請。葑門相王土地、七公明王、陳公鄉堂陳公土地、七公堂七公明王、明王土地一同請。婁門外安樂王、新太爺、老河涇土地、路德庵土地一同請。長青長涇廟土地、渭塘高墩土地一同請。北雪涇頭殿小城隍、二殿五公公、陸太爺、沉船上張季高、陸永財前輩、堂門顧春山、蔣友堂先鋒、徐小公子、蔣介學、蔣叙才、蔣雙福、徐其學、徐根興、太爺公子、潘雪弟，請出姓沈二梅香。相城東嶽大帝、青城四將、堂門一同請。田涇要請本城隍，小五土地、小五土地、小唯亭四相、大唯亭蝦兵蟹將一同請。外跨塘周孝子、周太太、夏樹港城隍土地、婁下城隍、婁地大王、小五土地、朱家港土地一同請。蘆菲涇正副城隍、城隍太太、飛天五道、昆山百府城隍、千歲大人一同請。青劍湖灘上司箬城隍、彭港土地，請出五城隍。南太湖沙金港要請總管，都堂、當方土地、堂門沈玉山一同請。虎山橋東嶽大帝、財神四將、黑虎大王、先鋒徐正祥、徐正龍、徐起忠一同請。銅坑門擦湖猛將、總位先鋒、楊灣千歲大人、大親伯、徐親伯、三四親伯、三公子、家堂一同請。橫沽蕩要請三四親伯，啞子三爺、三公子、萬長林祖師、雙林石淙三位小姐、家堂太太一同請。章家壩要請三五親伯、十二位親伯，總請十二位太均、十二位公子、蛇船公子、沈大公子、何小姐、何小妹一同請。平望要請南管城隍，北管城隍、太爺、楊爺、二爺一同請。鶯脰湖要請鶯脰娘娘，角咀楊爺千歲、龍大人、徐阿爹、馮阿爹、堂門一同請。鶯脰湖鶯脰娘娘、鶯脰土地、堂門徐公彩一同請。八坼要請先山城隍，史進才先鋒、勝墩村水平王萬歲、折香周子、排箬先師、沈福四萬歲、踔脚夫人一同請。趙家港都堂七爺、千歲二爺、小轎二爺、朱府二爺、三四親伯、堂門孫夫堂、孫劉根、孫老太、七代堂門、總位先鋒、草堂灘上小金山土地一同請。同里要請二殿城隍，金澤楊爺、吴氏堂門、孫天生伯伯、金家莊七爺靈公、七夫人一同請。蓮泗蕩徐長灣劉王千歲、二爺大人、劉公子、小轎二爺、大悲庵朱府二爺、接寶二爺、兵船太師、長檯三爺、西北角傷司八將、總位先鋒、五道堂門、沈雲周、沈法高、徐長法太師、蔣家學先鋒、潘寶山、談阿根、徐火生、徐一亭、倪小弟一同請。鐵店港仁記關爺、長龍橋一四城隍、痘花正神、金爺靈神一同請。調轉身來要請雲台山、七子山三官大帝，招男招女一同請。穹窿山要請朝山玉帝，三茅正神、堂門朱玉高一同請。五峰山要請大爺，二爺、盤龍小姐、峰山二男、夫人、太太、堂門一同請。高景山要請正副城隍，飛府城隍、二阿哥、夫人、太太、六班皂快、沈紅星公子、夫人、堂門一同請。上方山要請太姥娘娘，親王、千歲王爺、五殿朝王、五殿觀音、二公子、三公子一同請。湖心亭要請鬍子親，金娘娘、艙裏二爺、房裏小姐一同請。半山頭要請馬公公，宋六相、堂門李大德、李大春一同請。謝宴嶺大爺、大太太、王公子、啞皇爺一同請。中峰寺觀音、太姥、呂純陽阿爹、上何山下何城隍、夫人、太太、四梅香一同請。南太湖總管大人、白太爺堂門、沈大祥、西太湖平臺山水平王萬歲、堂門、王二麻子一同請。南太湖華船梗上大爺、二爺、三四親伯、傷司五道、八位落水亡人、堂門史進才一同請。銅井山金龍四大王、二爺、傷司五道、堂門一同請。西太湖臨湖咀、大爺、二爺、三小姐、堂門一同請。漫山素佛、素佛天地、半山正神、冲山上觀音大佛、玉皇大帝、三位夫人一同請。日青山要請日青山大王，半山大王、半山正神、香山王母娘娘一同請。南橋要請南橋城隍，北橋大爺、二爺、三爺一同請。塘口三爺、城隍土地、先鋒金富春、甘露烈帝二爺、陳千歲一同請。上北府北陰四將軍、先鋒張大義、張大仁一同請。下北府龍虎大將、揚州府二爺、三爺一同請。大茅山三茅正神、八社太師、茅山五道一同請。

年輕花童請神兩字亂紛紛，要請符爺大人去請真身。年輕花童要開鑪銀壺來敬符爺，符爺大人吃子三杯銀壺酒，要頭上紗帽戴戴正，身上龍袍要曳曳挺，脚上鞋子要拔上跟，騎上白馬去請大人。大的衙門去請真身，小的衙門紅旗摇一摇。刺（圓堂、神棚）要請符爺大人去，南請三十六，北請七十二，還有廿四山頭頂，共請一百四十四隻廟莊門，要請十八路傷官送大人到（神棚、圓堂）裏來到真身。要請南北四朝大人原諒二三分，年輕花童嘞拜師來嘞學徒，就靠靠輩祖師夢頭裏教幾聲，停停歇歇來坐神。

坐神

紅燭照進圓堂坐大人，不坐大人年輕花童有點難爲情。南北四朝大人、前輩祖師，圓堂外頭、圓堂裏廂冷冰冰，要請南北四朝大人原諒花童兩三分。今日□□月□□日，夜間有□□社□□香客在（神棚、圓堂）裏廂待大人。今日夜間非爲別事，就爲（香信完常年、謝堂門）刺（圓堂、神棚）裏廂（謝大人、待大人）。要聽我花童一一來坐大人。

請東天日出扶桑國、北邊五路四海、西邊王母、壽星、二官人、南洋慈悲觀世音一道坐。善財龍女、佛法阿彌陀佛一道坐。黃天蕩徐公堂裏劉王千歲、二爺大人、長檯三爺、五公公、陸太爺、三四親伯、徐金鳳小姐、王阿爹、傷司八將、傷司五道、西北角裏總位先鋒、徐家堂門徐長法太師、徐彩長太太、徐升學阿爹、徐金財爸爸、徐長生先鋒、潘寶山回衙門。楊樹港劉王千歲、二爺大人、傷司五道、先鋒蔣介學、蔣叙才、蔣雙福、蔣根生、蔣根學一道坐。西山廟周李少爺、周李夫人、王阿爹、二阿哥、沈小姐、沈留妹、先鋒沈小毛一道坐。火弄裏北大明王、林將軍、堂門周生才、陸彩長一道坐。錢萬里橋茅山正神、九天司老王爺、王靈官、茅山五道一道坐。龍口里公興堂劉王千歲兩大人、三四親伯、傷司五道、王阿爹、先鋒徐照堂一道坐。雙金浜二爺大人、三四親伯、傷司五道、先鋒蔣友堂一道坐。大黃石橋關爺、仁記老爺、小黃石橋二爺、明王土地一道坐。九渡里顯聖堂五方顯聖老爺、五方猛將一道坐。陸家舍大王廟薛大明王、明王土地、徐轉發太師一道坐。郭巷土地、大年橋土地、姜莊土地、楊年橋土地、四土地、五夫人一道坐。楊枝塘金沙城隍、楊老太爺、大堂裏陳太老爺、當方土地一道坐。小橋灣茅山正神、茅山王爺、九天司老王爺、王靈官、飛府五道、跳馬皮大王沈金男、沈南高先鋒、張永財、張小公子、徐壽學、潘關山一道坐。金家橋三顯劉王、二爺千歲、長檯三爺、先鋒沈壽堂、沈留堂、沈永堂一道坐。西車坊高墩城隍、東車坊南洋觀音一道坐。高殿金鷄八將、隨糧王、琴老先鋒、八阿爹、沈公子一道坐。張家涇雲陸老太師、七相公、江華七爺、二爺堂門、沈回雲一道坐。大窯金山城隍、城隍太太、澄湖馬石王大爺大神、堂門一道坐。稻墩庵千歲大人、啞子二爺、小轎裏朱爺府二爺、長檯三爺、傷司五道、先鋒金白頭、徐白頭一道坐。永興堂三爺、七公、七母、龍船四將、長檯上先鋒倪文長、馬明高、劉發祥、倪叙才、倪金妹、吴和尚、十三位落水亡人一道坐。南塘三太均乾娘、先鋒金寶、銀寶、夏水寶一道坐。長橋太均娘娘、五位官人、五位夫人、尹山土地一道坐。龍橋四星堂三四親伯、啞子王爺、先鋒蔣得方、談林高一道坐。徐家浜茅山王爺、九天司老王爺、茅山五道、堂門馮阿爹一道坐。李王廟李王、玉帝、木香港三官大帝、楊河涇三土地、三太太、三顯劉王一道坐。上塘周何山、下塘韓通涇、塘市庵觀音大佛、千歲大佛一道坐。蛇王廟蛇王將軍、四天地、大王一道坐。蘇州府城隍司關王、玉帝、王母娘娘一道坐。祝家墩上龍頭土地、船頭土地、魯班先師、寮簷五聖、三代家堂祖先一道坐。玄妙觀六六三十六殿三清、玉帝、四大將軍一道坐。西跨塘太姥親娘、小二男、水仙廟水仙城隍、水仙五道、水仙公子、水仙土地一道坐。靈官廟孫老爺、楊家橋三顯劉王一道坐。葑門相王土地、七公明王、陳公鄉堂陳公土地、七公堂七公明王、明王土地一道坐。婁門外安樂王、新太爺、陸河涇土地、路德庵土地一道坐。長青長涇廟土地、渭塘高墩土地一道坐。北雪涇頭殿小城隍、二殿五公公、陸太爺、沉船上張季高、陸永財前輩、堂門顧春山、蔣友堂先鋒、徐小公子、蔣介學、蔣叙才、蔣雙福、徐其學、徐根興、太爺公子、潘雪弟、姓沈二梅香一道坐。相城東嶽大帝、青城四將、堂門一道坐。田涇本城隍、小五土地、小唯亭四相、大唯亭蝦兵蟹將一道坐。外跨塘周孝子、周太太、夏樹港城隍土地、婁下城隍、劉地大王、小五土地、朱家港土地一道坐。蘆菲涇正副城隍、城隍太太、飛天五道、昆山百府城隍、千歲大人一道坐。青劍湖灘上司笤城隍、彭港土地、五城隍、南太湖沙金港總管、都堂、當方土地、堂門沈玉山一道坐。虎山橋東嶽大帝、財神四將、黑虎大王、先鋒徐正祥、徐正龍、徐起忠一道坐。銅坑門擦湖猛將、總位先鋒、楊灣千歲大人、大親伯、徐親伯、三四親伯、三公子、家堂一道坐。横沽蕩三四親伯、啞子三爺、三公子、萬長林祖師、雙林石淙三位小姐、家堂太太一道坐。章家壩三五親伯、十二位親伯、十二位太均、十二位公子、蛇船公子、沈大公子、何小姐、何小妹一道坐。平望南管城隍、北管城隍、太爺、楊爺、二爺一道坐。鶯脰湖鶯脰娘娘、角咀楊爺千歲、龍大人、徐阿爹、馮阿爹、堂門一道坐。鶯脰湖鶯脰娘娘、鶯脰土地、堂門徐公彩一道坐。八坼先山城隍、史進才先鋒、勝墩村水平王萬歲、折香周子、排笤先師、沈福四萬歲、踔脚夫人一道坐。趙家港都堂七爺、千歲二爺、小轎二爺、朱府二爺、三四親伯、堂門孫夫堂、孫劉根、孫老太、七代堂門、總位先鋒、草堂灘上小金山土地一道坐。同里二殿城隍、金澤楊爺、吴氏堂門、孫天生伯伯、金家荘七爺靈公、七夫人一道坐。蓮泗蕩徐長灣劉王千歲、二爺大人、劉公子、小轎二爺、大悲庵朱府二爺、接寶二爺、兵船太師、長檯三爺、西北角傷司八將、總位先鋒、五道、堂門沈雲周、沈法高、徐長法太師、蔣家學先鋒、潘寶山、談阿根、徐火生、徐一亭、倪小弟一道坐。鐵店港仁記關爺、長龍橋一四城隍、痘花正神、金爺靈神一道坐。雲台山、七子山三官大帝、招男招女一道坐。穹窿山朝山玉帝、三茅正神、堂門朱玉高一道坐。五峰山大爺、二爺、盤龍小姐、峰山二男、夫人、太太、堂門一道坐。高景山正副城隍、飛府城隍、二阿哥、夫人、太太、六班皂快、沈紅星公子、夫人、堂門一道坐。上方山太姥娘娘、親王、千歲王爺、五殿朝王、五殿觀音、二公子、三公子一道坐。湖心亭鬍子親、金娘娘、艙裏二爺、房裏小姐一道坐。半山頭馬公公、宋六相、堂門李大德、李大春一道坐。謝宴嶺大爺、大太太、王公子、啞王爺一道坐。中峰寺觀音、太姥、吕純陽阿爹、上何山下何城隍、夫人、太太、四梅香一道坐。南太湖總管大人、白太爺堂門、沈大祥、西太湖平臺山水平王萬歲、堂門、王二麻子一道坐。南太湖華船梗上大爺、二爺、三四親伯、傷司五道、八位落水亡人、堂門史進才一道坐。銅井山金龍四大王、二爺、傷司五道、堂門一道坐。西太湖臨湖咀大爺、二爺、三小姐、堂門一道坐。漫山素佛、素佛天地、半山正神、冲山上觀音大佛、玉皇大帝、三位夫人一道坐。日青山日青山大王、半山大王、半山正神、香山王母娘娘一道坐。南橋南橋城隍、北橋大爺、二爺、三爺一道坐。塘口三爺、城隍土地、先鋒金富春、甘露烈帝二爺、陳千歲一道坐。上北府北陰四將軍、先鋒張大義、張大仁一道坐。下北府龍虎大將、揚州府二爺、三爺一道坐。大茅山三茅正神、八社太師、茅山五道一道坐。年輕花童坐神兩字亂紛紛，要請南北四朝大人原諒花童十二分。年輕花童齣拜師來齣學徒，要請大人自家排位坐。大的大人上沿坐，中的大人中間坐。小的大人下沿坐，傷司五道堂門、先鋒堂門裏廂坐。坐子大人傷官要還到接官亭上去等大人。馬來傷官馬帶好，馬放到青草地去吃草。船來傷官船要帶好，頭錨梢錨要抛好。龍來的傷官龍要放到龍潭裏去吃水，轎來的傷官轎放好轎廳上。十八路傷官全部要還到接官廳上等大人。年輕花童要關照十八路傷官，齣蹲刺接官廳上碰來胡去賭銅鈿，稍等片刻要送大人還衙門。年輕花童要開罎銀壺來敬大人。大人吃吃酒來伸伸拳，吃酒用菜自稱心。葷來大人有葷菜，素來大人有浄素。劉王千歲、觀音娘娘、素佛天地有金金菜、木耳、香菇浄素一桌當酒菜。北雪涇五公公、陸太爺有六菜一桌你有份。高景山二阿哥有小蹄膀一隻，前輩祖師有五菜。王阿爹、傷司五道有大餅、牛肉、皮蛋、辣火、生魚、生肉當酒菜。素五道有豆腐乾、千層百葉、金金菜、木耳、香菇、大餅、辣火當酒菜。夫人、小姐有糖果、水果、糕點、金花白米飯當點心。前行猪頭後甩龍，條肉一方，帶脚蹄子、高脚雄鷄、水跳龍魚，伲南北四朝全有份。大人吃子酒，用子菜，吃酒用菜自稱心。吃子□□香客三杯酒來，南北四朝大人來保佑，保佑□□香客生意興隆、人口太平，大小人口要掮得龍捉得虎，掮龍捉虎靠大人。□□香客田不種地不耕，就靠（販鮮魚、粣螺蛳、捉魚、養魚）起船造屋過光陰，要陰陽口舌全部回乾浄。年輕花童不必多表明，停停歇歇再奉承。

七十二都頭

排起銀鑼來拿起鼓，年輕花童要送轉大人還衙門。今日夜間年輕花童要提醒大人兩三聲，南北四朝大人要太太平平還衙門。陽間人看不見陰間神，要大人讓回兩三分，不要衝碰陽間香客和小人。年輕花童不必多關照，今日夜間有□□社□□香客來待大人。公賬錢糧是有□條，要請南北四朝大人順手拿起黄楊笤，左手拿起黄楊盤，拿清皇糧算清賬。年輕花童不必多表明，要開鑊銀壺敬大人。大人吃子三杯銀壺酒來保太平，要保佑侃□□社□□□香客生意興隆、人口太平，人口要掮得龍捉得虎，掮龍捉虎靠大人。□□社□□香客田不種地不耕，就靠（販鮮魚、耥螺螄、捉魚、養魚）起船造屋過光陰，要陰陽口舌全部回乾净。年輕花童不必多表明，停停歇歇再奉承。

年輕花童不必多關照（花筵用），年輕花童要排開傷官送大人，要擺桌來敬傷官。今日夜間不是花童無心路，你傷官的神歌七十二都頭，下次喜事人家來相會。今日夜間□□香客兒子花燭團圓夜，要請侃四路裏傷官，傷官上坐真身。有侃□姓□□香客敬上四路三杯銀壺酒。今日夜間年輕花童唱你七十二都頭神歌你聽，今日夜間是□□香客兒子喜事團圓夜，請侃四路傷官吃一頓喜酒來碰碰頭。年輕花童關照四路裏傷官，刺圓堂裏不要出花頭。年輕花童因爲勦拜師來勦學徒，衹好甩掉兩頭要挖肉心，拿你七十二都頭神歌來表表心。雲來傷官立雲頭，滿天全是黑雲頭。龍來傷官九龍頭，牽子老龍要出風頭，龍風大得帶掉十七八個屋脊頭。老龍刺玉皇大帝門前吃敗頭，老龍甩甩尾巴摇摇頭。真的無説頭，老龍朝後再不出個大風頭。摇船的傷官癲痢頭，癲痢頭來立船頭。當篙撐斷篙子頭，摇船摇得船頭門前白浪頭。大塊頭摇船摇斷櫓人頭，痢痢頭臂膀用力摇斷子櫓梢頭。船停刺人家河灘頭，大塊頭真的無青頭。想着吃飯吃得無頓頭，吃的是三碗六鉢頭。吃飽子飯刺船頭上吃旱烟，拿起烟筒倒是旱烟筒，癲痢頭對隻旱烟筒刺浪亂點頭。個隻烟筒頭上倒是有點花頭，倒是象牙嘴來白銅頭。抬轎傷官全是大塊頭來癲痢頭，身上衣裳二節頭，頭上帽子開花頂，脚上鞋子小鈕頭，抬子大轎一心想出大風頭。小街竄出大街頭，帶脱街上十七八個小攤頭。做小生意人真的無説頭，抬子大轎衹好慢步走街頭。牽馬傷官全是無説頭，大塊頭牽拉馬頭來出花頭，小街巷竄出大街頭，一心想快馬跑街頭，倒是人多得是無説頭。掮旗張傘的傷官是癩痢頭，蹲刺前頭真的無勁頭，癩痢頭到水灘頭扒釘頭，扒着六斤四兩鏽釘頭。癩痢頭到鐵匠店裏去打一把快斧頭，癩痢頭到鐵匠店對鐵匠師傅高興得亂點頭，對你鐵匠師傅説我要打把快斧頭。癩痢頭停三日來到鐵匠店裏拿把快斧頭，拿着快斧頭藏刺胸口頭，還到屋裏來裝把快斧頭。癩痢頭想試試該把啊是快斧頭？走到街上看見子娘娘點點頭，割落娘娘的奶奶頭，該個癩痢頭真是無青頭。四路裏傷官全是大塊頭來癩痢頭，一心想吃一頓酒來碰碰頭，嘸不酒菜去買一個猪頭。癩痢頭買着子大猪頭，走到屋裏拿一根秤稱一稱，倒是二九十八斤一個雄猪頭。斷脱一根秤砣繩，掉痛癩痢頭的脚板頭，癩痢頭真的無説頭。四路傷官就蹲刺船上燒猪頭，燒好猪頭蹲刺船上吃酒吃猪頭。吃到半夜三更頭，黄酒吃子三罏六鉢頭。今夜四路傷官吃得高興，下次喜事人家再碰頭。

年輕花童今日夜間拿你傷官神歌七十二都頭來提提名，抄抄着角是快快能。傷官不貪花童神歌唱，開罏銀壺敬傷官。四路傷官酒菜有一桌，有湯飯來便點心。傷官酒不夠自家到罏裏倒，飯不夠自家到飯籮裏盛，菜不夠刺鉢頭裏添，湯麼自家倒。年輕花童不去多通順，要請伲四路傷官蹲刺園堂裏分清金銀，要到圓堂外頭送大人還衙門。四路傷官不要蹲刺圓堂外頭出啥花樣頭。要跟大人，跟大人有得吃油湯飯，粗魚大肉就當俚老小青菜飯。年輕花童要關照伲四路傷官，送大人回衙門路上要當心，覅冲碰伲陽間香客和小人，全是你南北四朝老香客來近鄉鄰。花童關照四路裏傷官到圓堂外頭，穿好號衣號帽送大人還衙門。牽龍傷官要牽好龍，不要卷起龍捲風，不要帶脱香客百姓的屋脊頭。牽馬的傷官要牽好馬，馬慢行要跟好陽間人。抬轎的傷官要穿好轎杠，穿好號衣號帽抬轎要當心。摇船傷官摇船要當心，覅碰壞香客船。四路裏傷官千萬千萬要當心，掮旗張傘的傷官刺前頭太太平平送大人還衙門，讓伲南北四朝大人要帶花來還衙門，花童不必多表明。年輕花童有不到之處，得罪傷官要請原諒花童十二分。年輕花童覅拜師來覅學徒，就靠伲前輩祖師、同學、堂弟兄教幾聲，多多原諒兩三分。

敬馬公

送出傷官再擺桌來敬馬公，提起馬公要拿馬公紅菱神歌來表三聲。馬公出生是太倉人，馬公一心想到蘇州來做做生意經。馬公提起蘇州馬上就動身，馬公出門太倉塘上道道行。前面就到昆山城，馬上就到唯亭鎮。經過外跨塘婁門塘上一直行，走出婁門行到桃花塢到來臨。結拜兄弟宋六相，馬公、宋相是好弟兄。你推奴背走進新開酒店要吃高粱酒，洋河大麯要拷幾串。開店老闆娘回答説一聲，高粱洋河奴不賣，淡水元燒有幾罎。馬公就説淡水元燒來幾串，馬公吃酒好像龍起水，要升三升來提三提。馬公吃酒好像黄梅水發高田放到低田裏，好像高田裏廂乾焦焦，低田裏廂浪白腰。馬公吃酒菜有湯燒豬頭、紅燒鴨，馬公還説淡水元燒吃上去是無力道。開店娘娘對馬公説，不要説淡水元燒無力道，你吃不得五十串。馬公淡水元燒吃得倒是醉醺醺，同開店娘娘尋開心，抄下巴來摸奶奶。開店娘娘説你不要不正經，你頭上頭髮像雪墩，嘴上鬍子像蔥根，伲店老闆的拳頭像升籮要排背心。馬公説是搭你尋開心。

送神

擺開馬公要送大人全部回衙門，先送王母、壽星、二官人，再送南洋觀音、善財龍女、佛法阿彌陀佛還衙門。要送黄天蕩徐公堂裏劉王千歲、二爺大人、長檯三爺、五公公、陸太爺、三四親伯、徐金鳳小姐、王阿爹、傷司八將、傷司五道、西北角裏總位先鋒、徐家堂門徐長法太師、徐彩長太太、徐升學阿爹、徐金財爸爸、徐長生先鋒、潘寶山回衙門。要送楊樹港劉王千歲、二爺大人、傷司五道、先鋒蔣介學、蔣叙才、蔣雙福、蔣根生、蔣根學回衙門。西山廟周李少爺、周李夫人、王阿爹、二阿哥、沈小姐、沈留妹、先鋒沈小毛回衙門。火弄裏北大明王、林將軍、堂門周生才、陸彩長回衙門。錢萬里橋茅山正神、九天司老王爺、王靈官、茅山五道回衙門。龍口里公興堂劉王千歲二大人、三四親伯、傷司五道、王阿爹、先鋒徐照堂回衙門。雙金浜二爺大人、三四親伯、傷司五道、先鋒蔣友堂回衙門。大黄石橋關爺、仁記老爺、小黄石橋二爺、明王土地回衙門。九渡里顯聖堂五方顯聖老爺、五方猛將回衙門。陸家舍大王廟薛大明王、明王土地、徐轉發太師回衙門。郭巷土地、大年橋土地、姜莊土地、楊年橋土地、四土地、五夫人回衙門。楊枝塘金沙城隍、楊老太爺、大堂裏陳太老爺、當方土地回衙門。小橋灣茅山正神、茅山王爺、九天司老王爺、王靈官、飛府五道、跳馬皮大王沈金男、沈南高先鋒、張永財、張小公子、徐壽學、潘關山回衙門。金家橋三顯劉王、二爺千歲、長檯三爺、先鋒沈壽堂、沈留堂、沈永堂回衙門。西車坊高墩城隍、東車坊南洋觀音回衙門。高殿金鷄八將、隨糧王、琴老先鋒、八阿爹、沈公子回衙門。張家涇雲陸老太師、七相公、江華七爺、二爺堂門、沈回雲回衙門。大窯金山城隍、城隍太太、澄湖馬石王大爺大人、堂門回衙門。稻墩庵千歲大人、啞子二爺、小橋裏二朱府二爺、長檯三爺、傷司五道、先鋒金白頭、徐白頭回衙門。永興堂三爺、七公、七母、龍船四將、長檯上先鋒倪文長、馬明高、劉發祥、倪叙才、倪金妹、吴和尚、十三位落水亡人回衙門。南塘三太均乾娘、先鋒金寶、銀寶、夏水寶回衙門。長橋太均娘娘、五位官人、五位夫人、尹山土地回衙門。龍橋四星堂三四親伯、啞子王爺、先鋒蔣得方、談林高回衙門。徐家浜茅山王爺、九天司老王爺、茅山五道、堂門馮阿爹回衙門。李王廟李王、玉帝、木香港三官大帝、楊河涇三土地、三太太、三顯劉王回衙門。上塘周何山、下塘韓通涇、塘市庵觀音大佛、千歲大佛回衙門。蛇王廟蛇王將軍、四天地、大王回衙門。蘇州府城隍司關王、玉帝、王母娘娘回衙門。祝家墩上龍頭土地、船頭土地、魯班先師、寮簷五聖、三代家堂祖先回衙門。玄妙觀六六三十六殿、三清玉帝、四大將軍回衙門。西跨塘太姥親娘、小二男、水仙廟水仙城隍、水仙五道、水仙公子、水仙土地回衙門。靈官廟孫老爺、楊家橋三顯劉王回衙門。葑門相王土地、七公明王、陳公鄉堂陳公土地、七公堂七公明王、明王土地回衙門。婁門外安樂王、新太爺、老河涇土地、路德庵土地回衙門。長青長涇廟土地、渭塘高墩土地回衙門。北雪涇頭殿小城隍、二殿五公公、陸太爺、沉船上張季高、陸永財前輩、堂門顧春山、蔣友堂先鋒、徐小公子、蔣介學、蔣叙才、蔣雙福、徐其學、徐根興、太爺公子、潘雪弟、姓沈二梅香回衙門。相城東嶽大帝、青城四將、堂門回衙門。田涇本城隍、小五土地、小唯亭四相、大唯亭蝦兵蟹將回衙門。外跨塘周孝子、周太太、夏樹港城隍土地、婁下城隍、劉地大王、小五土地、朱家港土地回衙門。蘆菲涇正副城隍、城隍太太、飛天五道、昆山百府城隍、千歲大人回衙門。青劍湖灘上司箬城隍、彭港土地、五城隍、南太湖沙金港總管、都堂、當方土地、堂門沈玉山回衙門。虎山橋東嶽大帝、財神四將、黑虎大王、先鋒徐正祥、徐正龍、徐起忠回衙門。銅坑門擦湖猛將、總位先鋒、楊灣千歲大人、大親伯、徐親伯、三四親伯、三公子、家堂回衙門。橫沽蕩三四親伯、啞子三爺、三公子、萬長林祖師、雙林石淙三位小姐、家堂太太回衙門。章家壩三五親伯、十二位親伯、十二位太均、十二位公子、蛇船公子、沈大公子、何小姐、何小妹回衙門。平望南管城隍、北管城隍、太爺、楊爺、二爺回衙門。鶯脰湖鶯脰娘娘、角咀楊爺千歲、龍大人、徐阿爹、馮阿爹、堂門回衙門。鶯脰湖鶯脰娘娘、鶯脰土地、堂門徐公彩回衙門。八圻先山城隍、史進才先鋒、勝墩村水平王萬歲、折香周子、排箬先師、沈福四萬歲、踔脚夫人回衙門。趙家港都堂七爺、千歲二爺、小轎二爺、朱府二爺、三四親伯、堂門孫夫堂、孫劉根、孫老太、七代堂門、總位先鋒、草堂灘上小金山土地回衙門。要送同里二殿城隍、金澤楊爺、吴氏堂門、孫天生伯伯、金家莊七爺靈公、七夫人回衙門。要送蓮泗蕩徐長灣劉王千歲、二爺大人、劉公子、小轎二爺、大悲庵朱府二爺、接寶二爺、兵船太師、長檯三爺、西北角傷司八將、總位先鋒、五道、堂門沈雲周、沈法高、徐長法太師、蔣家學先鋒、潘寶山、談阿根、徐火生、徐一亭、倪小弟回衙門。要送鐵店港仁記關爺、長龍橋一四城隍、痘花正神、金爺靈神回衙門。要送雲台山、七子山三官大帝、招男招女回衙門。要送穹窿山朝山玉帝、三茅正神、堂門朱玉高回衙門。要送五峰山大爺、二爺、盤龍小姐、峰山二男、夫人、太太、堂門回衙門。要送高景山正副城隍、飛府城隍、二阿哥、夫人、太太、六班皂快、沈紅星公子、夫人、堂門回衙門。要送上方山太姥娘娘、親王、千歲王爺、五殿朝王、五殿觀音、二公子、三公子回衙門。要送湖心亭鬍子親、金娘娘、艙裏二爺、房裏小姐回衙門。要送半山頭馬公公、宋六相、堂門李大德、李大春回衙門。要送謝宴嶺大爺、大太太、王公子、啞王爺回衙門。要送中峰寺觀音、太姥、吕純陽阿爹、上何山下何城隍、夫人、太太、四梅香回衙門。要送南太湖總管大人、白太爺堂門、沈大祥、西太湖平臺山水平王萬歲、堂門、王二麻子回衙門。要送南太湖華船梗上大爺、二爺、三四親伯、傷司五道、八位落水亡人、堂門史進才回衙門。要送銅井山金龍四大王、二爺、傷司五道、堂門回衙門。要送西太湖臨湖咀大爺、二爺、三小姐、堂門回衙門。要送漫山素佛、素佛天地、半山正神、冲山上觀音大佛、玉皇大帝、三位夫人回衙門。要送日青山大王、半山大王、半山正神、香山王母娘娘回衙門。要送南橋城隍、北橋大爺、二爺、三爺回衙門。要送塘口三爺、城隍土地、先鋒金富春、甘露烈帝二爺、陳千歲回衙門。要送上北府北陰四將軍、先鋒張大義、張大仁回衙門。要送下北府龍虎大將、揚州府二爺、三爺回衙門。要送大茅山三茅正神、八社太師、茅山五道回衙門。總位大人、堂門先鋒、五道、土地、前輩祖師全部還衙門。跟大人吃大飯，跟大人有得吃油湯飯。南北四朝大人還衙門，路上要當心。馬來大人馬慢行，轎來大人轎當心。年輕花童不必多關照，號炮三聲送大人。全部還衙門。

退傷官

前面年輕花童要排開四路裏傷官送大人還衙門，年輕花童要關照四路裏傷官剌傷官檯上坐真身。敬上四路傷官三杯銀壺酒，傷官酒菜有五塊一桌油湯飯來便點心。四路裏傷官拿子金銀錠白，剌圓堂裏分清金銀錠白，到圓堂外頭送大人還衙門。四路裏傷官蹲剌園外頭不要出花頭，不要拿龍馬轎船帶進園堂裏。不要碰着南北四朝香客和小人，不要橫戳戧來尋開心。花童要關照牽龍傷官要慢駕雲，牽馬傷官馬慢行，要跟剌陰間人馬後頭行。抬轎的傷官抬轎要當心，前頭有陰間轎子要跟轎行，不要橫衝直撞來搶前。搖船的傷官船要當心，船到橋港要看前面阿有陰間船，不要碰壞陰間船和香客船，千萬千萬要當心。年輕花童不必多表明，送出四路裏傷官再擺桌來敬馬公。

五位靈公孛相揚州城

年輕花童挑起銀鑼來陪大人，今日夜間是□年□月有□□香客剌（龍棚、園堂）裏廂待大人。今日夜間非爲別事，衹爲

□□香客爲□□事。請伲南北四朝大人來吃太平酒，年輕花童要唱段神歌來陪大人。南北四朝神歌多是多得無道成，南朝神歌三十六，北朝神歌七十二。劉王神歌有二九十八段，觀音神歌亦有十八段。年輕花童一時頭上記不清，今日夜間年輕花童衹好一段蕭家神歌甩掉子頭來挖肉心，今日喜事人家來提名。

五位官人孛相揚州城，石湖北灘蕭鳳村出生人。爺叫蕭文顯人稱蕭百萬，唐氏大娘是母親，紅氈單結拜夫妻成。朆養三男和四女，衹養一胞落地五官人，五位官人年紀輕來十八春。五位官人剌娘門前來求商量，啊好讓伲弟兄五人出外去孛相一趟。母娘就問弟兄五人到哪地去孛相？啥地名？弟兄五人同時回答説，伲要到揚州去孛相揚州城。母娘回答説一聲，揚州城路程遥遠我不放心，弟兄五人還是聽娘孛相蘇州城。五位官人對母娘説一聲，蘇州城嘸不揚州城的好，讓伲弟兄五人到揚州去一趟，揚州景處多得很。母娘問，孛相揚州城啊要幾日轉家門？五位官人回答説一聲，伲弟兄五人三日、四日就要轉家門。母娘馬上一口就答應，弟兄五人去孛相揚州城。盤纏銀子全部拿備好，母娘就説一聲早去要早回轉門。五位官人告别母娘就出蕭家門，弟兄五人就剌馬棚裏牽子五隻高頭白馬就動身。新郭橋、行春橋上來經過，六里下圩道道行。前面相對伍福橋，王圩鎮上到來臨。亭子橋面來穿過，再上彩雲橋。前面相對楓橋鎮，經過十里亭，滸墅關到來臨。經過南望亭到北望亭，前面六社到奔牛。常州城中來經過，馬上江陰長江到來臨。五位官人剌長江灘上看勿明，風急浪高又無擺渡船，勿好過長江，五位官人蹲剌長江灘上受苦勁。長江灘上長的茅柴過頭頂，短的茅柴齊心口，五位官人蹲剌長江灘上嚎啕哭來喊救命。觀音娘娘赤脚踏雲頭，看見蕭家五兄弟，剌長江灘上歎苦勁。蕭家弟兄五人要過長江去孛相揚州城，無有渡船不好過長江到揚州城。觀音大佛就從佛脚下脱下小脚鞋子，變一隻擺渡船。騎頭摇變一支櫓，一粒焦變作櫓人頭，挖耳變作撑篙竹。五位官人看見長江河裏一隻擺渡船，高興得來無道成。五位官人就喊擺渡船上人來擺弟兄五位過長江。擺渡人邀過來就擺子弟兄五人五匹白馬過長江。弟兄五位謝過擺渡人，上岸騎上白馬，路上道道行到鎮江城。

路上不作多表明，弟兄五人到子揚州城。五位官人五隻白馬進東門到西門，剌揚州城中打盤頭。揚州城中景處多是多得無道成，揚州的景處不去多表明。揚州碰着九姑龍娘子，看到蘇州蕭家五位官人剌揚州城，九姑龍娘子一心想做媒人。伲揚州城中在京裏做官王閣老，家中有五位女千金，與蕭家五位官人配成親。九姑龍娘子立刻就到王閣老家同五位千金來做媒，你王家一胞所養五千金，蕭家一胞落地五官人，正是天配地成的五對好夫妻。五位小媳對九姑龍娘子笑盈盈。九姑龍娘子就叫五位官人下馬問，你五位官人今年年庚多少春？五位官人回答九姑龍娘子真情話，伲弟兄五人一胞落地一樣年庚十八春。九姑龍娘子對五位官人説真情，我幫你們來做媒人。揚州城中王閣老家中一胞所養是五千金，同你們兄弟年庚一樣是十八春，配你們五官人。弟兄五人想想天下有個種巧事情，五位官人馬上一口就答應。九龍姑娘子心歡喜，就説大配大來小配小，五位美千金配你五位美官人。九姑龍娘子領子五位官人進子王家門，五位千金看到五位才貌雙全官人心歡喜。五位小姐的母娘出外燒香轉家門，看着五位官人剌家中心裏不高興來説一聲。伲王家老爺剌朝中做一品官，是閣老好門庭。你是蕭家五位小後生，剌揚州壞子王家的好名聲。王氏夫人拿出家中的陳寶貝，一把回風鐵骨扇。夫人對五位官人説一聲，搭我拿五位弟兄五人轟出揚州城，永世回不轉揚州城，要畀蛀蟲螞蟻當點心。夫人手拿回風鐵骨扇，拉開來扇一扇。蕭家五位官人連馬帶人眼睛花，亂扇到子徽州閘北托風山。托風山上有一塊青子石，弟兄五人連人帶馬落剌青子石上嚎啕哭。五位官人剌托風山上受大難，托風山上長的茅柴過頭頂，短的茅柴到子齊心口。大官人聽見天龍飛，二官人聽見山洞裏老虎叫，三官人看見毒蛇遊，四官人看見紅頭大百脚，五官人看見長膀野人山邊走。五位官人肚裏想才情，伲弟兄五人定要畀蛀蟲螞蟻當點心。五位官人想着母娘叫伲早去早還門，就嚎啕大哭叫娘親。五位官人嚎啕大哭驚動南洋觀世音。觀世音娘娘脚踏雲頭親看見，蕭家五位官人剌托風山上受苦勁。觀世音娘娘來相救，觀音按落下回風扇，回風扇落到五位官人脚跟邊。弟兄五人看見回風扇落地心歡樂。弟兄五人拿回風扇來扇扇，弟兄五人眼花繚亂已經回到揚州城。弟兄五人到子揚州進子北門走到東門，剌揚州城中打盤頭，又碰着子九姑龍娘子。九姑龍娘子親看見，就一把拉住五官人，就同五官人一道到王閣老家去評理。九姑龍娘子就問你王氏夫人，你説閑話要算數，五位官人已經還到子揚州城，要你五位千金同五位官人來成親。王氏夫人無法，馬上一口來答應，就撿好王道吉日。王閣老家中就張燈結彩鬧盈盈，馬上就同五位官人來成親，就大配大來小配小。完婚吉時到，大官人是黄昏戌時，二官人是人定亥時，三官人是半夜子時，四官人是鷄鳴寅時，五官人是日出卯時，五個時辰來完婚。官人登刺揚州成親，忘記母娘出門關照轉家門。五位官人登剌王閣老家中過光陰。觀音娘娘全曉得，蕭家太太在家中，兩眼雙雙哭得瞎乾净。

觀世音娘娘就千變佛法變個尼姑人，來到王閣老家中來化緣。五位官人看見尼姑來化緣，就説當家人不在家，後小輩來不作當家人。尼姑就問五位官人，你們好像不是揚州人？聽你口音好像蘇州人，好像蘇州出生五官人。尼姑就説一聲你們弟兄五人出門，回頭母娘是三日四日還轉門。直到今時已經兩年零六個月還未轉家門，你母娘在家兩眼哭得瞎乾净。三聲閑話齣落音，馬上勿見尼姑人，定是南洋觀世音。弟兄五人得知聞，就同五位夫人來商量。伲弟兄五人回頭母娘是三日還家門，直到現在二年半未來轉家門。五位夫人就一口答應，同你五位官人一同還家門。五位夫人就同母娘説分明，伲要還轉蘇州城。王氏娘娘一口來答應，伲王家要送嫁一道送轉門。伲王閣老書香門第大門庭，要揀好吉日送轉門。王閣老揀好八月初一揚州送出門，嫁送陪子無道成，路上不必多表明。頭行嫁送到滸關鎮，後行嫁送船還齣出無錫城。八月十七到來臨，五位官人、五位夫人全部轉家門。一進家門五位官人看見母娘兩眼雙雙瞎乾净。弟兄五人雙脚饅頭跽到母娘面前，用舌頭舔開雙眼母娘全看明。母娘就説伲蕭家喜事大來要八月十八大鬧紅燈盤桃會。到現在上方山太姥娘娘八月十八香信香客要千千萬，男女親家來相會。五位官人孛相揚州城三聲兩句提提名。因爲年輕花童齣拜師齣學徒，要伲大人原諒幾分，大人不貪花童神歌唱。要開罎銀壺來敬大人，大人吃吃酒來伸伸拳。吃酒用菜自稱心，葷來大人有葷菜，素來大人有净素。劉王千歲、觀音娘娘、素佛天地有金金菜、木耳、香菇净素一桌當酒菜。北雪涇五公公、陸太爺六菜一桌你有份，王阿爹、傷司五道有大餅、牛肉、皮蛋、辣火、豆腐乾、千層百葉、金金菜、木耳當酒菜。高景山二阿哥有小蹄膀一隻，前輩祖師有五菜。夫人、小姐有糖果、水果、糕點、金花白米飯作點心。前行猪頭後甩龍，條肉一方，帶脚蹄子、高脚雄鷄、水跳龍魚，伲南北四朝全有份。大人吃子酒、用子菜，吃酒用菜自稱心。吃子□□香客三杯酒來，南北四朝大人來保佑。保佑□□香客生意興隆、人口太平，大小人口要掮得龍捉得虎，掮龍捉虎靠大人。□□香客田不種地不耕，就靠（販鮮魚、耥螺螄、捉魚、養魚）起船造屋過光陰，要陰陽口舌全部（回）乾净。年輕花童不必多表明，停停歇歇陪大人。

劉王生身

挑起鑼來拿起鼓，今日夜間有□□社□□香客剌神棚裏廂待大人。還是□月□日剌（某地、某廟）待大人，年輕花童要唱一段神歌來陪大人。要唱神歌倒是多得無道成，年輕花童一時頭上記不清，覅唱神歌花童有點難爲情。南北四朝神歌多得無道成，南朝神歌有三十六，北朝神歌有七十二。觀世音神歌亦有二九十八段，年輕花童唱一段劉王神歌來表表心。劉王神歌亦有二九十八段，年輕花童衹好甩掉兩頭來挖肉心，拿你劉王生身的神歌來提提名。劉佛二官人出生是上海青浦縣小東門南北圩上人。父親名叫劉三叔，包氏大娘是母親，紅氈毯結拜夫妻成。夫妻也覅養三男和四女，衹養劉佛二官一個人，苦廟旗杆獨一根。劉佛二官人倒是正月十三齊巧日出卯時生，命硬得無道成。劉家門上養子一個小官人，劉家門上喜盈盈。親娘十二月裏敲開冰潭汏尿布，金和金來寶和寶，吃得飽來着得暖。一歲二歲娘領大，三歲四歲爺抱大。五歲六歲平平過，七歲年上娘舅送進學堂門。先讀七十二個方塊字，再讀百家姓。親娘一日三頓糖拌飯，魚肉葷腥送進學堂門。聽説東村有換糖老年人，二官人要吃糖。屋裏嘸不舊鐵來換糖吃，親娘敲落鋤頭鐵鎝來換糖畀二官吃。冬天裏三件皮貨過光陰，六月裏金盆淴浴要用銀盆來過。劉佛二官人日出卯時生，好像手裏有根槍，不剋爺來便剋娘。二官人十歲那年，剋落親娘過世事，二官人日夜眼淚哭不停，就剩爺二兩個人呐哼過光陰？正好碰着東村媒婆六孀孀，畀你劉三叔做媒人。劉三叔想着二官人，孤苦伶仃一個人，討一個晚娘哪好畀二官人來過光陰。六孀孀説幫你做一媒人，啊要娶一個高艄篷來壞臂膊？六孀孀説金花帖頭從無配官人，高艄棚、壞臂膊是出過帖頭覅成親。劉三叔就叫六孀孀去做媒人。六孀孀就去東打聽西問信。問到前村有一個年輕寡婦名叫朱三姐，聰明玲瓏會做人。就是有一個兒子叫朱寶官要跟過門，比劉佛二官小一歲零。劉三叔相公聽子就動心，就是帶來個兒子朱寶官，劉家門就有一個女的當家人。劉佛二官聽見該樁事體高興得無道成，我重見天地有晚娘親。晚娘進門拿劉佛二官人一年頭上平平過，兩年當中就是不當人，早上要打夜裏罵三門。上身打得團團青，下身打得十七八個青胖塊。二官人想着前失親娘嚎啕哭，親娘手裏一日三頓糖拌飯送進學堂門，晚娘手裏飯䊓筋冲生水來暖暖肚皮經。親娘聽見東村換糖老，敲脱鐵鎝鋤頭換糖吃，二官人剌晚娘手裏，自家扤子釘頭來換糖吃。親娘手裏三層皮貨過寒冬，晚娘手裏三層麻布二層穿，叫二官人來過寒冬。親娘手裏金盆裏淴浴銀盆裏過，晚娘手裏蹲剌河橋頭淴浴冷水裏厢過。劉佛二官人苦是苦得無道成。晚娘生條惡毒心，就叫自家兒子朱寶官，同劉佛二官人到田岸頭上去種黃豆。一隻升籮炒熟黃豆畀劉佛二官人，一隻升籮浸胖黃豆畀子自家兒子朱寶官。晚娘關照朱寶官，黃豆要沉剌田岸西，劉佛二官人手拿黃豆要沉在田岸東。劉佛二官人拿子炒熟黃豆走到田岸頭上，雙脚饅頭跽剌田岸上磕頭通神，親娘親娘你要有靈感，讓我炒熟的黃豆亦好來做種。要你親娘同田公田婆來説分明，要拿黃豆來翻個身。炒熟的黃豆翻到田岸西，浸胖黃豆翻到田岸東。田公田婆聽到通神一口就答應，田公田婆就喊子黑老鴉拿炒熟黃豆銜到田岸西，拿浸胖黃豆銜到田岸東。晚娘過子半月就叫朱寶官二官人，娘三人一道去看毛豆出得哪光景。朱三姐走到田岸頭上，看見黃豆的青苗嚇得心一跳。還好炒熟黃豆出得齊齊正，浸胖黃豆覅出半毫分。晚娘看見有的豆起疑心，二官人放剌世上我朱寶官要受苦勁。朱三姐不放心自家兒子受苦勁，晚娘心裏就起黑心。朱三姐就同劉三叔來硬商量，我要今年八月十九大潮信，拿二官人放到長江裏去泡水墩。劉三叔聽見朱二官三姐個樣绝手绝脚，奴自肉割不深，硬是不答應。朱三姐説一聲，你不拿二官人到長江泡水墩，我要官司打到松江府。松江府臺大人是奴老娘舅，告你强搶寡婦大罪名，你的頭和肩胛一樣平。劉三叔歎氣説一聲，我不殼賬，討着你個攪家精來猛門人。劉三叔無法祇好一口來答應。晚娘馬上搓起一條生麻繩，要拿二官人八月十八那日到長江裏去泡水墩。朱寶官得知馬上告訴哥哥二官人，倒是一個好心人。爺娘到八月十八大潮信，要拿你去泡水墩。劉佛二官人聽見馬上逃出劉家門，走是走子三日三夜三黃昏，覅走到外公門。晚娘發現劉佛要到外公包家門，晚娘追出拉回劉佛二官人，拿劉佛二官人拉轉門。八月十八到來臨，劉佛二官人就嚎啕大哭。劉三叔就拉住子二官人，左手拿條生麻繩，討子晚娘真是晚爺心。劉三叔領二官人到望江橋上望潮頭，亦要劉佛二官人走到望江橋，過頭過脚闖三個喏，嚎啕大哭，親娘親娘你剌黃泉路上要等等我二官人，今日我二官人小命是活不成。親娘你剌黃泉路上親曉得，親娘你要同河伯三官苦商量，求三官老爺幫個忙，救奴一條小性命。河伯水三官老爺來答應，就托起水面三尺三。三官老爺蹲剌橋底下，劉三叔問你二官人大的潮面有多少高？小的潮阿有多少低？二官人眼淚汪汪對爺説一聲，大的潮頭三丈三，小的潮頭平橋水。劉三叔真是討子晚娘晚爺心，刺望江橋拿二官人捆得緊，雙幫捆來單幫捆，捆得二官人好像一隻肉餛飩，就拿二官人刺當橋推下水。陰間神看見二官人推下水，三官老爺就拿二官人托起水面三尺三。三官老爺問你二官人你要氽到哪地名？二官人求三官老爺我要氽到北莊圩上外公門前河橋停。順風順水不要動半分毫，逆風逆水快快能。蹲刺長江裏氽子三日四黄昏，氽過三十六隻對口嘴，七十二隻摇車灣，氽到外公阿爹河橋樁上身帶定。三娘舅母起早提水淘米要燒早飯，走到河橋頭，看見沉一個小死人。三娘舅母嚇得急靈靈，提桶、飯籮甩乾浄，要要緊緊逃轉門。三舅母對外公説一聲，包家村上出子人命無完結，小小落水人命沉刺河橋頭。外公聽見嚇得倒拖鞋子走出大門到河橋，看來看去好像是南莊圩上外甥二官人。脚上老虎頭鞋子是舅母做，身上百褶衣是我外公買。外公説一聲，是伲南莊圩的小外甥你翻個身，不是伲外甥快快氽出北莊圩，不要來害四鄉鄰。外公話不斷音，二官人就單個翻身。外公一看正是南莊圩上二官人，就一把撈起二官人，放刺河橋石上，叫三娘舅母刺灶頭上，拿把切菜刀來拿二官人身上麻繩割得寸寸斷。外公就拿二官人刺肚皮上揿三揿來捋三捋，二官人肚皮裏水全吐浄。劉佛二官哭三聲，親娘救我小生命。外公就馬上拿二官人抱到客廳上問二官人，你爲啥不乾脚蓬鬆到外公門，爲啥投湖落水沉到我河橋樁上身來停。二官人對外公説分明，是晚娘黑心人，親爹變子晚爺心，拿我刺望江橋上放水墩。外公就説你是劉家門上千年子來萬年人，你就不要轉家門蹲刺我外公門上過光陰。劉佛二官就一口來答應。劉佛二官人就蹲刺外公門上做出不少大事情，連成揚歌多得無道成。下次人家來奉承，年輕花童不必多表明。年輕花童齣拿師來拜，學徒還請大人原諒十二分。大人不貪花童神歌唱，有伲□□香客，開罎銀壺敬大人。菜絲上花童要表表明，葷來大人有葷菜，素來大人有浄素。劉王千歲、觀音娘娘、素佛天地有金金菜、木耳、香菇浄素一桌當酒菜。北雪涇五公公、陸太爺六菜一桌你有份。高景山二阿哥有小蹄膀一隻，前輩祖師有五菜。王阿爹、傷司五道有大餅、牛肉、皮蛋、辣火、生魚、生肉、當酒菜，五道有金金菜、木耳、香菇、辣火、大餅、千層百葉、豆腐乾當酒菜。夫人、小姐有糖果、水果、糕點、金花白米飯當點心。還有前行猪頭後甩龍，條肉一方，高脚雄鷄、帶脚蹄子、水跳龍魚，南北四朝大人全有份，花童菜絲上不多表明。今日夜間各有大人各有菜，大人吃子□□香客三杯銀壺要保太平。要保佑□□香客生意興隆、人口太平，人口要騎得龍捉得虎，騎龍捉虎靠大人。□□香客全靠（販鮮魚、耥螺螄、捉魚、開車、開店）過光陰，□□香客田不種來地不耕。大人要保佑江浙兩省進出，陰陽口舌要全部免乾净。年輕花童不必多表明，要停停歇歇再奉承。不提家鄉無頭面，提子家鄉有頭青。青州府常平縣，姓劉三寶獨劉村。爺叫啥來娘叫啥，爹爹就叫劉守如，王母三娘是母親。符爺出生啥國啥時辰，九月廿六清生日。日頭探過卯時辰，金盆沐浴銀盆過。一歲二歲娘房大，三歲四歲離娘親，五歲六歲踏進書房門，七歲攻書年十六。滿肚文章碧波清，大字寫在蒼蠅脚，小字寫到藕絲頭。符爺亦有七七四十九段仙園子，變化七段使凡人。符爺有子三件寶，頭件寶貝是一寸三分犀牛角，第二件寶是三萬六千斤個一把開山斧，第三件寶貝是三角黄旗成一面。黄旗曳曳請神去，急急奔來，急急奔去。符爺請神快行程，符爺請神勿要半個小時辰。今朝學生有件小事情，拿你符爺請動身。龍棚裏吃酒告訴你聽，你提起龍虎筆，學生説一聲來你記一筆，一二三四講你聽。符爺你請神要請正神道，勿要請邪神紅犯人。符爺請神勿要半個小時辰，學生龍棚裏等接神。上馬一杯轉身酒，上馬二杯轉祥雲，上馬三杯火來焚。符爺有子三件寶，三件寶貝三寶能。符爺勿要你當神，小生龍棚裏接大神。請得大神真身到，不要請邪神紅犯人。要請到大神真身到，符爺急急奔來，急急奔去。符爺請神行程快，符爺請神不要半個小時辰。揚子江裏帶一步，轉身就到洞庭湖。火速符爺，奠酒奉送。或在天宫天宫請，或在地府地府請，逢山有我穿山法，遇水無橋便騰雲。大廟裏面傳紅貼，小廟裏面紅旗曳三曳。

神母本是天仙女，因緣簿上配凡人。靈神娘舅不服氣，責妹華山受苦辛。符爺長大思母親，仙家學法救娘親。頭上挽起雙丫結，道袍一件着在身。辭别父親深山行，仙家不知在何方，巧遇仙童指引仙洞門。來到頭洞門看看，頭洞裏面闖龍馬一匹，口似血盆牙似劍，四足無毛全是鱗。頭洞門内不耽擱，又去偷開二洞門。（缺）三洞門内細觀看，仙童一對裏頭存，仙童手執仙丹藥。口内二行，行行説分明。八十公公吃一粒，頭上白髮換烏髮。八十婆婆吃一粒，黑夜裏穿針不用燈。二十後生吃一粒，力氣加添廿四分。符爺聽他説得好，取其一粒口中吞。三洞門内回轉身，又去偷開四洞門。四洞門内細觀看，八缸仙酒兩邊分。符爺口内饑和渴，吃子三碗就動身。四洞門内回轉身，又去偷開五洞門。五洞門内細觀看，兵書寶劍裏頭存。五洞門内回轉身，又去偷開六洞門。六洞門内細觀看，架上黄龍槍一根。六洞門内回轉身，又去偷開七洞門。七洞門内細觀看，鮮花月斧裏頭存。

符爺仙洞裏面得寶貝，上八洞去請張果老，中八洞去請呂洞賓，下八洞去請韓湘子。符爺有子三件寶，頭件寶貝是一寸三分犀牛角，第二件寶貝是三萬六千斤一把開山斧，第三件寶貝是三角黄旗成一面。黄旗曳曳請神去，符爺開山斧上有三大字救冤、救急、救難。想到母親救母親，想到母親苦傷心。兩滴眼淚挂胸膛，一定要到華山去救母親。拿子寶貝隨身帶，到子華山救母親。上蒼玉皇外公身，一郎二郎親娘舅，一定要到華山救母親。走到華山團團轉，華山無柄無鋬，娘舅哪哼拿起來？華山無洞也無門，母親怎會進子華山十八層地獄門？山東叫娘山西應，山西叫娘山南應，山南叫娘山北應。雲仙肚中火直竄，踔一脚來哭一聲，就拿三萬六千斤開山斧掂一掂，右手端端無四兩，左手拿拿無半斤。雲仙肚中火直噴，就拿華山劈一斧，十八層華山兩處分，錫杖挑開地獄門，看見母親吊在華梁上。雲仙撩起建衣下華山，走到娘身邊，口喊三聲親母親，看見母親十八根青絲頭髮吊在華梁上。雲仙抱起母親身升高，解除十八根青絲。母親雙眼墨黑，眼屎有胡桃大。雲仙伸出舌頭舔三舔，舔得母親眼目清凉脚頭輕。母親母親與你回家轉，一路匆匆回家轉。

上蒼玉皇外公身，一郎二郎親娘舅。看見外公抬頭喊，外公看見外甥心歡喜。手攙外甥走進書房門，泡碗仙茶洇嘴唇。頭碗仙茶勿説起，第二碗仙茶細談論。雲仙出便開言説，口喊三聲親外公，問你外公娘舅與母親是啥個冤家對頭人？拿我母親壓在華山十八層地獄門。連喊兩聲親外公，哪叫同胞父母看娘面？哪叫千朵桃花一樹開？外公啞口無言無應答。再喊三聲親外公，母親在後頭跟，説得外公心中跳。三娘壓在華山十八層地獄門，哪會帶到回家門。你外公不要不相信，母親正在後面跟。外公看見丫頭哈哈笑，順手拉起親囡唔。左手牽起親外甥，丫頭、外甥接進書房門？雲仙肚中火直竄，脚踔踔，手拍拍，拍得天渾地轉不留情，我一定要與娘舅天大官司打一場。外公雙手摇摇來不肯。雲仙雙脚踔踔，雙手拍拍，身體甩甩，天轉地渾不留情，我一定要與娘舅天大官司打一場，槍刀頭上比輸贏。打子三日三夜高低毫無半毫分，鬥子六日六夜平平過，鬥子半月零六日，嚇得外公簌簌抖。外公抱牢外甥身，罵一郎二郎小畜生，大人欺侮個小人。娘舅爲啥打外甥，叫你畜生問原因。娘舅肚裏氣昏昏，我大人打不過小人。外公喊女兒，快叫孩兒退下三口黄胖氣，快快聽子外公話，天上總是老鷹大，地下還是娘舅大。孩兒孩兒，你快快退下三口黄胖氣。雲仙聽子母親、外公話，第一口黄胖氣像霧一樣濃，第二口黄胖氣烏雲着地攤，第三口黃胖氣黑得伸手不見五指頭，人與人在一起不見半毫分。外公問外甥，外甥在啥地方？我外甥就在你外公身旁邊。外公摸牢外甥頭，喊子三聲親外甥。我封神簿上封恩德，父封揚州都土地，母封一品正夫人，封你走動仙師符爺叫，叫你符爺去請神。百樣事體輪着你，大小事體差着你，三支清香你先分，開刀鮮肉你先吃，開罎鮮酒你先嘗，今日叫你符爺去請神。符爺有子三件寶，三件寶貝三寶能。符爺勿要你當神，小生龍棚裏接大神。請到大神真身到，不要請邪神紅犯人。要請到大神真身到，符爺急急奔來急急奔去。符爺請神行程快，符爺請神勿要半個小時辰。楊子江裏帶一步，轉身就到洞庭湖，火速符爺奠酒奉送。

打糧船

竹園就生一隻筍，苦廟旗杆獨一根。劉佛二官人就是正月十三齊巧日出卯時辰生，倒是命硬得無道成。二官人一歲二歲是娘領大，三歲四歲是爺抱大，五歲六歲將就過，七歲那年娘舅送進學堂門，先生提名叫劉承忠。先生先教七十二個方塊字，再讀百家姓，倒是聰明得無道成。劉佛二官人刺親娘手裏風光過。刺親娘手裏三層皮貨過寒冬，晚娘手裏三層夏布三層穿。要叫二官人來過冬寒，刺親娘手裏金盆潨浴到銀盆裏過。親娘過世二官人有子晚娘，晚娘手裏就受苦勁，苦是苦得無道成。晚娘想出一條惡良心，就叫自家兒子朱官寶同劉佛二官人到田岸頭上去種黃豆。晚娘拿二升黃豆放刺兩隻升籮裏，一升籮是炒熟黃豆畀子二官人，一升籮浸胖黃豆畀子自家兒子朱官寶。晚娘關照朱官寶黃豆要沉刺田岸西，關照二官人拿子炒熟黃豆走到子田岸東。二官人就雙脚饅頭踣刺田岸上磕頭來通神，親娘親娘你要有靈感，炒熟黃豆也好來做種，要你親娘跟田公田婆去商量，要拿黃豆去翻個身。要炒熟黃豆翻到田岸西，拿浸胖黃豆翻到田岸東。田公田婆要聽見通神，一口就答應二官人。田公田婆就喊子一道黑老鴉，拿子炒熟黃豆翻到子田岸西，拿子浸胖黃豆全部翻到子田岸東。晚娘過子半個月，就喊自家兒子朱官寶同二官人，娘子三人到田岸頭上去看黃豆出得哪光景。朱三姐走到田岸上，看見黃豆青苗嚇得心一跳。爲啥炒熟黃豆青苗出得齊齊正，爲啥浸胖黃豆青苗全無半毫分。

晚娘看見炒熟的黃豆好做種，就有點起黑心。就説二官人放刺世上我兒子朱官寶要受苦勁，晚娘心裏就起黑心。朱三姐就同劉三叔來硬商量，我今年八月十九大潮汛，拿二官人放到長江裏去泡水墩。劉三叔聽見三姐該樣绝手绝脚，奴自肉割不深硬是不答應。朱三姐説一聲你不拿二官人到長江泡水墩，我要官司打到松江府，松江府臺大人是奴老娘舅，告你强搶寡婦大罪名，你的頭和肩胛一樣平。劉三叔歎氣説一聲，我不殼張，討着你個攪家精來猛門人。劉三叔無法祇好一口來答應。晚娘馬上搓起一條生麻繩，要拿二官人八月十八那日到長江裏去泡水墩。朱寶官得知馬上告訴哥哥二官人，倒是一個好心人，爺娘八月十八大潮汛要拿你去泡水墩。劉佛二官人聽見馬上逃出劉家門，走是走子三日三夜三黃昏，斷走到外公門。晚娘發現劉佛要到外公包家門，追出拉回劉佛二官人，拿劉佛二官人拉轉門。八月十八到來臨，劉佛二官人就嚎啕大哭，劉三叔就拉住二官人，左手拿條生麻繩。討子晚娘真是晚爺心，劉三叔領二官人到望江橋上望潮頭。劉佛二官人走到望江橋，過頭過脚鬮三個喏，嚎啕大哭，親娘親娘你刺黃泉路上要等等我二官人。今日我二官人小命是活不成，親娘你刺黃泉路上親曉得，親娘你要同河伯水三官苦商量，求三官老爺幫個忙，救奴一條小性命。河伯水三官老爺來答應，就托起水面三尺三，三官老爺蹲刺橋底下。劉三叔問你二官人大的潮面有多少高，小的潮阿有多少低？二官人眼淚汪汪對爺説一聲，大的潮頭三丈三，小的潮頭平橋水。劉三叔真是討子晚娘晚爺心，刺望江橋拿二官人捆得緊，雙幫捆來單幫捆，捆得二官人好像一隻肉餛飩，就拿二官人刺當橋推下水。陰間神看見二官人推下水，三官老爺就拿二官人托起水面三尺三。三官老爺問你二官人你要氽到哪地名？二官人求三官老爺我要氽到北莊圩上外公河橋停。順風順水不要動半分毫，逆風逆水快煞能。蹲刺長江裏氽子三日四黃昏，浮游三十六隻對口嘴，七十二隻摇車灣，氽到外公阿爹河橋樁上身帶定。三娘舅母起早提水淘米要燒早飯，走到河橋頭，看見沉一個小死人。三娘舅母嚇得急靈靈，提桶飯籮甩乾净，要要緊緊逃轉門。三舅母對外公説一聲，包家村上出的人命無完結，小小落水人命沉刺河橋頭。外公聽見嚇得倒拖鞋子走出大門到河橋，看來看去好像是南莊圩上外甥二官人。脚上老虎頭鞋子是舅母做，身上百褶衣是我外公買。外公説一聲是伲南莊圩的小外甥你翻個身，不是伲外甥快快氽出北莊圩不要來害四鄉鄰。外公話不斷音，二官人就丟溜溜單個翻身。外公一看正是南莊圩上二官人，就一把撈起二官人，放刺河橋石上，叫三娘舅母刺灶頭上，拿把切菜刀來拿二官人身上麻繩割得寸寸斷。外公就拿二官人刺肚皮上揿三揿來捋三捋，二官人肚皮裏水全吐净。劉佛二官哭三聲，親娘救我小生命。外公就馬上拿二官人抱到客廳上問二官人，你爲啥不乾脚蓬鬆到外公門？爲啥投湖落水汆到我河橋樁上身來停？二官人對外公説分明，是晚娘黑心人，親爹變子晚爺心，拿我刺望江橋上放水墩。外公就説你是劉家門上千年子來萬年人，你就不要轉家門蹲刺我外公門上過光陰。劉佛二官就一口來答應。二官人刺外公門上身立定，一年兩年平平過，刺第三年當中作天作地不稱心。外公問劉佛二官人，你爲啥個樣不稱心？劉佛二官人就對你外公説真情。外公，外公，你種子幾百畝自田爲啥不打一隻糧船拿自家糧來送京城？外公就對二官人説一聲，你想打糧船，嘸不一個支鑽、打的作主人，打隻糧船吃力無道成。二官人來説一聲，你肯打糧船該個生活我一個人來擔任。外公聽見馬上一口來答應，去買木頭。外公聽見買木頭要到乍浦鎮，外公拿子棚裏金塊銀子要動身。二官人就刺船房裏摇隻快船，喊個摇船浪子叫全正。開子快船一路摇到乍浦鎮，倒是乍浦鎮上木行多得數不清。二官人説一聲，伲要到最大的木行。木行就叫金龍順，快船到子金龍順。木行門前快船來停好。木行老闆看見，走出木行來接客人，就問你位客人買木頭還是造隻園堂四隻廳？劉佛二官人説伲買木頭不造園堂不造廳，打隻糧船拿自家糧來解京城。外公對木行老闆説一聲，伲買木頭根根全要江西長梢□□，前後樑頭全要用黄楊樹，兩條欄閘要用當地的老黄楊。木行老闆就一口全答應。木行老闆就叫排上師傅，拿一根回木尺來六尺杆，量好子木頭黄楊樹，木行師傅叫賬房師傅來結賬。結子賬來，外公就叫拿金塊銀子付清賬。二官人對木行老闆説一聲，拿伲木頭黄楊扎好排來送轉門。木行老闆連忙問，木排送到哪個村哪地名？姓啥叫啥名？二官人就説嘉興縣包家村，包侖糧就是伲外公的名。外公就同二官人、摇船浪子回到包家村。木行老闆喊子搬木排人，拿木排送到子包家村。外公就問二官人伲打糧船的匠人到哪地名喊？劉佛二官回答説一聲，伲打糧船的匠人要到香山請，粘縫的匠人要到蠡墅村。外公一口全答應，馬上同二官人一道去香山喊匠人。到子香山喊着子張師傅，李把作當家。把作名叫個亭園，再喊粘縫的匠人到蠡墅村，一共喊子六六三十六全是有名氣好匠人，匠人全到子包家村。包家村上鬧盈盈，外公就殺猪宰羊請吃飯。把作頭大小匠人吃一頓齊心酒，吃好當家把作問一聲。要到哪月哪日來開木墩？二官人聽見就走進書房拿改日簿來看分明。劉佛二官人看好日就對當家把作説分明，二月十二抛梁糕，伲打糧船要裝米隆，饅頭興隆糕留匠人來派鄉鄰。外公一口來答應，就叫三娘舅母淘麥就磨做饅頭。

饅頭出蒸時，第一蒸饅頭獻灶君，第二蒸饅頭請匠人，第三蒸饅頭派鄉鄰，第四蒸饅頭留畀自家人，劉佛二官人剌糧船上忙得無道成，想着自家肚皮餓來心裏躁，就問三娘舅母討一隻饅頭想解心躁。三娘舅母回答二官人饅頭全無半毫分，劉佛二官人有點不相信，看來看去就剌灶沿上尋着一個饅頭倒鑾開心。三娘舅母看見就一把夾手搶乾净，就拿饅頭一掰兩半分，半個有糖饅頭放好針綫邊，半個無釀饅頭畀拉二官人。二官人拿着半個無釀饅頭氣萬分。劉佛二官人三脚兩步走出包家門，就拿半個無釀饅頭甩畀包家村上黄狗作點心。二官人想想明天糧船下水，我覅吃着饅頭不開心。二官人就用子三根柴心蹲剌船頭門前擺子三個柴心猖，再兩根柴心做船艄。後面做隻倒梢錨，拿紅绿絲綫做錨鏈。劉佛二官人就剌船頭門前磕頭來通神，船頭土地來幫忙，明早糧船下水不要動格半毫分。劉佛二官人就鑽進船頭裏厢氣乎乎來打中覺。五月初五已經到來臨，糧船下水是好日脚好時辰。包家村上兩河兩岸拔糧船下水倒有同行人，對河兩個盤車生好繩。金鑼篩篩高升放子無道成，糧船朝前升三升來朝後退三退，糧船不動半毫分。把作師傅有點不相信，好像黄楊樹做剌船上生個根，我打糧船無其數，覅聽見黄楊又剌船上再生根。把作師傅想起一個人，就問包侖糧你的外甥今朝糧船下水覅看見人。外公心裏有點得知聞，登上糧船剌人當中，看來看去覅看見南莊圩上二官人。外公就叫舅舅、舅母到前村後巷古廟去尋二官人，覅見半毫分。外公阿爹聽見船頭裏有人歎粗氣來打呼嚕。外公走進船頭門一把拖出一看就是劉佛二官人，外公開口就罵你個小畜生，你勿造糧船鬧不停，造子糧船下水還不見你人，爲啥今朝糧船下水不起身來打中覺？劉佛二官人就同外公説真情，三娘舅母真小氣，我要吃一個饅頭回頭得我乾乾净。我剌灶邊上尋着一個饅頭夾手搶乾净，拿一個饅頭一掰兩半分，半個有釀饅頭放剌自家針綫邊，半個無糖饅頭畀拉我二官人。我半個饅頭就畀拉包家圩上黄狗作點心，我覅吃着饅頭有點氣傷心。劉佛二官人對外公説一聲，糧船下水要重發饅頭重發糕，糧船下水就快快能，我要吃丈二的饅頭稱我的心。外公對二官人説一聲，你要吃丈二的饅頭哪來的大鑊子、大蒸桶？劉佛二官人對外公説，我自家去借大鑊子來大蒸桶。外公再問二官人，你要吃大饅頭糧船下水要到哪月哪日好時辰？二官人同外公説分明，哪月哪日全是好日脚好時辰。糧船下水不要緊，我祇要吃着丈二的饅頭，糧船下水保你穩穩能。外公聽見二官人説分明，外公就一口來答應。劉佛二官人馬上就動身，到灶君皇帝門前借大鑊子，到觀音山上借大蒸桶，借着子大鑊子、大蒸桶。劉佛二官人還到包家村。外公横心無錫麵粉買幾袋，台灣白砂糖稱幾秤，就叫三娘舅母做饅頭來去燒火。劉佛二官人就剌灶門前暗暗來通神，灶君皇帝幫個忙，火神菩薩出把力，饅頭不要動格半毫分來露出蒸。三娘舅母坐到灶前一把眼淚一把鼻涕，拿三畝田麥柴燒乾净，饅頭勦動半毫分。三娘舅母恨得不相信，就説外甥是個害人精。二官人聽見子就叫三娘舅母走出灶前門，二官人就剌下場屋扒一隻草鞋放進灶膛門。劉佛二官人就暗暗再通神，灶君皇帝立起身，火神菩薩走出灶膛門。草鞋起火丈二的饅頭馬上就露出蒸，劉佛二官人就拿丈二饅頭放剌糧船格船頭上。二官人就暗暗來通神，陰間弟兄吃子我的大饅頭，糧船下水要出把力，拿丈二的饅頭一路掰來一路甩，東南西北派調匀，還有饅頭再叫三娘舅母去派鄉鄰，剩下來的饅頭來留匠人。外公還問劉佛二官人明早糧船下水，啊要多少人？對河啊要生多少盤車多少繩？劉佛二官人回答説一聲，不要盤車不要繩，不要一個下水幫忙人，祇要我劉佛二官一個人。外公道有點不相信，就蹲剌柴篷後面偷看你二官人。劉佛二官人就拿船頭門前三根柴心來拿脱，船艄後頭兩隻柴心當錨纜，起得兩根紅頭繩錨鏈來拿清。劉佛二官人就拿一面黄旗曳三曳，甩三甩，一刻勦等兩時辰，糧船下水倒是穩穩能。劉佛二官人高興得蹲剌糧船頭上，蹺跟斗來搘虎跳。一個勦當心，跌進子船頭門，香山匠人忘記一把斧頭，帶開子劉佛二官人的太陽星，鮮血直流個急死人。外公看見有點急靈靈，外公尋來尋去嘸不一塊布來扎住外甥的太陽星。外公就拿糧船上一塊一丈二尺紅布來扎二官人的太陽星，糧船下水一道一道生意興隆鑾太平。年輕花童打糧船神歌三聲兩句表表心，不是年輕花童無心路。年輕花童勦拜師來勦學徒，要請千歲王爺原諒花童十二分。有伲□□香客要開鑩銀壺敬大人，大人吃吃酒來伸伸拳，吃酒用菜自稱心。葷來大人有葷菜，素來大人有净素。劉王千歲、觀音娘娘、素佛天地有金金菜、木耳、香菇净素一桌當酒菜。北雪涇五公公、陸太爺有六菜一桌你有份。王阿爹、傷司五道有大餅、牛肉、皮蛋、辣火、豆腐乾、千層百葉、金金菜、木耳當酒菜。高景山二阿哥有小蹄膀一隻，前輩祖師有五菜。夫人、小姐有糖果、水果、糕點、金花白米飯作點心，前行猪頭後甩龍，條肉一方，帶脚蹄子、高脚雄鷄、水跳龍魚，倔南北四朝全有份。年輕花童菜絲上不作多表明，各有大人各有菜。今日夜間大人吃子□□香客三杯銀壺要保佑，保佑倔□□香客要生意興隆、人口太平，人口要騎得龍來捉得虎，騎龍捉虎靠大人。□□香客田不種地不耕，就靠（販鮮魚、耥螺螄、開店、捉魚、開車）過光陰。要保佑□□香客江浙兩省進出，陰陽口舌全部免乾净。花童不必多表明，停停歇歇再相會。

看黃牛

挑起鑼來拿起鼓，今日夜間有□□□社□□香客刺（神棚、園堂）裏廂待大人，年輕花童要唱一段神歌來陪大人。齣唱神歌年輕花童有點難爲情，還請大人原諒花童兩三分，衹好唱一段看黃牛神歌來表表心。南北四朝神歌多得無道成，南朝神歌有三十六，北朝神歌有七十二，年輕花童一時頭上記不清。年輕花童齣拜師來齣學徒，全靠倔前輩祖師夢頭裏來教三聲。年輕花童一時頭上記不清，年輕花童衹好唱一段看黃牛神歌來表三聲。劉佛二官人出生是上海青浦縣小東門南莊圩上人。爺叫劉三叔，包氏大娘是母親，紅氈單結拜夫妻成。夫妻倆齣養三男和四女，衹養二官一個人。三畝田竹園就生一隻筍，苦廟旗杆獨一根。劉佛二官人養是正月十三齊巧日出卯時生，倒是命硬得無道成。劉家門上養子一個小官人，劉家門上喜盈盈。親娘十二月裏敲開冰潭汏尿布，金和金來寶和寶，吃得飽來着得暖。一歲兩歲娘領大，三歲四歲爺抱大，五歲六歲平平過，七歲年上娘舅送進學堂門。先教七十二個方塊字，再讀百家姓。親娘一日三頓糖拌飯，魚肉葷腥送進學堂門。二官人剋落親娘，晚娘手裏受苦勁。吃不飽來着不暖，三層花布兩層穿。起早摸黑夜黃昏，骨瘦得不像人。年輕花童拿二官人刺晚娘灘苦處不必來提明。就説二官人到外公門上去過光陰，登刺外公門上碰着三娘舅母真小氣。天天吵，日日説，嘴裏説出小氣話。倔包家門上有子閑柴燒白水，有子閑米養閑人。二官人聽見對外公來説一聲，我吃子閑飯阿有閑的生活畀我去做？外公回答説一聲，別様生活嘸不做，還有牛棚裏有六六三十六隻黃牛搭我去看。二官人聽見看黃牛是心歡喜，對外公説，我要到西山頭上看黃牛。外公對二官人來説一聲，你看黃牛不要到西山去看，西山有老虎要吃人，就刺外公八百畝苗田横頭横梢去看黃牛。二官人對外公説一聲，西山老虎要吃人，東山老虎紅眼睛也要吃人，二官人也想到西山去看黃牛來去孛相。外公就讓二官人到西山地方去看黃牛，外公阿爹就拿牛棚裏的黃牛點畀二官人。二官人拿黃牛看到子西山地，西山頭上青草多是多得無道成。黃牛吃着西山的青草，好像吃着子活人參。六六三十六隻黃牛嗯嘛嗯嘛叫不停。二官人就刺西山碰着子一幫挑馬蘭頭的小弟兄。挑馬蘭頭小弟兄看見二官人看黃牛笑盈盈。二官人對幫挑馬蘭頭的小弟兄來説一聲，你們啊要吃黃牛肉來作點心。挑馬蘭頭小弟兄回答説一聲，牛肉要吃，嘸不殺牛刀扎牛繩哪樣殺？嘸不行灶、鑊子哪樣燒？二官人就拿神通暗暗來通神，拿葛芒葉當殺牛刀，牛芒經草當扎牛繩。殺好子黃牛挖泥潭當行灶，扤子蚌殼當鑊子，萍蒲草葉當鑊蓋。二官人對挑馬蘭頭小弟兄説一聲，吃子我的牛肉要牛頭牛皮牛脚還我二官人。挑馬蘭頭小弟兄一口來答應。挑馬蘭頭小弟兄吃完牛肉全部還家門。二官人就拿牛頭裝刺前山頭，拿牛皮拍刺山坡上，牛尾巴裝刺後山洞，拿四隻脚裝刺西山四周圍，劉佛二官人就刺牛頭門前唱三個喏，磕三個頭。二官人暗暗來通神，牛王牛王你要出神通，你蹲刺西山頭上要傳隻根，刺西山頭地方種田傳宗接代，好讓種田人來到西山來買還去再種田，對着黃牛説分明。碰着個隻大黃牛，唔嘛唔嘛叫三聲對你點點頭你放心。你隻黃牛我外公來牽你，不要轉家門。日落西山夜黃昏，二官人看子三十五隻黃牛回家門。外公就拿黃牛一隻一隻點進牛棚屋，點着黃牛一隻一隻進牛棚屋，點着黃牛祇有三十五，就問你二官人出棚黃牛三十六，爲啥進棚黃牛祇有三十五？二官人對外公説一聲，有一隻黃牛刺西山頭不肯轉家門。外公有點不相信，就同二官人一道到西山頭上去看個隻黃牛哪光景。到子西山外公看見黃牛就想牽子黃牛回家門，碰着該隻黃牛牙齒敷敷好像要吃人。外公急得有點急靈靈，就拉子二官人回轉門，該隻黃牛就刺西山地方傳隻根，蹲刺西山頭傳宗接代種田地，種田人要到西山頭上去買黃牛，種田造屋過光陰，就交畀伲劉王千歲傳宗接代田來耕。種田人就拿你刺村村巷巷造子猛將堂，燒香拜佛香烟受。

香烟繚繞通天門，年輕花童拿你看黃牛神歌三聲兩句提提名。不是年輕花童無心路，就交畀伲南北四朝總大人來保太平。

保佑伲香客人口太平、生意興隆。要開鑼銀壺來敬大人，大人不貪年輕花童神歌唱。□□香客敬上三杯銀壺酒，吃吃菜來伸伸拳。吃酒用菜自稱心，葷來大人有葷菜，素來大人有净素。劉王千歲、觀音娘娘、素佛天地有金金菜、木耳、香菇净素一桌當酒菜。北雪涇五公公、陸太爺六菜一桌你有份。王阿爹、傷司五道有大餅、牛肉、皮蛋、辣火、豆腐乾、千層百葉、金金菜、木耳當酒菜。高景山二阿哥有小蹄膀一隻，前輩祖師有五菜。夫人、小姐有糖果、水果、糕點、金花白米飯作點心。前行猪頭後甩龍，條肉一方，帶脚蹄子、高脚雄鷄、水跳龍魚，伲南北四朝全有份。大人吃子酒，用子菜，吃酒用菜自稱心。今日夜間是□□香客三杯銀壺要保佑。要保佑生意興隆、人口太平，人口要掮得龍捉得虎，掮龍捉虎靠大人。□□香客田不種地不耕，就靠（販鮮魚、鞝螺螄、捉魚、養魚）起船造屋過光陰，要陰陽口舌全部回乾净。

七相看紅燈、看紅戲

年輕花童挑起銀鑼來陪大人，紅燭照進園堂滿堂紅。長檯上南北四朝大人豎得密層層，南北四朝大人、前輩祖師吃酒用菜自稱心。今日夜間花童要唱一段宏名神歌來陪大人，倒是伲南北四朝神歌多得無道成。南朝神歌有三十六，北朝神歌有七十二。花童一時頭上表不明，今日夜間不唱南朝不唱北朝，就唱東朝大人神歌來表表心，就唱伲七相看紅戲神歌來表三聲。花童要拿伲七相出生、住處來提提名。有人説是蘇州府昆山縣出生人，其實是上海縣泗聖七寶三十二圖，爺是澱山湖落北金家莊上出生人。爺名叫金龍四，娘是昆山雲龍橋塊出生人，馬龍大姐是母親。金龍四與馬龍大姐紅氈單結拜夫妻同到老。齣養三男和四女，就養弟兄七個人。八仙桌上吃飯連娘一個是團團轉，快竹刀劈柴是亂紛紛。一枝楊柳七處分，弟兄七人全有官來做。黄冲灣金大相，高郵湖寬坐金二相，三品石寬坐金三相，揚州做官是金四相，漢魚北皮寬坐金五相，盤龍浦做官是六老相，金家莊堂裏寬坐七老相，七爺大人一生一世是個孛相人。春二三月哈欠放響鷂，四五月裏要去對四牌，六七月裏愛去放黄鶯，八九月要去鬥瑞蝍，冬季裏出外要去看紅戲。三三兩兩聽見浙江新坊鎮刺浪做紅戲。七老相公聽見子心歡樂，馬上摇船浪子喊幾名。花花快船開一隻，金家莊上開船行。摇船浪子全是年輕人，十七八歲外出跳。十二三歲把大櫓，火眼癩痢扭大綳，挺胸凸肚當頭篙，瀲山湖裏浪滔滔，穿出元蕩湖，鰻鱺兜刺石頭段方向一直行。經過同里斜穿出龐山湖，相對吴江塘岸一直行。南念三北念四，八坼鎮上横行過。鰟鮍灘上道道行，已經到平望鎮穿過。畫眉橋、鶯脰湖裏道道行，柴行鎮已經到來臨。新坊塘裏鬧盈盈，河裏的景處多得無道成。有的快船一支櫓來兩把槳，船頭上有人使花棒。有的快船兩枝櫓來四把槳，船頭有人使單刀。有的快船有三支櫓，是船頭有支叫提頭櫓，是三六槳船頭上雙人使雙刀。有的快船船頭上有兩支櫓，就叫四櫓八槳，船着頭上有人飛鋼叉。七老相公個隻花船刺新坊湖裏摇得真有樣，大櫓二櫓還有外出跳，摇得船頭底下像老虎叫，船艄後頭白沫拖出有三尺長。櫓人頭出火要拿生水澆，新坊塘上人山人海看快船。看見七老相公的快船，摇得真有樣。新坊塘上看見七老相公快船全説摇得多花樣，年輕花童不去多表明。七老相公的花花舟船，船靠岸到新坊鎮上去孛相。上岸來到松毛場，走到酒店門前身立定。碰着酒店裏小二會做人，走出店門來接客人，迎進相公店堂裏廂坐。七老相公身坐定，小二問你相公要吃點啥個酒？啊要吃高粱洋河老白酒？七老相公回答説一聲，我要吃紹興黄酒是狀元紅來拷兩串。小二連忙問一聲相公要吃啥酒菜？啊要吃白斬鷄、紅燒魚？七老相公説一聲，我要吃紅燒蹄子、湯燒鴨。七老相公吃好酒，付銅錢，走出酒店朝前步來行。走到茶館門前身立定，堂倌師傅看見馬上走出茶館來接客人。接進相公茶館店裏身坐定，堂倌問你相公你要啥香茗？啊要吃西湖龍井好香茗？七老相公回答説一聲，我不要吃西湖龍井，要吃福建五龍紅茶是好香茗。

年輕花童拿你孛相神歌你爲正，還要到糖攤頭上去孛相。糖的花樣名，七相公蹲刺糖的攤頭上廂看不停。就問你做糖師傅，該個三角離奇是啥個糖？做糖師傅回答説一聲，該個就叫粽子糖。還有一根一根叫啥個糖？做糖師傅回答説一聲，該個就叫冲管糖。七老相公還問你做糖師傅彎彎曲曲叫啥個糖？做糖師傅回答説一聲，該個就叫五菱糖。相公還問該個蛀孔落蔌是啥個糖？該個就叫炒米糖。黑墨邋遢啥個糖？做糖師傅回答説一聲，該個就叫芝麻糖。還有該個全部黄彤彤是啥個糖？糖攤頭上師傅回答説一聲，該個就叫梨膏糖。七老相公還問該個滴溜滚圓是啥個糖？糖攤頭師傅回答説一聲，該個就叫彈子糖。七老相公回問該個牛皮吊筋是啥個糖？糖攤頭師傅回答説一聲，該個就是牛皮糖。糖攤頭花樣多得無道成，花童不去多表明。

七老相公還要孛相戲場頭，戲場上人山人海攤頭多得無道成。泥老爺攤頭上有小人浪看泥佛，大人全拿子藤團套泥佛，套牢泥佛小人高興得無道成。有的攤頭上賣紙花，有的攤頭賣胡琴，有的攤頭上賣洋貨，該個就叫洋貨攤，還有涼粉攤、水果攤、什貨攤，攤頭多得無道成。還有人圈子有變戲法來殺小人，吃鐵蛋來槍刀門。江北人攤頭上放西洋鏡，裏廂是放胡蜂竹吉利，吉利打老虎，老虎要吃吉利，年輕花童西洋鏡攤頭不去多表明。七老相公還是朝前行，走到戲場場面，走出場角方向身立定。戲臺馬上鑼鼓打得響，戲臺上紅戲馬上就開場。頭出紅戲開場七老相公看見高興得無道成，頭出紅戲戲子出場爲啥祇動手覅開口，好像阿鬍子刺嗨買定勝糕，勿曉得花面跳加官，個就是財神老爺浪托元寶。第二出紅戲又出場，劉備招親到東吴，後頭跟子保駕大將軍，名叫趙子龍。第三出紅戲又出場，爲啥兩個紅面、白面將軍浪打相打，勿曉得關公設計斬蔡陽。第四出紅戲又出場，爲啥阿鬍子折大橋，勿曉得張飛大聲叫，折斷霸陵橋。第五出紅戲又出場，爲啥有個茅山道士蹲刺城樓上，拿把鵝毛扇子摇了摇，勿曉得諸葛亮用的是空城計。第六出紅戲又出場，關公失落荆州逼走華容道。第七出紅戲又出場，爲啥有個白面小將抱個小人爲的啥？勿曉得是趙子龍三冲當陽道。第八出紅戲又出場，八仙過海各顯神通當中立出吕純陽，花童拿八出紅戲唱完成。七老相公看完紅戲小小花舟摇轉門，路上花童不必多表明。

七老相公放響鷂看花燈，下次人家來唱你聽，今日夜間拿你七爺靈公神歌三聲兩句是表表心。要請伲七爺靈公原諒花童十二分，因爲花童覅拜師覅學徒，全靠伲同學堂弟兄教幾聲。大人不貪花童神歌唱，有伲□□香客，開罎銀壺敬大人。大人吃吃酒來伸伸拳，吃酒用菜自稱心。今日菜絲多是多得無道成，葷來大人有葷來，素來大人有净素。劉王千歲、觀音娘娘、素佛天地有金金菜、木耳、香菇净素一桌當酒菜。北雪涇五公公、陸太爺有六菜一桌你有份。王阿爹、傷司五道有大餅、牛肉、皮蛋、辣火、豆腐乾、千層百葉、金金菜、木耳當酒菜。高景山二阿哥有小蹄膀一隻，前輩祖師有五菜。夫人、小姐有糖果、水果、糕點、金花白米飯作點心。前行猪頭後甩龍，條肉一方，帶脚蹄子、高脚雄鷄、水跳龍魚，伲南北四朝全有份。爲子伲南北四朝大人、夫人、小姐不吃酒，有三杯香茗湯來洇嘴唇，大人吃子酒，用子菜，吃酒用菜自稱心。吃子□□香客三杯酒，南北四朝大人來保佑，保佑□□香客生意興隆、人口太平，大小人口要掮得龍捉得虎，掮龍捉虎靠大人。□□香客田不種地不耕，就靠（販鮮魚、耥螺螄、捉魚、養魚）起船造屋過光陰，要陰陽口舌全部回乾净。年輕花童不必多表明，停停歇歇陪大人。

七相看紅燈

年輕花童挑起銀鑼來陪大人，通船蠟燭照得□□香客是滿堂紅。南北四朝大人、前輩祖師你吃酒用菜自稱心，今日夜間是□年□月有□□香客剌（龍棚、園堂）裏廂待大人。今日夜間非爲别事，衹爲□□香客爲□□事。請伲南北四朝大人來吃太平酒，年輕花童要唱段神歌來陪大人。南北四朝神歌多是多得無道成，南朝神歌三十六，北朝神歌七十二。花童一時頭上是表不明，不去多提名。

伲東朝裏神歌排不成，花童倒有一段剌鑼裏，就唱七老相公孛相看花燈神歌來表三聲，年輕花童先要拿伲七相生剌哪處出生哪地説分明。七爺相公有人説是蘇州府昆山縣鄉下出生人，其實是上海縣泗涇七寶廿三圖泖山湖落北金家莊上出生人。爺名叫金龍四，娘是昆山玉龍橋堍出生人。馬龍大姐是七爺靈公個母親，金龍四與馬龍大姐紅氈單夫妻同到老。勦養三男和四女，就養弟兄七個人。八仙桌檯子上吃飯是連娘一桌團團轉，快竹刀劈柴是亂紛紛。一枝楊柳七處分，拿弟兄七人分處全有官來做了香烟受。封黄沖灣寬坐金大相去受香烟，高郵湖香烟寬坐金二相，三品石香烟寬坐金三相，揚州受香烟有金四相，漢魚北皮的香烟有金五相，盤龍浦香烟做官有六老相，金家莊堂裏坐正是七老相。花童就提伲七爺靈公事，一生一世是個孛相人，七相剌春二三月歡喜放響鷂，四五月裏歡喜去對四牌，六七月裏愛去放黄鶯，八九月裏要去鬥瑞蝍，到冬季裏愛去看紅戲。

今日裏年輕看紅戲不去多表明，下次人家來相會。今日提名七爺靈公要去看花燈。七爺靈公聽見蘇州城裏有花燈，倒是高興得無道成。馬上摇船浪子喊幾個，全是年輕力壯的年輕人。花花的快船開一隻，十七八歲外出跳，廿二三歲把大櫓，火眼癩痢扭大繃，挺胸凸肚當頭篙，泖山湖裏浪滔滔。泖山湖進口穿出，太倉塘相對是密層層，覓渡塘上道道行相對外跨塘，外跨塘穿出到婁門，蘇杭城中已經到來臨，婁門掃行到東灣，東灣過到西灣，西灣過到齊門，齊門橫行過到閶門。閶門場面已經到來臨，小小花船停剌閶門三六灣。拿隻花船快快來停好，黃楊跳板穿上岸。七老相公人上岸來看分明，八結街上鬧盈盈。蘇州城裏齊巧八月中秋人山人海多得無道成，七老相公看見八結街上紅燈多得無道成。七老相公歡喜看花燈，心裏高興説不清。看看燈接燈來燈連燈，開路引道是黃龍燈，上空烏雲播春雨，後面接來一路燈，是國泰民安吉祥燈，風調雨順保太平。又是跟上一路燈，瑤池酒醉八仙燈，各顯神通過大海，東海雪浪碰金魚。燈接燈有攔路燈，是十八尊羅漢燈，上天直收大鵬一心爲百姓。後面又接上一路燈，翻江倒海鯰魚燈，蓮花立出觀世音，大慈大悲救難人。又是跟上一路燈，輕舟劃槳搖蓮燈，高唱起四季山歌真好聽。燈接燈又來一路燈，鄉下姑娘養蠶劉海燈，蠶寶寶結繭子是好收成。又是跟上一路燈，西天取經唐僧燈，孫行者三闖南天門，玉皇大帝門前去討救兵，收伏妖怪去取真經。後頭跟上一路燈，三太子鬧海哪吒燈，龍王作對水滿流進城陽關。後頭又接一路燈，景陽岡打虎武松燈，打煞老虎爲百姓。後頭又跟上十二生肖燈，詭計多端老鼠燈，吃苦耐勞是黃牛燈，山中大王是老虎燈，人人喜愛是兔子燈，氣吐山河是青龍燈，應機隨變是青蛇燈，永往直前是白馬燈，一身漂亮是金鷄燈，忠心耿耿是黃狗燈，笨頭笨腦是猪玀燈，紅燈還有多多能，花童不去多表明，要請七老相公多照應。

紅燈神歌花童唱得不好聽，大人不貪花童拿得神歌唱。有侣□□香客開鑪銀壺敬大人，大人吃吃酒來伸伸拳，吃酒用菜自稱心。年輕花童菜絲上來通通神，葷來大人有葷菜，素來大人有浄素。侣劉王千歲、觀音娘娘、素佛天地有金金菜、木耳、香菇浄素一桌當酒菜。北雪涇五公公、陸太爺有六菜一桌你有份。王阿爹、傷司五道有大餅、牛肉、皮蛋、辣火、豆腐乾、千層百葉、金金菜、木耳當酒菜。高景山二阿哥有小蹄膀一隻，前輩祖師有五菜。夫人、小姐有糖果、水果、糕點、金花白米飯作點心。還有前行猪頭後甩龍，條肉一方，帶脚蹄子、高脚雄鷄、水跳龍魚，侣南北四朝全有份。大人吃子酒，用子菜，吃酒用菜自稱心。吃子□□香客三杯酒，南北四朝大人來保佑。保佑□□香客生意興隆、人口太平，大小人口要掮得龍捉得虎，掮龍捉虎靠大人。□□香客田不種地不耕，就靠（販鮮魚、鞝螺螄、捉魚、養魚）起船造屋過光陰。年輕花童不必多表明，停停歇歇再奉承。

沈福四堂門

挑起銀鑼來陪大人，通船艄蠟燭點得滿堂紅。長檯上南北四朝大人、師父堂門、前輩祖師坐得密層層，今日夜間□月□日有伲□□社□□香客，剌園堂裏廂待大人。□□香客今日夜間非爲别事，爲的□□香客□□事來待大人。年輕花童要唱一段宏名神歌來陪大人。年青花童不唱宏名神歌有點難爲情，倒是南北四朝宏名神歌多得記不清。花童不再來表分明，年輕花童就拿你師父堂門、前輩沈福四萬歲來提提名。要請師父堂門老前輩原諒花童十二分，因爲花童齣拜師來齣學徒，就靠伲同學堂弟兄教幾聲，年輕花童不必多表明，就開頭來表明幾聲。

沈福四萬歲出身是個船上人，張絲網捉魚爲業，剌東太湖捉魚過光陰。有六六三十六隻張絲網船他作爲一個領頭人，齣養三男和四女，就是老夫妻倆個人。老夫妻倆人一直剌東太湖張絲網捉魚過光陰。春三月老夫妻倆剌東太湖張絲網，張着一道昂公魚，昂公魚多是多得無道成，就是一船頭全是昂公魚，老夫妻倆開心倒是無道成。老夫妻商量伲今朝昂公魚要到蘇杭城去賣個好行情。老夫妻倆馬上豎起檣子拉起篷，小絲網網船快快能。東太湖穿進大石湖到子行春橋，穿過行春橋横塘亭子橋已經到來臨。穿過亭子橋西門，元四弄口船來停。正好蘇杭城中童男童女全部全種上子牛痘花，全要買昂公魚來提漿出好花。買昂公魚的人有同官人沈福四老先生來説一聲，今朝昂公魚賣不用秤，就用一碗銅板來買一碗昂公魚。老夫妻倆個拿一船頭昂公魚賣完，連昂公魚水全部討乾净，老夫妻倆高興得倒是無道成。一心還要開船到東太湖去張昂公魚，馬上開船胥門經過吴門橋。

路上年輕花童不做多表明，東太湖已經到來臨。老夫妻倆馬上落篷下來就張網，老夫妻倆登剌東太湖張來張去齣張着昂公半毫分。張着一條翹嘴白魚稱一稱，二斤七兩連籃稱。老夫妻倆説今朝伲要到嘉興去一趟，買點香燭來謝謝神。老夫妻馬上拉起篷纜絲網船往嘉興城，年輕花童路上不作多表明。小絲網船嘉興北門已經到來臨，老夫妻倆張着一條白魚要去闖墻門，賣掉一條白魚老夫妻倆一日火倉好活命。沈福四先生上岸腰裏别一隻旱烟筒，籃裏放一根紅梗秤，上岸要去闖墻門，賣白魚走到嘉興城，老先生碰着一幫糧船上的强橫人。强橫人看見一條白魚不問價鈿不問信，拿子白魚就動身。沈福四先生不放手，糧船上蠻子不講理，白拿白魚還打人，拿沈福四先生三拳頭踢六脚，打得沈福四先生在地爬不起來喊救命。沈福四回到船上想想氣傷心。老夫人問一聲，爲啥個樣氣傷心？老老頭回答説一聲，我與你勖養三男和四女，吃子苦頭翻不轉本。京城的糧船蠻子不講理，白吃我鮮魚還這般，還拿我三拳頭踢六脚，打得我全身青來爬不起身。老夫人來説一聲，老頭不要傷心，吃子糧船上苦頭好翻本。老夫人來説一聲，伲馬上開船到平望鎮，嘉興的糧船一定要經過平望鎮，老夫妻划船到平望畫眉橋底下做蹊蹺。

老夫人在船艄裏拿出三串破絲網，在畫眉橋下築起三條銅鐵絲網壩。孫老先生上岸到平望迎春閣樓上吃香茗，頭檯上身坐停。嘉興城中的糧船要開船，往京城開要經過平望鎮。京城糧船上是官在中艙打中覺，做着一個黄粱夢。是蓮泗蕩千歲王爺托個夢，對你糧官説分明，你的糧船肯定摇不過平望畫眉橋下頭行，你們糧船上蠻子不講理，白吃鮮魚休也罷，還要拿捉魚老仙人三拳頭踢六脚，打着子個童子太保老仙人，若要是船過平望畫眉橋，要拿老仙人客客氣氣的帶進京，倒是萬歲門前要拿童子太保老仙人封官做。劉王千歲對糧官説分明，你軍米停過日脚有罪名。你們糧船上護糧官全要頭和肩胛平，糧官一覺驚醒急出子一身大汗。糧船已經到平望畫眉橋，糧船上看見畫眉橋底下水泄不通三條壩。糧官看見人發呆，糧官馬上上岸東打聽來西問信。問到茶館裏廂問你堂倌信，問你茶館裏啊有一個童子太保老仙人。到茶館店裏來吃茶做客人，堂倌對你糧官説分明。頭檯上個位就是童子太保老仙人，糧官走到沈福四仙人門前賠禮道歉，要求你老仙人阿好收回三條絲網壩。糧船上糧官對你説分明，我帶你見皇帝，讓你封一個官做做，沈福四回到船上馬上就收起三條絲網壩，就對老夫人來説分明，該次進京凶多吉少我難轉門。沈福四對老夫人説，你今世不要吃油膩飯，老夫人就拿劉王千歲的紙馬倒挂在檣子上，拿神歌書、陽歌書全部甩出子太湖梢，港裏浜裏全有神歌書、陽歌簿。老夫人來説一聲，船幫上撈着神歌簿，幫幫船上出先生，村上撈着陽歌書，村村巷巷出師娘。沈福四萬歲糧官帶進京，皇帝門前來奏本，説個位仙人神通法術靈得無道成。當今皇帝看你老仙人來笑盈盈，馬上就拿老仙人來封官做。當今皇帝看你老仙人頭髮白似雪，年紀大馬上開金口，封你做一個陽官算來無幾年，做一個陰官好做千萬年。當今皇帝就封你一塊豎頭扭匾水平王，在勝墩村上造一隻高宮殿留傳到如今。水平王萬歲受香烟，香烟了朝通天門，還封爲幫幫的船上，村村巷巷全有前輩、堂門先鋒，妝檯全有香烟受。

再拿前輩祖師堂門在各衙門坐堂、當官、受香烟來提提名。南北四朝衙門全有伲老前輩師傅、堂門、堂倌名。先提雙涇浜衙門有蔣義堂、蔣留寶在本堂衙門當官做，公興堂衙門有徐積堂在本堂衙門當官做。龍橋四星堂衙門有蔣得方、談林高在四星堂衙門當官做。滸關文昌閣華佗師衙門有孫小毛、孫叙妹、孫壽根、孫根龍在文昌閣衙門蓮泗蕩當官做。

自府堂門

徐長灣西北角裏有黃松林、許長才、李林財、沈生龍、徐長法太師。徐升學阿爹、徐金財爸爸、蔣介學、蔣叙才、蔣雙福、蔣得方、談林高在蓮泗蕩衙門當官做。趙家港當堂七爺衙門有沈姓七代堂門、沈美榮、沈月正、沈雪慶、沈雲洲、沈阿四、沈曉美、沈進夫、沈雲夫、沈劉巧、沈福仁太太在趙家港衙門當官做。上方山上太姥娘娘衙門有楊申姐、李大生、李大財、李明高、一百零八道長先鋒在上方山上當官做。光福虎山橋園林衙門有徐春陽、徐法陽、徐春龍在火山橋衙門當官做。高景山飛府城隍衙門有二阿哥、姓王老輩、沈紅星公子、夫人在高景山當官做。西山廟周李少爺衙門有楊小毛、李師爺、李二爺、徐多金、沈小毛在西山廟衙門當官做。火弄裏林將軍衙門有周生財、陸彩長在火弄裏衙門當官做。北雪涇小城隍、五公公、陸太爺衙門有顧金方、顧叙方、陸金昌、陸義慶、顧生財、陸仁才、顧長保、蔣義堂、徐小公子、蔣介學、蔣叙才、蔣雙福、徐其學、徐根興在北雪涇衙門當官做。蘆菲涇城隍府衙門有周老五，金家橋衙門有沈壽堂、沈福堂、沈永堂在本堂當官做。光榮墩徐公館有徐長法太師、徐彩長、徐升學阿爹、徐金財爸爸、徐長生在本堂當官做。楊樹港衙門有蔣介學、蔣叙才、蔣雙福、蔣根生、蔣根學在本堂衙門當官做。小橋灣茅山堂衙門有沈金男、沈南亭、張永財、張小弟公子在小橋衙門當官做。金澤楊爺衙門有沈仁天、沈天生、伍氏堂門、伍氏夫人在金澤衙門當官做。永興堂七公衙門有十八家道、韓家道、張長生、馬明高、馬明張、旺阿大、劉發祥、倪文長、倪叙才、倪金妹、吴和尚、徐長法、徐彩長、徐升學、徐金財、徐長生、十三位英雄好漢、蔣得方、談林高在永興堂衙門當官做。江華七爺衙門有沈元堂、沈秀堂、沈永祥、陸仁財、沈永夫在江華衙門當官做。高墊隨糧王衙門有苗老先鋒、陸金福、沈公子在高墊衙門當官做。王沽蕩三四親伯衙門有萬長林祖師。章家壩潮音寺衙門有扒船先鋒、蓬帳先鋒、孫天生、孫水金在章家壩衙門當官做。穹隆山上蒼玉帝衙門有吴留堂、孫福高在穹窿山衙門當官做。雙林石淙三太均衙門有火燒先鋒在石淙衙門當官做。

年青花童今日夜間拿你前輩師傅、堂門三聲兩句來提提名，再請前輩祖師、堂門原諒花童十二分。因爲花童人生路不熟，還齣完全提着名，多多原諒花童十二分。南北四朝前輩師傅不貪花童神歌唱。□□香客要開罎敬大人，葷來大人有葷菜，素來大人有浄素。劉王千歲、觀音娘娘、素佛天地有金金菜、木耳、香菇浄素一桌當酒菜。北雪涇五公公、陸太爺有六菜一桌你有份，王阿爹、傷司五道有大餅、牛肉、皮蛋、辣火、豆腐乾、千層百葉、金金菜、木耳當酒菜。高景山二阿哥有小蹄膀一隻，前輩祖師有五菜。夫人、小姐有糖果、水果、糕點、金花白米飯作點心。前行猪頭後甩龍，條肉一方，帶脚蹄子、高脚雄鷄、水跳龍魚，伲南北四朝全有份。大人吃子酒，用子菜，吃酒用菜自稱心。吃子□□香客三杯酒來，南北四朝大人來保佑。保佑□□香客生意興隆、人口太平，大小人口要掮得龍捉得虎，掮龍捉虎靠大人。□□香客田不種地不耕，就靠（販鮮魚、耥螺螄、捉魚、養魚）起船造屋過光陰，要陰陽口舌全部回乾浄。年輕花童不必多表明，停停歇歇再奉承。

五公公、陸太爺

年輕花童挑起銀鑼陪大人，今日夜間船通梢蠟燭點得滿堂紅，（□□衙門、□□香案）長檯上南北四朝前輩祖師、師父堂門坐得密層層。今日夜間諸位大人面前陪祖師，師父堂門高興吃得有點醉熏熏。今日夜間是□年□月□日有伲□□社□□香客待大人。衆姓香客非爲別，爲的是北雪涇香信待大人來求太平。年輕花童今日夜間要唱一段宏名神歌來陪大人，不唱紅名神歌花童有點難爲情，倒是伲南北四朝神歌多得無道成。南朝神歌有三十六，北朝神歌有七十二，東西兩朝神歌花童勿必提。

今日花童提起北朝神歌倒有一段在我金鑼裏，花童就唱你五公公、陸太爺蹲剌北雪涇立殿受香烟經歷來表表心，年輕花童一一來表分明。太爺的神歌從哪裏來？由伲老前輩口傳幾聲留留名。太爺出生是個捉魚船上人，傳説有的講是打網船上人。有人講是揚州打艋仙船上人，實説陸太爺靈神是尖網船上出生人。太爺名叫陸永財，一直在陽澄湖裏牽尖網捉魚過光陰。陸永財當時船好網新牽尖網，生意日日好。開船牽網紅條白魚日日一兩百斤是靈靈能，天天摇子二櫓賣魚要到葑門櫓行尖去賣鮮魚。有辰光葑門賣不完，回到婁門街上去賣鮮魚。陸永財蹲剌陽澄湖裏牽尖網，生意興隆日日好得無道成。陸永財蹲剌葑門賣鮮魚，碰着揚州出生打艋仙船上結拜兄弟張季高。陸永財就問張季高，你打艋仙生意哪光景？張季高回答，伲打艋仙生意全無半毫分，做一日生意三頓粥飯不連牽。張季高還問陸永財，你牽尖網生意哪光景？陸永財回答，我牽尖網生意日日好，伲日脚好過一日三頓吃子酒肉飯。陸永財就説你打艋仙無有生意，搭我一道來牽尖網做做活條命。張季高聽見一道牽尖網做生意，馬上一口全答應。陸永財、張季高兩家人家蹲剌陽澄湖裏牽尖網。生意興隆日脚好過，不長倒是有報應。想不着生意好日脚不長，陽澄湖三年水乾到來臨。牽尖網牽來牽去紅條白魚無有半分毫，牽一日尖網連飯米鈿牽不着。一年相比一年苦，尖網船上不起岸。血米網買不起血，三年下來船要沉。尖網船過夜要拔上子個蘆柴灘，兩家人家有點米燒點粥。無米去偷南瓜來拔青菜，偷不着南瓜、青菜衹好餓夜飯。陸永財、張季高到子寒天日脚更難過，夜裏身上無有棉被蓋。睏覺是亂稻柴，身上衣裳七穿八洞剩幾條經。陸永財、張季高兩人商量，伲照個樣下去日脚無法過。陸永財説一聲，搭你兩人去偷點蔥拔點菜賣點銅鈿去買米買柴來過光陰，就是捉伲不算賊，偷着蔥菜賣點銅錢顧眼前。張季高説伲衹好個樣來顧眼前，答應當夜去偷蔥拔菜。倒碰着個辣手種菜人，種菜捉牢拿子兩家老小遭大難。

在陽澄湖雙廟港外浮墩潭，拿兩家老小全部種荷花，陸張兩家老小全部見閻羅。閻羅大帝問你陸永財、張季高兩家老小陽壽還長爲啥到陰曹？陸永財、張季高兩人在閻羅大帝前訴真情，伲陽壽勖完到陰朝是真苦惱，伲登剌陽間難活命，到陰間來討點香烟受。陸永財、張季高兩个落水亡人來到姚家村小城隍公堂，雙脚饅頭落地來訴真情，伲兩人陽壽勿完，倒要問你小城隍討點香烟受。小城隍回答説分明，你兩人討香烟要到南朝蓮泗蕩千歲王爺門前去。兩位落水亡人懇求你發一張公文到劉王千歲手裏，讓伲去説分明。小城隍一口答應，發張公文蓋好印。陸永財、張季高兩位落水亡人拿子公文來到蓮泗蕩，蓮泗蕩衙門已經到來臨。陸永財、張季高進子衙門雙脚饅頭落地，求你劉王千歲王爺，來問你討香烟。劉王千歲接過公文看分明。千歲王爺在公文上看陸永財、張季高，兩人陽壽未完到陰曹來討香烟得知聞。蓮泗蕩劉王千歲對兩位落水亡人來説分明，要受香烟要到南洋觀音太太門前去修法道。陸永財、張季高兩位落水亡人連忙説分明，求你劉王千歲搭伲公文上簽好字來蓋好印。劉王千歲答應就在公文上簽好字來蓋好印，陸永財、張季高兩個落水亡人接過蓮泗蕩公文馬上就動身。陸永財、張季高兩位落水亡人，南洋觀音太太公堂到來臨，就雙脚饅頭落地來訴真情，伲兩位陽壽勿完到陰曹是真苦惱，求你觀音太太大慈大悲讓伲來修法道。得知兩位亡人陽壽勿完陰壽到，觀音太太答應就拿陸永財、張季高法道修子二年半。二年半到觀音太太還説一聲，你們兩位亡人還要到穹窿山朝山玉帝公堂上去討封受香烟。觀音太太在公文上簽好字來蓋好印，送子兩位亡人來到穹窿山。兩位落水亡人拿子公文到子朝山玉帝門前，頭頂公文訴真情，朝山玉帝接過公文詳細看。看看兩位落水亡人真可憐，朝山玉帝馬上下御階，就叫兩位亡人再到蓮泗蕩衙門去討封香烟受。陸永財、張季高兩位亡人拿好御階公文馬上就動身。兩位亡人到蓮泗蕩堂上雙脚饅頭落地拿御階公文來傳上，劉王千歲看過公文御階説一聲，兩位亡人的香火檢發到姚家村，小城隍衙門去受香烟。劉王千歲馬上寫好公文蓋好子印，陸永財、張季高拿好公文，兩位到子姚家村小城隍衙門公堂上來説分明。小城隍接過公文説，兩位到二殿去受香願。

陸永財、張季高登刺二殿受香願，香願一點不興旺。陸永財、張季高兩位亡人來商量，伲要去請個起頭人，做你個魂身來坐衙門。兩位亡人出外倒尋着子打網船上顧老頭，老夫妻倆在陽澄湖河豚潭裏攛打網，一網打着一個鯉魚不滿一斤重，放進船頭重有千金，打網船沉落，老夫妻倆喊救命。陸永財、張季高兩位落水亡人馬上拿隻打網船托出水，老夫妻倆個張眼看伲老夫妻倆身上衣裳齣濕船無水。老夫妻倆倒是想不通，看看船頭裏個小鯉魚還在船頭裏。顧老頭心裏得知聞，個次沉船有蹊蹺。老夫妻倆就去請個堂門先生來問大神，堂門先生問着姚家村上陸永財、張季高要叫你做個起頭人，還要做兩個魂身到姚家村小城隍衙門坐二殿，打網船上顧老頭一口全部來答應。顧老頭馬上做好兩個魂身陸太爺、張五公坐衙門，還要請顧老前輩蹲刺陸太爺、張五公門前做個開路先鋒到如今。

陸永財、張季高蹲刺姚家村上香願還是勿興旺，兩位一心還要去請一個官來拿廟翻新。倒是請到蘇州府元和縣衙門到來臨，元和縣官太太身上起毛病。元和縣公堂上審犯人，刑具上犯人身，痛在官太太身，二太太送信嚇得元和知縣急靈靈。元和知縣心裏有點得知聞，元和知縣馬上去請個問卦先生來問一檔卦。問卦先生問着姚家村上陸永財、張季高卦上有靈感，要叫元和縣闔縣要到北雪涇衙門進香修廟還要立碑文。元和縣太爺問着卦上事，一口全部來答應。陸永財、張季高真是活靈神，就拿官太太身上毛病全部脱乾净。元和縣太爺馬上排好道子備好轎，到姚家村北雪涇衙門來進香，請子大香大燭立碑石、廟修新。穹窿山朝山玉帝玉階下，還封爲陸太爺、張五公蹲刺北雪涇衙門二殿上香願受，蓮泗蕩劉王千歲簽發公文受香願寫清爽，封爲北雪涇五公公、陸太爺坐正二殿香願受，江浙兩省船幫裏蓮泗蕩的香客三月廿八到北雪涇進大會香，八月初三還進生日香，一年兩節直到今。香願興旺通天門，有求必應就是張五公來陸太爺。直到今五公公、陸太爺自爲正，香願興旺通天門。船幫中香客一年兩節來進香求太平，年輕花童拿你五公公、陸太爺神歌三聲兩句表表心。還請五公公、陸太爺原諒花童十二分，年輕花童勦拜師來勦學徒。伲同學堂弟兄教幾聲，花童不必多表明。

大人不貪花童神歌唱，要開鑤銀壺敬大人。大人吃酒用菜自稱心，葷來大人有葷菜，素來大人有净素。劉王千歲、觀音娘娘、素佛天地有金金菜、木耳、香菇净素一桌當酒菜。北雪涇五公公、陸太爺有六菜一桌你有份，高景山二阿哥有小蹄膀一隻，前輩祖師有五菜。王阿爹、傷司五道有大餅、牛肉、皮蛋、辣火、生魚、生肉當酒菜，素五道有豆腐乾、千層百葉、金金菜、木耳、香菇、大餅、辣火當酒菜。夫人、小姐有糖果、水果、糕點、金花白米飯當點心。前行猪頭後甩龍，條肉一方，帶脚蹄子、高脚雄鷄、水跳龍魚，伲南北四朝全有份。大人吃子酒，用子菜，吃酒用菜自稱心，吃子□□香客三杯酒，南北四朝大人來保佑，保佑□□香客生意興隆、人口太平，大小人口要掮得龍捉得虎，掮龍捉虎靠大人。□□香客田不種地不耕，就靠（販鮮魚、鞘螺螄、捉魚、養魚）起船造屋過光陰，要陰陽口舌全部（回）乾净。年輕花童不必多表明，停停歇歇再奉承。

永興堂七公

年輕花童有幾聲，你七公、七母神歌在我小小金鑼裏。有不足之處，要請七公、七母大人原諒花童十二分。因爲花童齣拜師來齣學徒，靠俉同學堂弟兄教幾聲。年輕花童不作多表明，就説你七公、七母出生是山東屯縣人。老夫妻倆齣養三男和四女，就是老夫妻倆個人。張小釣捉魚爲生意過光陰，老夫妻倆登刺山東張小釣，捉魚嘸不生意經，老夫妻倆商量要到江蘇蘇州去張小釣，捉魚做生意經來過光陰，就是一隻小船兩把槳，山東划船行。二月十五到揚州，路上張一日小釣行一日路。過子長江到常州，經過無錫到滸關，花童不作多表明。

老夫妻倆張一日小釣來過一天，生意不好難度日。五月初五端午節，已到蘇州葑門外黄天蕩，小釣鏞來綫亦爛，張不着魚嘸不銀子來換釣，換綫真是無法想。老夫妻倆商量到魚行去借點銀兩來換釣綫，七公老爺就到葑門櫓行興上徐記魚行裏來借銀兩。七公碰着魚行老闆來説明白，借我二兩雪花銀，等我小釣張着鮮魚，你刺賬上扣清賬。碰着魚行老闆一口就答應。借二兩雪花銀做生意本，七公借着本鈿馬上去買小釣、買棉綫、買小洘，蹲刺葑門横街上燒小洘水，洘好棉綫裝小釣。老老頭扎釣頭，老夫妻倆裝好三千小釣。老老頭手拿釘耙上岸去挖蚯泥，老老頭挖好蚯泥來下船。老夫人理好三千小釣馬上開船張小釣，到葑門城外河開水發頭。張到婁門轉一個彎原到葑門完，正好三千小釣路。半夜裏收釣，新綫新釣，昂公魚、鯰魚多得無道成，昂公魚鯰魚收子一船頭，老夫妻高興得無道成。來到徐記魚行賣鮮魚，還賣着好行情，還清借銀還多一兩雪花銀。老老頭到横街上去買米拷油採買齊，老太婆登刺船上理釣燒飯又燒菜。老老頭拿子釘耙上岸還是去挖蚯泥，老夫妻倆登刺城外河一連做着幾日好生意。老老頭登刺岸上挖蚯泥，聽見吴澄江裏生意還要好。老夫妻倆葑門開船來到吴澄江，夜裏開船在吴澄江裏張小釣。張完小釣船停好，半夜裏收釣。收完小釣到車坊去賣鮮魚，在菜館裏聽見澄湖裏昂公魚還要多得無道成。老夫妻倆一心想到澄湖裏張小釣，説起澄湖馬上就開船行。車坊開船向東行，大窯塘上道道行。停船停到魚行橋，老夫妻倆看見一隻張麥釣船，名叫倪文章。七公問你張麥釣生意哪光景？倪文章回答説一聲，麥釣生意還算好。七公與倪文章兩人大講張，七公問，文章澄湖昂公魚多不多？文章回答説一聲，澄湖昂公魚看樣子真個多得無道成。七公與文章一道做子幾日好生意，真是一雙好弟兄。有話有説有商量，上街賣魚吃酒不分開。船上兩個老太婆也成子好姐妹，有説有講有商量。生意日日好，日脚好過，兩對老夫妻開開心心過時光。澄湖張釣賣魚要到甪直鎮，兩個老老頭吃茶吃酒一隻檯子分不開。吃好酒七公老夫妻倆來商量，今夜開船加點小釣從大洋涇甩頭要張到大窯口彎頭船來停。半夜裏開船收釣收到澄湖當中起風暴，齊巧十月魚風信。風大是半夜五更信，鮮魚倒收子一船頭。大風吹得緊，越吹越大，七公老夫妻倆小船翻身人亡故。倪文章老夫妻倆得知傷心得無道成。倪文章老夫妻倆嚎啕大哭，從此失去好弟兄，倪文章還剌澄湖去尋七公老夫妻倆死屍。尋着子死屍來料理，七公老夫妻屍體料理完。倪文章夫妻倆真傷心，七公老夫妻倆在黄泉路上真苦惱。陽壽齣完夫妻倆就到穹隆山玉皇大帝門前來訴苦勁，老夫妻倆問你玉皇大帝讓伲討點香烟受。玉皇大帝開口説一聲，你們兩人要受香烟要到蓮泗蕩劉王廟，在劉王千歲門前去討香烟受。老夫妻倆人求你玉皇大帝開一張公文，到劉王千歲門前讓伲去説清爽。玉皇大帝聽見馬上一口答應，開一張公文蓋好子印。七公老夫妻拿子公文馬上到劉王廟，劉王廟已經到來臨，七公拿公文來呈上，夫妻雙雙跽在劉王千歲門前。拿子公文是玉皇大帝來發出，劉王千歲來看清爽。劉王千歲開口説一聲，派你香願倒有份，派你到萬千河北灘焦沙港有隻猛將堂，封你爲三十六縣永興堂十月初一大香信。還有倪文章頭代先鋒同坐永興堂，劉王千歲分坐在永興堂。封爲七公、七母坐真身，香烟了朝通天門。年輕花童拿你七公、七母的神歌三聲兩句來表表明，有不到之處請七公、七母原諒花童十二分。

東西南北四朝大人不貪花童神歌唱，衆姓香客開罎銀壺來敬大人。吃酒用菜自稱心，葷來大人有葷菜，素來大人有浄素。劉王千歲、觀音娘娘、素佛天地有金金菜、木耳、香菇浄素一桌當酒菜。北雪涇五公公、陸太爺有六菜一桌你有份。高景山二阿哥有小蹄膀一隻，前輩祖師有五菜。王阿爹、傷司五道有大餅、牛肉、皮蛋、辣火、生魚、生肉當酒菜。素五道有豆腐乾、千層百葉、金金菜、木耳、香菇、大餅、辣火當酒菜。夫人、小姐有糖果、水果、糕點、金花白米飯當點心。前行猪頭後甩龍，條肉一方，帶脚蹄子、高脚雄鷄、水跳龍魚，伲南北四朝全有份。大人吃子酒，用子菜，吃酒用菜自稱心。吃子□□香客三杯酒來，南北四朝大人來保佑。保佑□□香客生意興隆、人口太平，大小人口要捎得龍捉得虎，捎龍捉虎靠大人。□□香客田不種地不耕，就靠（販鮮魚、耥螺螄、捉魚、養魚）起船造屋過光陰，要陰陽口舌全部回乾净。年輕花童不必多表明，停停歇歇再奉承。

三靈公尋香願

挑起銀鑼拿起鼓，三根燈草九路心。船上通梢蠟燭點得滿堂紅，長檯上南北四朝大人坐得密層層。今日夜間非爲别的爲□□社□□香客在圓堂裏廂待大人，年輕花童唱一段神歌來陪大人。不唱神歌花童有點難爲情，倒是南北四朝神歌多得無道成。南朝神歌有三十六，北朝神歌有七十二。劉王神歌有二九十八段，觀世音神歌二八十六段。太姥娘娘神歌二九十八段，今日夜間花童就唱你太姥娘娘三靈公尋香願神歌來表表心。甩掉兩頭來挖肉心，唱一段三靈公尋香烟神歌來唱幾聲。三靈公出生是蘇州石湖北灘蕭鳳村上人，爺叫蕭文慶，唐氏大娘是母親，紅氈單結拜夫妻同到老。嫐養三男並四女，倒是一胞落地五官人。五位官人長大全有香願受。太姥娘娘立廟上方山，前門對直上海灘，後門對準揚州城。八月十八大鬧紅燈蟠桃會，香願興旺通天門，五位靈公全要立廟受香烟。太姥娘娘就封大靈公在上方山上南邊門，香願了朝通天門，二靈公立廟在北邊門，香願興旺通天門，四靈公立廟在獅子山，也是香願興旺通天門，五靈公在江浙兩省長灣角咀立五聖堂，香願也是通天門，衹有三靈公無有立廟受香烟，三靈公就在爺娘門前吵天吵地鬧不停。母娘對你三靈公來説一聲，你就在師娘妝檯上去受香烟。碰着三爺靈公不答應，我一心也要立廟受香烟。媽娘對你三爺靈公來説一聲，你要立廟受香烟，要你自家去尋廟基。三靈公聽見母娘説，高興得無道成。

三靈公就立在上方山上，看東看西看來看去，嘸不一塊朝陽地。三靈公就看見西太湖元山場面倒有一塊朝陽地，三爺靈公就同母娘來商量，西太湖元山場面有塊朝陽地，好去立廟受香願。太姥聽見三爺靈公説明，馬上一口全部來答應。母娘就黄布包打一個，盤纏銀子全拿來。三爺靈公告别子爺娘走下子個上方山，一心想到蘇杭城裏去乘一隻快班航船往西山行。三爺靈公走到九星橋面看不停，三爺靈公就説九星橋好像伲蕭家一條玉扁擔，行春橋好像伲蕭家的月門洞，湖心亭好像伲蕭家的肉砧墩，湖心亭前頭好像蕭家的玉酒杯。三靈公一路上道道行，六里塘相對五福橋，横塘鎮上到來臨，走上亭子橋穿上子彩雲橋，胥門早市塘岸一直行，年輕花童路上不作多表明。胥門鎮上到來臨，穿出一條牛師弄。萬年橋塊上身立定，三爺靈公蹲在萬年橋橋塊看不停。爲啥今朝河裏嘸不船來摇？路上嘸不行人走？蘇杭城裏一定出子啥個大事情，三爺靈公就東打聽來西問信。就問着一位老年人，爲啥今朝蘇杭城裏來得冷冰冰？老年人就對你三靈公來説一聲，今朝河裏有船要捉船，路上有人要捉人，今朝胥門街上亂紛紛。三爺靈公問實信，想想氣傷心，我今朝還是祇好回轉門，原路來原路回。

花童不作多表明，行春橋場面到來臨。短墩橋面身立定，一眼看見是在新郭港裏撑出一隻空船去裝石頭。三爺靈公連忙喊一聲，你船家摇船要到哪地名？摇船郎回答説一聲，伲到木瀆金山浜去裝石頭。三靈公連忙説一聲，啊好讓我乘你便船到木瀆鎮？碰着船上浪子就一口來答應，船撑進短墩橋船靠岸，就拿跳板穿上子岸。三爺靈公走下石頭船，就坐在前頭石潭上身坐定，倒是今朝西北風吹得緊騰騰。石頭船上浪子船進子茭白塘上撑船行，來到西跨塘三爺靈公蹲刺帆潭眼上點篙數。一九二九三九四九一共三千六百篙，撑出子茭白塘到西跨塘。撑出子西跨塘船就靠岸，來停好用點心。三爺靈公問一聲，你爲啥不師篷來行船。人家船師篷起來快煞能，石頭船上人對三爺靈公笑嘻嘻來説一聲。你好像不是船上人，人家是順風船好師篷，伲是逆風船不好師篷船來行。三爺靈公有點不相信，馬上就拿出神通法，在西北角上點一點，東北角上吹一口氣，一刻時辰西北風調轉子個東南風。石頭船上浪子高興得無道成，馬上師篷起來順風船來快快能，木瀆鎮上到來臨。三爺靈公説一聲停船，讓我去買點心。石頭船上浪子來答應，落下篷，拔檣子來船靠岸。三爺靈公心裏想，今朝爲啥木瀆市河斷船行，走到謝橋塊上看分明。看着石頭船不讓柴船過，柴船上也不讓石頭船過來行。柴船上浪子大吵大鬧不講理，拔出篙子來打人。打得石頭船上浪子頭破血淋淋，看相打人有幾十零。三人六張嘴到木瀆巡檢司去評理，有的説到蘇州府臺去打官司。三爺靈公看分明來説一聲，你們不要到木瀆巡檢司，木瀆巡檢司是吃皇糧來不管事，亦勁到蘇州府去打官司，蘇州府臺與木瀆尋檢司官官相护要金銀，你們石頭船和柴船上要尋個銅錢不容易。你們不要吵，聽我勸三聲，輕船要讓重船過，逆水船要讓順水船過，逆風船要讓順風船，石頭船上人柴船上人聽三爺説話有三分理。柴船空船退下子三船路，逆水船全部來退下，一刻勸等兩時辰，謝橋底下船通行，三爺靈公倒做子一個好事情。

三爺靈公在岸上一路走來一路行，走出木瀆西市梢，無有便船往西行，走到金水橋看着有空船往西山方向去。三爺靈公喊一聲，你們空船啊是西山去？啊好讓我乘你們便船西山去？空船浪子回答説一聲，伲西山去裝柴就帶你到西山不要緊。船靠岸三爺靈公走下空柴船身坐定。胥口塘上道道行，路上花童不作多表明。西太湖裏厢浪滔滔，風平浪静西山元頭渚場面到來臨。三爺靈公喊一聲，讓我上岸步來行。柴船上浪子來答應，落篷就拿船靠岸。三爺靈公人上岸，三爺靈公就拿出二兩雪花銀，送畀你們弟兄們去作點心來買酒菜用。柴船上弟兄高興得無道成，就拿二兩雪花銀放在帆潭上，一刻勸到兩時辰，帆潭上雪花銀變子一條中錢糧，不見雪花銀。柴船上浪子有點得知聞，今朝乘船不是陽間人，不知哪裏的大朝神，柴船上浪子對條錢糧細細看。看見錢糧上有名字來有地名，上方山上三爺靈公有名姓。柴船浪子馬上裝香點燭喊願信，大願信喊不起，小小願信喊一個，讓伲生意興隆趟趟好，買一個猪頭來敬你三爺靈公來稱心。

三爺走上元頭渚上看分明，看見元頭渚上有隻關帝廟，三爺走進關帝廟。問你關帝朝陽元頭渚香願哪光景？關帝朝陽回答説一聲，我已立廟兩年半，香願全無半分毫，你看蠟橋上無有蠟燭油，香爐裏無有香灰塵。三爺靈公説一聲，我想拿你關帝廟落地翻造元大廟，前頭香烟由你受，朝後的香願大家一半分。關帝老爺一口馬上來答應，三爺就走出關帝廟，東打聽西問信，看見一幫看牛童子在掘泥潭，孛相高興得無道成。三爺走上前來問一聲，看牛小弟弟來問一信，元頭渚上啥人是當家人？啥人説話最肯聽？碰着看牛小弟弟回答説一聲，伲元頭渚上當家人是伲村上人，名叫黄大叔，他説的話人家全要聽。今朝正巧黄大叔兒子搭伲一道看黄牛。三爺靈公就笑嘻嘻拿黄大叔兒子雙幫捆來單幫捆，捆得像隻肉餛飩，一刻時間黄大叔兒子嘴裏白沫吐不停，毛病馬上就上身。一道看牛的男兒急得無道成，急急忙忙轉家對黄大叔來説分明，你的兒子在元頭渚毛病重得無道成，嘴裏的白沫吐不停，嘴裏還是説不停，伲是聽不明。黄大叔聽見兒子毛病重，真是急得無道成。黄大叔三脚兩步走到元頭渚，看見兒子的毛病人發呆，就抱子兒子轉家門。點香點燭求靈神，黃大叔請子蓬張先鋒黃楊四瓣來問大神，啊是當方的大神來作梗？啊是哪個山頭不稱心？蓬張先鋒問真信，問着上方山三爺靈公要叫黃大叔在元頭渚關帝廟落地翻造得稱心，還叫你在元大廟裏做當家作主人。黃大叔一口全部來答應。三爺靈公是個活靈神，黃大叔伲子身上的毛病馬上全部脱乾净。王大叔高興得無道成，就拿三本願簿帶出門。頭本願簿送畀前村後巷四鄉鄰，叫村村巷巷百姓一口全答應。第二本願簿送畀柴船上叫柴船上在夾港造一隻戲臺就稱心，柴船上浪子一口全答應。元大廟翻造快快能，就是夾港戲臺還覅完工半分毫。黃大叔就拿第三本願簿送畀西太湖裏七扇頭篷船，檣纜船上去喊願信。碰着七扇頭篷檣纜船上不答應，正巧三九裏西太湖裏西北風吹得緊騰騰。七扇頭檣纜船上高興得無道成，正想今朝紅條白魚多得無道成。馬上祭起篷起錨就開船，蹲刺八百里太湖還帶宜興灘上倉灣覅卷着紅條白魚半分毫。七扇頭篷檣纜船，馬上落篷下錨點香點燭拿黃楊四瓣來問大神，啊是冲碰安山大神，啊是高山上大神來作梗？問着上方山三爺靈公要叫檣纜船上拿元大廟夾港戲臺來完工，七扇頭檣纜幫願信來答應。三爺靈公是活靈神，讓伲檣纜船要紅條白魚裝得滿滿能。你靈公作梗是算數，伲檣纜船願信亦算數。夾港戲臺來完工，還立兩根旗杆在廟門，還喊三本紅戲來廟會，檣纜船上喊完願信起篷拉錨馬上就開船。三爺靈公真是活靈神，檣纜船回八百里太湖一槍來一槍起，還帶宜興灘上倉灣，檣纜船牽得紅條白魚多得無道成。大船裝不完，舢板上裝得滿滿能。還有鯉魚、鯽魚全部放還西太湖做放生魚，檣纜幫盤進胥口塘來到蘇杭城，山塘街上鹹魚行進得滿滿能，還覅賣完檣纜船上魚，還登刺蘇州城裏賣鮮魚。檣纜船上鹹魚賣乾净，就蹲刺蘇杭城買子錢糧元寶，舢板上裝得滿滿能。三本紅戲就定好，夾港戲臺就完工。兩根旗杆立正在正山門，元頭渚香願興旺通天門。大産人家全猪全羊敬三爺，中産人家猪頭三牲敬靈公，下等人家清香明燭來燒香，香客多是多得無道成，你三爺靈公尋香願神歌花童三聲兩句表表心。

東西南北四朝大人不貪花童神歌唱，衆姓香客開罎銀壺來敬大人，吃酒用菜自稱心。葷來大人有葷菜，素來大人有净素。劉王千歲、觀音娘娘、素佛天地有金金菜、木耳、香菇净素一桌當酒菜。北雪涇五公公、陸太爺有六菜一桌你有份。高景山二阿哥有小蹄膀一隻，前輩祖師有五菜，王阿爹、傷司五道有大餅、牛肉、皮蛋、辣火、生魚、生肉當酒菜，素五道有豆腐乾、千層百葉、金金菜、木耳、香菇、大餅、辣火當酒菜。夫人、小姐有糖果、水果、糕點、金花白米飯當點心。前行猪頭後甩龍，條肉一方，帶脚蹄子、高脚雄鷄、水跳龍魚，伲南北四朝全有份。大人吃子酒，用子菜，吃酒用菜自稱心，吃子□□香客三杯酒，南北四朝大人來保佑，保佑□□香客生意興隆、人口太平，大小人口要捎得龍捉得虎，捎龍捉虎靠大人。□□香客田不種地不耕，就靠（販鮮魚、耥螺螄、捉魚、養魚）起船造屋過光陰，要陰陽口舌全部回乾净。年輕花童不必多表明，停停歇歇再奉承。

太姥求子孫

年輕花童挑起銀鑼來陪大人，今日夜間是□月□日有□□社□□香客在（圓堂、龍棚）裏廂待大人，今日夜間非爲别事，就爲□□香客□□事請伲南北四朝大人來吃太平酒。年輕花童要唱一段神歌陪大人，勿唱神歌花童有點難爲情，倒是南北四朝神歌多是多得無道成，南朝神歌有三十六，北朝神歌有七十二，劉王神歌二九有十八段，觀音神歌亦有十八段，太姥神歌亦有二九十八段。年輕花童一時頭上記不清，今日夜間花童還好唱一段太姥求子孫神歌來提提名。年輕花童衹好甩掉兩頭來挖肉心，三聲兩句表表心。

太姥出生石湖北灘蕭鳳村上人，前門對直五龍橋，後門對正吴門橋。爹叫啥來娘叫啥？爹是大户人家人稱蕭百萬，蕭氏娘娘是母親，朆養三男和四女，所生蕭文慶一個人。大户人家公子十八歲還没配着親，蕭百萬一心要有兒子娶夫人，就請子月老大人來做媒人。月老一口來答應，就到湖州府雙林石淙村唐家村請金花帖。到唐文玉家，唐文玉聽見女兒有蘇州外石湖北灘蕭家來配親，唐文玉就説，蕭家與伲唐家有緣分，一口就答應。金花帖子配上蕭文慶相公做夫人，撿好子黄道吉日就成親。蕭文慶與唐家大姐成親子二年半，還朆養後代根。娘娘在家冷清清，娘娘看見河裏捉魚郎，子孫幾個熱鬧得紛紛，就是苦得無有衣衫着，一日三頓粥飯不連牽。娘娘立在湖橋上呆登登，伲蕭家有吃有着爲啥冷清清？蕭文慶相公看見娘娘在屋裏冷清清，對你娘娘來説一聲，今日同你去蘇州孛相玄妙觀來散散心。娘娘對相公説一聲，今朝是三月初三正清明，玄妙觀不及虎丘好孛相，還是孛相虎丘山。相公一口來答應，馬上娘娘花轎辦一頂，相公高頭白馬牽一匹。相公白馬前頭行，娘娘花轎後面跟。一條石皮岸倒是新郭街穿上行春橋，六里岸下塘相對五福橋，到子横塘鎮，亭子橋上横穿過。走上彩雲橋，西門塘岸上一直行，棗子橋堍横行過，胥門街上到來臨。走出胥門南浩街到北浩街，七里山塘到來臨，山塘街上景處多得無道成，上塘全是鹹魚行，下塘小猪行多得無道成。同橋堍上横行過，虎丘山場面到來臨。倒是虎丘山人山人海，虎丘山上景處多是多得無道成。走進山門六九五十四階步步高，還有調龍燈，有的使大刀來飛鋼叉，還有槍刀門來吃鐵蛋，兩邊百貨攤頭放成子二條龍，泥人泥佛攤頭也是多得無道成，娘娘對泥佛攤頭看不停。有一尊泥佛好像對娘娘、相公笑盈盈，娘娘、相公就問泥佛放攤的老年人，個尊泥佛叫啥名？放攤老年人回答説一聲，就叫吕純陽。娘娘相公問一聲，該尊泥佛阿要多少紋銀請一尊？老年人回答説一聲，衹要一錢二文銅錢請一尊。相公就拿二兩銀子雪花銀來請一尊，放攤老年人無法找出零碎銀子雪花銀。相公就説，不要你尋來畀你做營生勿要緊。老年人來説一聲，你位相公真大氣，希望你夫妻倆多子多孫多壽後代根。娘娘就説，虎丘景處無啥好，娘娘相公請子泥佛心歡喜樂轉家門。

路上回轉不必多表明，丘家橋一直到蕭家門。娘娘出轎，相公下馬，夫妻倆走進廳堂來商量，該尊吕純陽泥佛安置在啥地方？娘娘就説安置在廳堂萬年檯上香烟受。夫妻倆早早雙雙磕頭裝香點燭來通神，求求吕純陽大佛讓伲蕭家童男童女求一對，讓伲蕭家傳隻後代根。娘娘相公早裝香、夜點燭，吕純陽受得蕭家香烟有點難爲情，吕純陽脚踏雲頭上天門，到南天門玉皇大帝門前討金星。吕純陽對玉皇大帝説一聲，我受蕭家香烟難爲情，蕭家小輩成親是二年半還没後代根，請你玉皇大帝畀蕭家一對後代根。玉皇大帝對吕純陽笑盈盈來説一聲，你阿曉得死在蕭家上代手裏多少人？逼債要逼死多少人？蕭家要三代小輩行好事，纔有後代根。吕純陽聽見玉皇大帝説話氣呼呼，脚踏雲頭下天門。吕純陽半夜裏在娘娘相公枕頭邊現個黄粱夢，對你娘娘相公説一聲，蕭家要有子孫要行好事，來到子孫堂裏去求子孫。娘娘相公夢裏説話全記清，説起行好事二字心歡樂。第一件好事就拿七十二個陳黄米屯去蘇杭城裏去救窮人，蘇杭城裏大小百姓吃着蕭家老黄米飯，全説蕭家多子多孫多壽後代根，第一樁好事行得正。第二樁好事在長港長浜蕭家要造橋，打子擺渡船來行好事，擺渡船上齣用人齣用篙子兩面用着一根繩，就叫曳大船，大小百家過港過浜真高興，過路人説啥人行的好事多子多孫多壽後代根，第二椿好事行得正。第三椿好事娘娘説一聲，百里塘岸上擺渡口要造歇凉亭，好讓過路人避風雨、乘風凉，十二月裏避風雪，行人在石亭子坐坐歇歇。路過人説該種好事啥人行？要多子多壽後代根，第三椿好事行得正。第四椿好事高橋兩邊造起石板凳，年老公公婆婆上橋下橋石板凳上坐坐真高興，望行好事人要多子多孫多壽後代根，第四椿好事行得正。第五椿好事路上鋪好接脚石，一步一塊石，大小百家人家上街走着接脚石，説一聲啥人行好事要多子多孫多壽後代根，第五椿好事行得正。第六椿好事娘娘説一聲，叫皮匠師傅做釘鞋送畀鄉下人，年老公公婆婆落雨穿，公公婆婆着子蕭家釘鞋幫蕭家求天拜地求子孫，第六件好事行得正，第七椿好事衹好算半椿。

蕭家的金銀行好事全部全用完，娘娘相公裝香點燭求吕純陽，我蕭家千金家當行好事全用完，求吕純陽啊好讓蕭家生一對活男活女傳後代根。吕純陽到半夜托個黄粱夢，你們夫妻倆還要子孫堂裏去求子孫。娘娘相公夢頭裏事全記清，聽見吕純陽説求子二字心歡樂。相公白馬前面走，娘娘花轎後面跟，出子蕭家門嚮北丘家場面道道行，面對盤門直行胥門城。牛師弄口有爿大個南貨店名叫同豐順，相公扣住白馬娘娘花轎定，在南貨店裏請香燭，大香、大燭、元寶、錢糧全部來買全。出胥門穿上棋字巷，相對府前街，十全街上到來臨。穿出葑門嚮南徐公橋一直行，靈官廟就是子孫堂。相公下白馬，娘娘出轎門，夫妻雙雙看不定，爲啥子孫堂十根椽子九根斷？天井裏茅柴齊腰眼，青草過脚彎。娘娘相公走進廟門，看見子孫老爺身上的裝金全脱光，子孫老爺身上螞蟻爬子無道成，子孫老爺身上袍全無半分毫。小夫妻倆求子孫老爺，夫妻成親二年半齣傳後代根，伲好事做子六椿半，金銀家當全用完，讓伲活男活女求一對，讓伲蕭家傳傳後代根，生子男生子女，大的願信許不起，小小願信許一個，蕭家有子後代拿你子孫堂落地翻造立旗杆，子孫老爺開光全裝金。子孫老爺對娘娘相公笑盈盈。求過子孫老爺夫妻雙雙轉家門，向南到寬大橋橋面上道道行。回家路上不必多表明，盤門直行丘家橋，蕭家門上到來臨，相公下馬娘娘出轎門，在吕純陽門前裝香點燭求吕純陽。吕純陽受得蕭家香烟有點難爲情，吕純陽脚踏雲頭上天門，到玉皇大帝門前再奏本，對玉皇大帝説分明，蕭家是六椿半好事已行過，金銀財寶全用完，子孫堂裏已去過，對子孫老爺許過願，畀蕭家活男活女養一對。

玉皇大帝對吕純陽説一聲，叫蕭家再到子孫堂裏去還願信，子孫馬上就到蕭家門。玉皇大帝就叫金星老爺派子孫。吕純陽聽見高興得無道成，馬上下天門，半夜裏托一個夢叫娘娘相公到子孫堂裏去還個願，子孫馬上送到你蕭家門。娘娘相公夢頭裏全記清，就到子孫堂去還願信，拿子孫堂落地翻造全裝新，兩根旗杆廟門前樹，子孫老爺開光全裝金。夫妻雙雙在拜毯上求子孫，吕純陽變個香火人，裝香點燭忙碌碌。娘娘問你香火討一口仙菜來吃，香火人回答娘娘説一聲，仙菜嘸不祇有佛檯上有五隻櫻桃解口乾。娘娘拿子五隻櫻桃一口囫圇吞，從此五位官人到蕭家門上做後代根，還過願信轉家門，路上不必多表明。

蕭家門上到來臨，五位官人在姆媽娘肚裏日長夜大快快能。娘娘一頭二月不到河橋頭，三頭四月不到灶屋門，五頭六月不出房門口，七個月八個月不下床，十月滿足到來臨，五位官人蹲剌姆媽娘肚裏厢等時辰。二月十二百花生日出娘肚皮見娘面，百花娘子勿用情，搶落五官人的好時辰。倒是三月初三出娘肚皮見娘面，百家亡人勿用情，搶落五官人的好時辰。再在姆媽娘肚裏等時辰。四月十四神仙生日出娘肚皮見娘親，神仙老爺勿用情，搶落五官人的好時辰。娘娘在床上説一聲，上代惡事做得實在多，該世我受苦受難一個人。五位官人在姆媽娘肚裏等到五月初五日，午時一胞下地五官人，看看無頭無腦一個西瓜少一個柄，梅香丫頭通報相公聽。蕭家無子求天拜地求子孫，求着子孫養着一個妖怪精，無頭無脚像個西瓜少一個柄。文慶相公就叫丫頭搭我丢到荷花潭裏讓魚蝦當點心。五位官人在荷花潭裏受苦勁，南洋觀音娘娘親看見，蕭家無子求天拜地求子孫，求着子子孫丢在荷花潭裏受苦勁。觀音娘娘千變佛法下蓮花，變個茅山道士尼姑人，千斤木魚門前背，韋陀老爺背上放，走到蕭家門前化斤米。相公聽見氣乎乎，伲蕭家好事行得千金家當全用完，求着子子孫養着一個妖怪精。蕭文慶對着尼姑人説一聲，伲蕭家從此不把好事行。尼姑對蕭文慶相公説一聲，你蕭家無子求子，求着子兒子丢在荷花潭，弟兄五人受苦勁。尼姑三聲閑話勦説完，就不見尼姑人。蕭文慶相公心裏得知聞，該個不是尼姑人，是個送子觀音娘娘來通信。相公就叫丫頭拿個肉球撈到廳堂上，肉球放在金漆盆，相公看着肉球心裏想蕭家有把上方劍，就是嘸不殺手勁，蕭文慶就求吕純陽來護三分，開出肉球看分明，蕭文慶相公心歡樂，五位官人背對背，當中立出大靈公。寶劍帶開大官人的額角心，大靈公三隻眼睛到如今。梅香丫頭通報娘娘聽，娘娘就叫梅香侍女箱子裏拿出五種衣。大官人穿戴黄衣，二官人着粉紅衣，三官人着的上青色衣，四官人着灰色黑衣，五官人着月白色衣，五位官人着的是五種衣。年輕花童求子孫敬神三聲兩句表表心。

點菜

五位官人孛相揚州城，下家結婚人家來相會，要請南北四朝大人原諒花童兩三分，大人不貪花童神歌唱，要開鐔銀壺來敬大人，大人吃吃酒來伸伸拳，吃酒用菜自稱心。葷來大人有葷菜，素來大人有净素。劉王千歲、觀音娘娘、素佛天地有金金菜、木耳、香菇净素一桌當酒菜。北雪涇五公公、陸太爺有六菜一桌你有份。王阿爹、傷司五道有大餅、牛肉、皮蛋、辣火、豆腐乾、千層百葉、金金菜、木耳當酒菜。高景山二阿哥有小蹄膀一隻，前輩祖師有五菜。夫人、小姐有糖果、水果、糕點、金花白米飯作點心。前行猪頭後甩龍，條肉一方，帶脚蹄子、高脚雄鷄、水跳龍魚，倨南北四朝全有份。大人吃子酒，用子菜，吃酒用菜自稱心。吃子□□香客三杯酒，南北四朝大人來保佑，保佑□□香客生意興隆、人口太平，大小人口要掮得龍捉得虎，掮龍捉虎靠大人。□□香客田不種地不耕，就靠（販鮮魚、耥螺螄、捉魚、養魚）起船造屋過光陰，要陰陽口舌全部回乾净。年輕花童不必多表明，停停歇歇陪大人。

唐陸相公

挑起銀鑼拿起鼓，三根燈草九路心，船通梢蠟燭點得滿堂紅，長檯上南北四朝大人坐得密層層。今日夜間非爲別的爲□□社□□香客在圓堂裏廂待大人，年輕花童唱一段神歌來陪大人。不唱神歌花童有點難爲情，倒是南北四朝神歌多得無道成。南朝神歌有三十六，北朝神歌有七十二，劉王神歌有二九十八段，觀世音神歌二八十六段，太姥娘娘神歌亦有二九十八段。花童提起唐陸相公神歌，今日夜間就唱你唐陸相公神歌來表表心。

唐大爺出生是八坼唐家湖灘上唐家村上人，父親有百萬家當就養獨子唐大爺一個人。唐大爺年滿十八還從來覅出自家大墻門，覅配着親。今年唐大爺對你父母大人來說一聲，我要出外遊春孛相杭州城。父母大人一口答應你去孛相，要早去早還門。唐大爺高興得是無道成，馬上遊船坊裏摇隻快船，叫子三個摇船浪子要出門，鷄鳴辰時開船來到平望鎮。天亮來到平望鎮，唐大爺對摇船浪子來說一聲，讓我吃茶你們去買菜，買好菜來再開船。摇船浪子一口來答應，船靠岸唐大爺上岸來吃茶，走到一爿三開間茶館裏身坐定。平望茶館店裏吃茶人多是多得無道成，唐大爺蹲剌茶館店裏東張西望覅看見一個認得人，全是年老六十開外的老年人。唐大爺吃好香茗付子茶鈿，關照摇船浪子開船要往杭州行。摇船浪子聽見一口答應嗷嗷行，馬上開船倒是船頭覅往南，船頭朝西一直行，到金澤過南潯。摇船浪子全是十七八歲年輕人，摇得船頭門前白浪起，船艄後頭白沫吐，櫓人頭出火要拿生水澆。門前已到湖州城，唐大爺蹲剌船上呆思忖，馬上上岸去問信，齊巧問着一位快嘴三嬸嬸。唐大爺就開口來問信，問你大娘我到杭州去，湖州要向哪個方向行？快嘴三嬸嬸回答說一聲，看你不像湖州出生人，你是吴江八坼唐家河村上出生人，你家裏是一個有財的發財人，你位相公年紀十八九還未配着親，你是爺娘養着一個單身子。唐大爺聽見大娘的說話句句準，唐大爺心裏有點得知聞。唐大爺就問你說，你位大媽爲啥我的家事說得句句準，你是哪裏出生人？大媽就說，我是雙林石淙村上人。大媽就說，你位相公覅配親，我來領你到石淙村上去相親，伲村上有位陸小姐也是年滿十八還覅配出門，倒也是單身獨女養着一位女千金，要一門兩姓來配成親，問你相公你啊願跟我到石淙村上去相親？大家稱心馬上就好成親。唐相公聽說馬上就開船，同大媽一同來到雙林石淙村。

路上不作多表明，陸家大門到來臨。大媽上岸唐相公後頭跟，大娘走進陸家大門對你陸家爺娘說分明。陸家爺娘看見唐相公人品好，一口全答應，就拿子女兒配與唐大爺。唐大爺高興得無道成，急急忙忙轉家門。路上不作多表明，唐大爺到屋裏就同自家爺娘說分明，石淙村陸家門上是個獨生女，就是伲兩人夫妻成，要一門兩姓傳後代根。唐家爺娘聽見一口全部來答應，馬上辦好嫁送唐大爺到石淙村上去成親，辦好三十六隻送嫁船來到石淙村。陸家門上喜盈盈，殺猪宰羊大結親，唐相公改名唐陸相公一門兩姓真名字。年輕花童不作多表明，夫妻結婚覅養兒子，就養三位女千金。陸氏大娘對你唐陸相公來說一聲，伲養子三位千金阿要去做做生意經？不做生意坐吃三年海要乾來山要空。唐陸相公說，伲要做生意第一行。陸氏大娘一口來答應，馬上買子田地種田稻，種田阿算生意的頭一行？馬上買子五百畝自田來種田，喊子兩百長工就在陸家村上田來種，起早摸黑，六月裏蚊子叮，熱是熱得無道成，想想種田人苦是苦得無道成，想想種田也不是生意頭一行。唐陸相公同三位千金說一聲，要拿自田送乾净，改行開爿店來過光陰。唐氏夫人同三位千金一口來答應，想開一爿皮貨行來過光陰，金字招牌挂出門，六月裏進貨，十二月出貨，皮貨不值銅鈿蝕大本，唐陸相公想想該種生意不是頭一行。關脱皮貨行再開爿大的典當來過光陰，典當的金字招牌挂出門，六月裏來當棉胎、棉襖、舊衣裳，十二月裏領當頭，人忙忙得無道成，賺頭是輕得無道成，想想典當利潤不大靈，也不是生意的頭一行。再想開爿肉店做做生意經，肉店的金字招牌挂出門，起早殺猪，白刀進去紅刀出，肉猪殺子五隻零，燒水去毛弄乾净，肉猪放在肉砧上，千刀萬割賣乾净，盤盤賬來利潤還可以。唐陸相公想想該種生意不是頭一行，拿猪個命一條條來殺乾净，想想自家不做該種辣手人。關脱肉店再開豆腐店來過光陰，拿金字招牌挂出門，開子豆腐店，生意倒也蠻靈。起早摸黑人苦得也是無道成，拿黃豆種子弄乾净，也是斷種絶代後代根，唐陸相公想想該種生意亦不是頭一行。關脱豆腐店，想想開爿茶館店來過光陰，開水吃不完晏得硬柴就可能，馬上拿茶館店的招牌挂出門。茶館店的生意不大靈，加一爿賭場一道做做生意經，賭場裏人多是多得無道成，搓麻將、攤牌九，有個人銅鈿輸乾净，賣田賣屋賣娘子，個種人家刺刺罵三門。唐陸相公想想該種店是害人精，該種店也不是生意經的頭一行。

唐陸相公一共開子七十二爿店，全不是頭一行。就同三位千金來商量，要做販私鹽生意算頭一行。三位千金一口來答應，唐陸相公就拿浜裏一隻木船水拷乾净。看看該隻木船破是破得無道成，泥塗塗搪子七八個，棉花塞子七八斤，船頭拿草繩扳，舵盤拿草繩絡，唐陸相公想想該種破船不好做販私鹽生意經。唐陸相公在船艄裏搪泥圖圖發現一捆金釘頭，唐陸相公是高興得無道成，就對三位千金說一聲，我要到蘇杭城裏去買木頭來打新船，三位千金一口就答應。唐陸相公想想路上就怕碰着强盜人，就扮一個窮苦人，頭上帽子開花頂，身上衣裳六條經，脚上鞋子嘸不跟，腰裏服條破綱經。唐陸相公喊子摇船浪子一道摇到蘇杭城，石淙開船摇過南潯到金澤鎮，金澤穿過到平望，平望穿過到八坼，八坼横穿過到吴江城，吴江穿過到蘇州城，到婁門外東灣買木頭。船到木行拿木船拔上半隻木排上，唐陸相公蹲剌木排上看子半天，東灣木頭嫌得少，要加西灣木頭是差不多。木行老闆看見該位落難人，登剌木排上走東走西想扒木皮扳木梢。木行老闆就問你位落難人，你想扒木皮扳木梢。唐陸相公回答説一聲，我要買你東灣木頭還不夠。木行老闆説一聲，你買得起我東灣木頭，我還饒你西灣木頭。唐陸相公説一聲，你説閑話啊算數？要你去喊中保人來做證人。蘇州知府大人來做證明人，唐陸相公就叫木行賬房先生算一算，唐陸相公就拿東灣木頭銅鈿付乾净，唐陸相公的金釘還多一半零，木行老闆祇好拿西灣木頭饒乾净。唐陸相公還説一聲，搭我拿木頭全部送到石淙村。木頭送到子石淙村，浜裏浜外木頭停子無道成，唐陸相公就到香山去喊匠人，匠人喊子一百零，喊着子張木匠、李作頭，全是有名氣的好匠人。匠人到子石淙村，撿好子黄道吉日就開工。唐陸相公還到蠡墅上，蠡墅喊粘縫匠人一百零。

共中勫滿一百日，鹽船全部來完成，一共打好子六六三十六隻大鹽船，唐陸相公撿好子二月十二百花生日船下水，石淙村上來幫忙，下水人有上千人。唐陸相公還喊好摇船浪子一百零，撿好子黄道吉日，金鑼篩篩就開船，第一趟生意開到浙江海鹽城。船停到鹽碼頭上，鹽行老闆看見有人來裝鹽，高興得無道成，就問你位相公你要買多少鹽？多少船？唐陸相公回答説一聲，搭我裝滿六六三十六隻船。鹽行老闆一口來答應，就拿六六三十六隻鹽船裝得滿滿能，鹽行老闆叫賬房先生來結賬，唐陸相公付清賬來金鑼篩篩就開船。六六三十六隻鹽船一路行，嘉興開船來到王江涇，碰着王江涇開船老爺喊靠船，唐陸相公馬上拿五千銅鈿送到監官老爺袋袋裏，監官老爺拿着銅鈿馬上喊好開船。王江涇開船一路行，前頭就到平望鎮，碰着平望監官老爺喊停船，唐陸相公還拿五千銅鈿馬上就過關，平望監官就拿鹽船放過平望鎮。前頭就是八坼鎮，過子八坼到吴江城過到分水墩，分水墩碼頭横穿過來到尹山橋，尹山橋下來穿過，前頭五十三孔長橋到來臨，前面是覓渡橋，覓渡橋穿過到子洋關上，洋關過來到盤門大橋下來穿過，前面就是胥門城鹽公堂到來臨。鹽船三十六隻全停好，碰着鹽公老爺對你唐陸相公來説分明，俚蘇州城裏三年嘸不官鹽買，也嘸不私鹽買，蘇州城裏百姓全部在吃淡齋，問你相公你的私鹽啊可以改作官鹽賣？鹽的行情由你自家講。唐陸相公一口來答應，就拿私鹽改作官鹽賣。唐陸相公就開價，就拿一斗銅鈿買一斗鹽，拿一升銅鈿買一升鹽，蹲剌胥門鹽公堂門前三日三夜私鹽全部賣乾凈。唐陸相公就拿小銅鈿到錢莊去調金銀，金銀調着三十六個金羅漢，七十二個銀羅漢，剩下來零散金銀就蹲剌蘇州城裏救窮苦人。唐陸相公要要緊緊金鑼篩篩就開船，官塘不摇調私路。出龍橋到南太湖裏横行過，進廟港到南潯馬上就到雙林石淙村。空船停好河灘頭，夫人千金連忙問，該趟生意哪光景？唐陸相公回頭説，個大生意好得無道成，我還要做第二道生意到蘇杭城。三位千金説一聲父親老大人，第二趟生意不大靈，外頭風聲緊是緊得無道成，你販私鹽捉牢要頭和肩胛一樣平。唐陸相公勿領教，撿好子黄道吉日馬上就開船。

路上花童不作多表明，浙江海鹽鹽船碼頭船來停，鹽行老闆看見出來接客人，就問你位相公要裝多少鹽？多少船？唐陸相公回答説一聲，還是裝滿三十六隻船。鹽行老闆一口答應就三十六隻船裝得滿滿能，賬房先生來結賬，唐陸相公付銅鈿，金鑼篩篩馬上就開船，三十六隻鹽船來開船。年輕花童路上不作多表明，來到王江涇前面，王江涇監官老爺點點頭來討銅鈿，唐陸相公就拿五千銅鈿放過關。過子王江涇鹽船朝前行，天上一隻白頭頸老鴉躲在檣子梢上哇哇叫，摇船浪子喊一聲，唐陸相公今朝有點啥報應到？唐陸相公説一聲，老鴉生子嘴來總要叫。鹽船還是朝前行，一刻勠等兩時辰。紅頭野鷄在船頭門前横飛過，摇船浪子有點起疑心，就喊相公相公，今朝總歸有點啥報應。唐陸相公説一聲，紅頭野鷄生子飛來總要飛。前頭就到平望鎮，平望鎮上亂紛紛。船到平望鎮，平望監官老爺叫定船，就説要拿鹽船上人捉起來關進監牢門。兩檔船上摇船浪子聽見就發愁心，一脚踔落三塊後兜筋，唐陸相公就轉出船艄門來跳下水，一個猛子鑽過三里路，三個猛子鑽過九里路，齊巧鑽過一個鶯脰湖，到子鶯脰回南灘人上岸，一步跨過三個麥輪頭，三步跨過九個麥輪頭，要要緊緊到子門前，前門不走走後門，後門不進就在後門草堆裏氣呼呼。三千金蹲剌屋裏聽見，伲今朝後門頭有隻黄狗，在後門關頭打呼嚕。三位千金開開後門一看是自家老大人，就問你父親老大人，你身上弄得個樣能，就喊父親老大人到屋裏厢，香湯洳浴换衣襟，頭裏糠蝦鰟鮍梳子二三升。唐陸相公歎氣説一聲，我衹養三千金，勠養兒子無翻本日，養子兒子好有翻本日。三位千金聽見説一聲，父親老大人嘸不兒子，養伲三位千金也可以去翻本。三位千金就出大門，大千金打扮算命人，二千金打扮捉牙蟲生意人，三千金打扮買花樣人，立即就動身到平望鎮。路上碰着老年人，三位千金就問你位老年人，平望鎮上啊有多少兵多少人？老年人回答説一聲，有三千洋炮兵、三千吃飯兵，還有三千蹺脚兵。三位千金到子平望鎮就用法術，大千金在檣子梢上使花刀，二千金在蘆菲夾上使花鏢，針綫眼裏鑽得過，一共嚇退子九千兵。三位千金對平望監官老爺説一聲，要拿三十六隻鹽船全部送還石淙村，要拿伲摇船浪子快點放出監牢門，不放鹽船不放摇船浪子要全部殺得乾乾净。平望監官老爺急得無道成，平望監官老爺一口就答應，就放出摇船浪子，鹽船送轉雙林石淙村。唐陸相公就拿三位千金官來封，大千金封上方山太姥娘娘八月十八受香烟，香烟了朝通天門，二千金家堂太太受香烟，大小百家全有你家堂太太受香烟，三千金封你爲監生娘娘香烟受，大小百家養子小人全要齋監生，也是香烟了朝通天門。

年輕花童唐陸相公神歌三聲兩句表表心，不是年輕花童無心路。□□香客敬上三杯銀壺酒來陪大人，年輕花童唐陸相公神歌三聲兩句表表心。不是年輕花童無心路，年輕花童勸拜師來勸學徒，要請千歲王爺原諒花童十二分，有伲□□香客要開罎銀壺敬大人。大人吃吃酒來伸伸拳，吃酒用菜自稱心。葷來大人有葷菜，素來大人有净素，劉王千歲、觀音娘娘、素佛天地有金金菜、木耳、香菇净素一桌當酒菜。北雪涇五公公、陸太爺六菜一桌你有份。王阿爹、傷司五道有大餅、牛肉、皮蛋、辣火、豆腐乾、千層百葉、金金菜、木耳當酒菜。高景山二阿哥有小蹄膀一隻，前輩祖師有五菜。夫人、小姐有糖果、水果、糕點、金花白米飯作點心。前行猪頭後甩龍，條肉一方，帶脚蹄子、高脚雄鷄、水跳龍魚，伲南北四朝全有份。年輕花童菜絲上不作多表明，各有大人各有菜。今日夜間大人吃子□□香客三杯銀壺要保佑，保佑伲□□香客要生意興隆、人口太平，人口要騎得龍來捉得虎，騎龍捉虎靠大人。□□香客田不種地不耕，就靠（販鮮魚、鞝螺螄、開店、捉魚、開車）過光陰，要保佑□□香客江浙兩省進出，陰陽口舌全部免乾净。花童不必多表明，停停歇歇再相會。

賣魚娘子

挑起鑼來要拿起鼓，年輕花童要唱一段神歌陪大人。南北四朝神歌多得無道成，南朝神歌有三十六，北朝神歌有七十二，年輕花童一時頭上唱不盡，年輕花童衹好唱一段觀世音神歌來表表心。觀世音神歌也是多得無道成，年輕花童衹好甩掉兩頭來挖肉心，要唱一段觀世音菩薩收服馬二相公黑心神歌，三聲兩句來表表心。

觀世音出生浙江，日落西山秦王村上人，父親名叫妙莊王，妙氏娘娘是母親。老夫妻倆人就養三位女千金，大千金提名叫妙龍，二千金提名叫妙虎，妙三公主是觀世音娘娘的真名字。敲木魚修行成佛第一段神歌。觀音娘娘脚踏雲頭下天門，看見蘇杭城裏有個黑心人，就是馬二相公開爿米行大是大得無道成，大斗進來八角頭升籮出，廿兩頭稱進十二兩稱出，馬二相公家當多是多得自家記不清。觀世音菩薩就打扮賣魚娘子到蘇州城，到葑門草鞋灣買子兩隻竹絲籃，到櫓行興上買子一根竹扁擔，到新開魚行興隆行裏去出行。人家行販全拿大鮮魚，觀世音就是拿一擔小貓魚。觀世音拿子一擔小貓魚，走到城橋面上佛法變。小貓魚變子一擔大鯽魚，觀世音還拿自家身上變，拿子黃楊木梳頭上梳個盤香頭來前劉海，荷花瓣相對鷄頭插，黑網巾相對一粒焦，黑布包頭相對清布角，黄金環子戴在兩耳朵，彎彎眉毛櫻桃口，青布介衫相對黑馬甲，黑布襡裙相對紅绿絲綫順風裓，還有兩把紅蘇頭兩邊挂，清布圍身相對黑布蓋，荷花鞋子相對白布襪，腰裏插一根紅梗秤。

觀音菩薩打扮好就挑子鮮魚步來行，一擔鮮魚挑到船廠門前停一停。船廠把作師傅看見賣魚娘子呆瞪瞪。把作師傅早上拿子利市頭在新船上上利市頭，高升放子無道成，把作師傅拿子利市頭釘子舵盤上。打新船的老闆看見子火冒天靈蓋，就拿把作師傅三脚兩脚打得喊救命，打新船客人同你老闆評理性，船廠老闆衹好關子船廠門。賣魚娘子再挑鮮魚步來行，茶館店門前停一停。堂倌師傅看見賣魚娘子呆瞪瞪，拿起銅壺往茶客頭頸裏廂淋。個位茶客燙得喊救命，茶館老闆賠子銅鈿停子夥計生意經。賣魚娘子再擔鮮魚步來行，布店門前停一停。剪布師傅看見賣魚娘子呆瞪瞪。有一個老年婦要剪一丈二尺大青布，該個老年婦做子一身布衫褲子還有零頭多。賣魚娘子再挑鮮魚朝前步來行，走到點心店門前停一停。點心店裏夥計看見賣魚娘子呆瞪瞪。有一個客人要買大餅油條作點心，大餅店夥計不當心，燙痛子手還説賣魚娘子害人精。賣魚娘子再挑一擔鮮魚步來行，米行門前停一停，米行老闆看見賣魚娘子呆瞪瞪，有一個客人要量二升大頭粞，米行老闆量子二升香粳米，買米客人還到屋裏高興得無道成。賣魚娘子再挑鮮魚朝前步來行，缸罎店門前停一停。缸罎店老闆看見賣魚娘子呆瞪瞪。有一個老年婦要買一隻油盞回到屋裏點火做針綫用，缸罎店老闆拿子一隻七石缸畀格格老年婦，格格老年婦還是兩個兒子扛回家，該個笑話現在還説買一隻油盞鐃一隻七石缸。賣魚娘子再挑一擔鮮魚步來行，走到肉店門前來停一停。賣肉師傅看見賣魚娘子呆瞪瞪。有一個老年人要買三個銅鈿領圈肉，賣肉師傅一刀斬子三斤六兩前夾心，該個老年人還到屋裏廂，祖孫三代大開葷。賣魚娘子再挑擔鮮魚步來行，到南貨店門前停一停。南貨店夥計看見賣魚娘娘呆瞪瞪。有一個老尼婆要拷三個銅鈿香菜油，夥計拿子一隻大油瓶，盛三盛端三端，盛滿子三斤六兩一隻大油瓶，該個老尼婆高高興興還家門，到子屋裏拿一根廿兩頭秤稱一稱晃一晃，斷脱一根秤鈕繩，該個老尼婆原是一個空屁經。賣魚娘子再挑鮮魚步來行，到裁縫店門前停一停。裁縫師傅看見賣魚娘子呆瞪瞪。做一件布衫，領圈不開開子褲襠門，裁縫師傅賠子布料有點不高興。賣魚娘子再挑鮮魚朝前行，到鐵匠店門前停一停。有一個客人要二斤長頭釘，鐵匠師傅看見賣魚娘子呆瞪瞪，稱子二斤子孫釘，買釘客人不買賬，三拳兩脚打得鐵匠師傅喊救命。買魚娘子再挑鮮魚步來行，到剃頭店門前停一停。有一個要做新官人來要剃頭，該個剃頭師傅看見賣魚娘子呆瞪瞪，眼睛看子賣魚娘子勦看剃頭人，剃得眉毛鬍子還帶脱金錢頂，新官人剃得像隻剥光茨菰頭，哪好叫我還家去做新官人。賣魚娘子再挑鮮魚步來行，走到三叉路口停一停。三叉路口人來人往人多得無道成，走來人倒齊有一千零，全要看該個賣魚娘子漂亮得無道成。啞子軋得哇哇叫，短子軋得雙脚跳，駝子軋得救命叫。

人堆裏有一個相公看見個位賣魚娘子漂亮得無道成，嘴要討便宜手不停，我屋裏有七位夫人，不及該個賣魚娘子脚後跟。觀世音一看就是馬二相公，蘇州城裏的黑心人，我今朝就要收服你個黑心人。觀世音走到馬二相公門前停一停，馬二相公就是魂靈出竅骨頭輕，出世的時辰忘記得乾乾净。馬二相公就問，你位賣魚娘子你的魚要賣啥行情？賣魚娘子説一聲，我的鮮魚要賣五個銅板稱一斤。馬二相公説一聲，依你價錢要依我的秤，你啊肯跟我轉家門？拿你擔鮮魚買乾净。賣魚娘子一口來答應，跟子馬二相公還家門，走進墻門到大門，過書房來到客廳，個位相公走到屋裏不買魚不稱魚，問你賣魚娘子啊肯搭我來成親？賣魚娘子説一聲，你要搭我來成親，要依我三樁大事情。馬二相公一口來答應，問你哪三樁大事情？賣魚娘子説一聲，第一樁把你家裏娘子全部回娘家，有娘家來回娘家，無娘家來全部去做尼姑，吃素念經過光陰。馬二相公一口就答應。觀世音説第二樁大事情，拿你的田地店堂全部要送乾净，讓窮苦人家吃飯過光陰。馬二相公一口來答應。第三樁大事要你拿頭髮鬍子剃乾凈。馬二相公一口來答應，就到剃頭店裏廂去剃頭。碰着剃頭師傅不答應，我衹剃頭來不剃鬍子過光陰。馬二相公無辦法，還到屋裏衹好一根一根自家拔乾凈，痛得馬二相公倒是半條命，問你位賣魚娘子，你啊好搭我來成親？個位賣魚娘子覅答應，化身變個觀世音。馬二相公看見一個菩薩觀世音，一把拉住觀世音説一聲，我屋裏家當全部散乾凈，哪好叫我去過光陰？你啊好拿我封一個官來做一個神？觀世音菩薩一口來答應，就封你十二月裏隻老冰鳥，春二三月白頭頸老鴉哇哇叫，你要做一個神，封你做一個屋簷神，六月裏曬太陽，十二月裏乘風凉，六月裏要濔浴等到落陣頭雨，十二月裏蓋被頭要等到落大雪。年輕花童拿你賣魚娘子神歌三聲兩句表表心，不是花童無心路，南北四朝不貪花童唱，□□香客要開鑤敬上三杯酒。

捉蝗蟲

挑起鑼來拿起鼓，年輕花童要唱一段神歌來陪大人。南北四朝神歌多得無道成，南朝神歌有三十六，北朝神歌有七十二，年輕花童一時頭上唱不盡，衹好唱一段劉王神歌來陪大人。劉王神歌也是多得無道成，年輕花童衹好甩掉兩頭來挖肉心，年輕花童來唱一段三年水乾、三年水大、三年蝗蟲來提提名。先唱三年水乾得無道成，田裏無水黄稻死乾凈，小河小浜曬得全部水乾凈，大河大涇水衹剩五六寸，出門人不用擺渡船，抄抄着角就可以步來行，乾得胥口外頭西太湖裏起墶塵，銅坑門外頭挑馬蘭頭掘野菜挖黄鱔，要到三山門外頭去挑水吃，百姓苦是苦得無道成。百姓三年水乾平平過，過來三年水大得無道成，一連落子七七四十九日雨淋淋，大的雨像桂圓，小的雨像黄豆大，水亦是大得無道成，高個田没水五六寸，低個田全部没乾凈。最高個人家階沿頭有水，水搭階沿一樣平，一般個人家屋裏有水五六寸，低個人家屋裏水到齊窗盤，低個人家屋裏廂剌浪灶膛裏廂摸鯰魚，烟囱管裏剌浪釣塘鯉。洞庭山頂上剌浪扳水罾，出門人出子大門就要叫船行來喊擺渡，喊親眷望朋友困難得無道成，田裏黄稻全部没乾凈，有子三年無收成。半饑半飽又是三年平平過，又來三年蝗蟲灾。江浙兩省蝗蟲多是多得無道成，蝗蟲吃得黄稻全無根，樹皮草根全部吃乾凈，田裏剌浪蛇吃蛇，村裏剌浪人吃人，江浙兩省人口荒是荒得無道成，一日三頓飯菜無保障來不連牽。

江浙兩省大小人口到外頭去討飯逃荒過光陰。當今皇帝來曉得，就寫告示皇榜貼在江浙兩省城門口，皇榜上寫得清說得明，捉完蝗蟲有官加官做，無官人家可以來做官，不要做官拿黄金千兩可以做做生意本，撕下皇榜捉不光蝗蟲頭和肩胛一樣平。看皇榜的人天天倒有同千零，嘸不一個人敢去撕皇榜。劉佛二官人來曉得，就拿皇榜撕下來想回家看看清詳明，兩位當差看見劉佛二官撕下皇榜有點急靈靈，兩位當差衹好一把拉住劉佛二官人，問你撕皇榜啊曉得有啥罪名？你捉不光蝗蟲你的人頭和肩胛一樣平，你捉完子蝗蟲好做官來拿黄金。劉佛二官人就說一聲，你要我捉完蝗蟲要依我三樁大事情。兩位當差連忙問，哪三樁大事情？劉佛二官就說，第一樁搭一隻將臺要六六三十六丈高，第二樁要三尺黄布做一面令字旗，第三樁要做一隻黄布叉袋六尺大來八尺深。兩位當差一口就答應，劉佛二官人登上將臺喊三聲，親娘親娘你要有靈感，要拿蝗蟲全部趕進我的叉袋門。劉佛二官就拿黄旗曳三曳來摇三摇，刺浪西北角裏馬上起烏雲，天黑是黑得起橫雲，一時一刻風大得無道成，百年的楊樹着地滚，十年的楊樹連根起，磚頭瓦爿像燕子飛，外面的蝗蟲一時三刻全部鑽進劉佛二官人的叉袋門。

劉佛二官人拿子叉袋裏蝗蟲到京都城，見子皇帝說一聲我外面的蝗蟲全部捉乾净。皇帝有點不相信，劉佛二官就是發狠心，拿子蝗蟲請出叉袋門，蝗蟲飛出來拿龍衣龍袍牙乾净。皇帝急得無道成，皇帝就說你位小官人你要做官自稱心。我不要做陽官，做一個陰官就稱心，陽官衹做六十年，陰官可做萬萬年。當今皇帝說一聲你個小官人，快快拿蝗蟲搭我全部收乾净。劉佛二官人一口來答應，就親娘親娘喊三聲，要拿蝗蟲全部搭我變乾净，大的蝗蟲變黄鵝，小的蝗蟲到海裏去變黄魚。皇帝看見有點急靈靈，皇帝馬上就封你爲蓮泗蕩灘上劉王千歲受香烟，封爲三月清明出廟會，八月十二生日節。一年二節到蓮泗蕩廟裏，燒香磕頭香客來求太平。江浙兩省千千萬萬的香客要求生意興隆、人口太平、風調雨順、國泰民安。

七相放響鷂

年輕花童挑起銀鑼來陪大人，船通背蠟燭照得□□香客滿堂紅。長檯上促南北四朝前輩祖師坐得密密層，南北四朝前輩祖師吃酒用菜自稱心。今日花童要唱一段宏名神歌來陪大人，倒是伲南北四朝大人神歌多得無道成。南朝神歌有三十六，北朝神歌有七十二，花童一時頭上表不盡。今日花童不唱南朝神歌、北朝神歌，倒排不落伲東朝神，花童就唱伲七爺靈公放響鷂神歌來表表心。

花童先拿伲七爺出生時點來提提名，七爺靈公出生是上海縣泗涇七寶廿三圖，澱山湖落北金家莊上出生人，爺名叫金龍四，母親名叫馬龍大姐，昆山玉龍橋堍出生人，金龍四與馬龍大姐紅氈單結拜夫妻同到老，齣養三男和四女，就養弟兄七個人。八仙桌上吃飯連娘一桌是團團轉，快竹刀劈柴亂紛紛，一支楊柳要七處分，金龍四要拿七位公子封官來做去受香烟，就封金大相到黃沖灣受香烟，香烟了朝通天門，高郵湖寬坐金身二相，香烟了朝通天門，三品石寬坐金三相，揚州做官有伲金四相，香烟了朝通天門，漢魚北皮寬坐金五相，盤龍浦做官有伲六老相，金家莊堂裏寬坐七老相，香烟了朝全是通天門。

金七相花童全部提個名，花童不必多表明，花童要拿伲七爺靈公一身一世提一提名。伲七爺靈公是個孛相人，七爺靈公到春二月歡喜放響鷂，四五月裏喜歡對四牌，六七月裏喜歡去放黃雀，八九月裏要去鬥瑞蝍，到子冬季裏要出外看紅戲，年輕花童不去多表明，今日花童就拿你放響鷂神歌三聲兩句來提提名。春二三月已經到來臨，伲七老相公要出外放響鷂，放響鷂要到杭州西湖雷峰塔，要打一隻花花舟船在水路行，要用好的木料，匠人全部全喊齊。造隻花花舟船要用好木料，前梁後樑頭要用老黃楊，船頭船艄要用沉香木，打船木頭要江西長梢木，二條欄閘要用陳的黃楊樹，打船匠人要到香山請。大小匠人請子三十六，個個全是有名氣的好匠人。匠人到子金家莊，金家莊上鬧盈盈，馬上殺猪殺羊請匠人吃一頓齊心酒，馬上就開木墩，大小匠人日夜不停來造花船。七老相公造花船點工想得真有樣，造船要楠木船底亮，上上裏産釘要密層層，碰着黏縫匠人會孛相，拿子木樨花來黏縫，黏得是滿船香。木匠師傅還要來孛相，船頭船艄櫓前櫓後兩面做起將軍柱，利市頭相連銅搭條。七老相公造隻花船真有樣，江西桐油擦得鋥鋥亮，一條黃楊跳板六尺長，一根篙子齊巧一船長，大櫓二櫓要用紅的櫸樹做，九川頭黃藤櫓拷得密層層，銅櫓殼相對棕櫓繃，白臘樹來做外出跳，老槐樹來搭梢棚，烏黑毛篷鋥鋥亮，拖船旗相對白蠟杆，搭起中艙棚連做頭梢棚，七條灣櫃全用子檀香。還要去請雕花匠，中艙頭棚雕出六九五十四出戲名真有樣，雕花窗盤相連白臘片，外敞陽相對裏遮陽，廣漆艙板亮鋥鋥，紅木檯子中艙放，太師交椅兩邊放。七老相公造隻花花舟船真有樣，船頭上八塊行牌兩邊分，行牌上面寫清爽，左面寫出金家七代做官在朝中，右面寫出奉旨出外放響鷂。

七老相公造好花舟要下水，撿好黄道吉日敲鑼打鼓高聲放，花船下水金家莊上人山人海鬧盈盈。七老相公摇船浪子請得齊齊正，個個全是年紀輕輕力道好，廿二三歲把大櫓，十七八歲外出跳，火眼癲痢拉大綳，挺胸凸肚當頭篙。七老相公走下花船中艙裏面身坐定，在金家蕩裏試船行。花船摇得真有樣，船頭底下好像龍起水，船艄下面白沫退出有三丈長，櫓人頭出火要用生水澆。試好花船在金家潭裏花船來停好，七老相公人走上岸就叫摇船浪子拿鷂綫拿下船，七老相公就拿花花響鷂挂在頭梢棚，個隻響鷂真有樣，八隻角上全有響銅鈴，響鷂頭上有蛇盤三行金漆字。七老相公走下花船中艙裏廂身坐定，金鑼篩篩就要開船行。澱山湖裏浪滔滔，穿出元蕩湖，摇過鰻鱺兜石頭段，同里鎮上到來臨，過同里鎮穿出龐山湖裏也是浪滔滔，穿出吴江塘南廿三來北廿四，八坼横行鰟鮍魚灘上道道行，平望鎮上到來臨，在畫眉橋下面横行過，出鶯脰湖穿上一百廿里蘭頭塘，路上航船快快能。杭州塘已經到來臨，七老相公走出船艙看分明。杭州的塘上景處好得無道成，倒插楊柳花駁岸，花童塘湖裏景處不去多表明，花花舟船朝前行。杭州城中已經到來臨，花花舟船停在西湖外面岳家灣，花船停好黄楊跳板穿上岸，七老相公走上岸要叫隻擺渡船。

西湖裏造船在西湖行，相公就叫摇船浪子幫忙人，搭我拿響鷂鷂綫拿上擺渡船。相公走下擺渡船，對你擺渡人説一聲，我要到雷峰塔上去放響鷂。擺渡上人聽見一口來答應，擺渡船在西湖裏廂道道行，雷峰塔場面已經到來臨，擺渡船停在青魚潭船停好。七老相公就叫摇船浪子拿響鷂，鷂綫拿到雷鋒塔。摇船浪子聽見一口馬上全答應。相公看見塔門是關得緊騰騰，有個矮脚師太看塔門，七老相公喊一聲，請你師太開開塔門讓我到雷鋒塔上層去放響鷂。短脚師太回答説一聲，今朝不是初一月半塔門是不會開。相公聽見有點得知聞，馬上相公拿出二兩雪花銀送你師太去買點心。短脚師太是個貪心人，拿子銀子眯花眼笑説一聲，你位相公真的是個款氣人，短脚師太就拿七層塔門層層開。七老相公看見心歡樂，響鷂鷂綫全部拿上雷鋒塔第七層。東南風吹來洋洋交，花花響鷂放出雷鋒塔，鷂綫全部放乾净，放得不高不低真有樣。七老相公正高興，齣曉得一刻不等兩時辰，東南風調轉西南風吹得緊騰騰，花花響鷂蹕跟斗來搳火跳，七股頭鷂綫斷乾凈，鷂子斷綫骨子輕，順風飄進杭州城中大户人家，胡屯村上響鷂身帶定。相公一心要去討迴響鷂，東打聽西問信，問着一位老年人，相公開口問你老年人，杭州城中有棵大樹人家，他姓啥來叫啥名？老年人回答説一聲，那家人家在朝中做官名叫王閣老。七老相公問着正信馬上走下擺渡船，渡過西湖到杭州城裏去討響鷂。

王閣老家門已經到來臨，前門不讓進，看門將軍是紹興人。前門不好進衹好走後門，後門也有看門人，全是江北人，江北人説話七老相公聽不明，嘸不辦法進後門討響鷂。相公從小學好一身好本領，年輕力道好，壁虎蕩墻翻過烽火墻，倒是王閣老花園看見王小姐手拿響鷂看不停。相公連忙喊一聲。王閣老家小姐聽見嚇得急靈靈，王小姐心裏想該個啊是大夥强盜獨脚賊，看見面貌好像也是出生官家子。相公頭上有紗巾，帽腰裏也有龍套印，是個面白水色的做官人。相公回頭看見門前有位天地少見個美千金，身材好來像三月桃花水靈靈。相公小姐四目相對無聲音，王小姐對相公笑盈盈，相公心裏在想私情，啊是響鷂搭我來做媒人？王小姐問你相公你隻響鷂啊是有記認？相公回答小姐，聽我隻響鷂八隻角上有響銅鈴，響鷂上面有三行蛇盤金漆字。相公小姐走上花樓，兩人説真情來定終身。相公問你小姐今年你年庚多少春？啥月啥日啥時生？小姐聽見面孔紅來頭低倒，回答相公説一聲，我今年年庚十八春，八月半紅燈落地子時生。小姐問你位相公，你今年多少年庚多少春？相公回答説一聲，我亦是今年十八春，出生也是八月半紅燈落地子時生。相公對你小姐説一聲，我與你是同年同月同時辰，真是響鷂搭伲做媒人，我馬上還轉金家莊就到杭州來娶親。王小姐聽見一口就答應，小姐對相公説真情，我老爹、老母在朝中不會轉家門。

相公聽見心歡喜，馬上回到花船就開船行，相公關照摇船浪子説一聲，花船開到前面孟子浜停一停，相公要叫瞎子先生來合八字，摇船浪子聽見一口全答應。花船摇到孟子浜相公上岸東打聽西問信，問着瞎子先生，相公就叫瞎子先生合八字。瞎子先生就問你位相公今年年庚多少春？哪月哪日哪時辰？相公回答先生聽，伲兩人全是十八春是同年同月同時辰，是八月半紅燈落地子時生。瞎子先生勿用卦桶，用指頭掄一掄，先生掄得哈哈笑，先生對你相公説一聲，我一世做子排八字先生，勸排着你們兩人好八字。相公聽見高興得無道成，馬上還到花花舟船就開船，路上行船不去多表明，金家莊已經到來臨。相公回到屋裏馬上殺猪殺羊辦喜事，挂燈結彩鬧盈盈，金家弟兄多得無道成，個個全是臂膊粗來拳頭大。説起到杭州去娶親心歡喜，相公花花轎子辦一頂，八個鼓手、梅香、賓相請得齊齊正，轎前、轎後梅花燈籠挂得齊齊正。七老相公高頭白馬牽一匹，娶親快船四櫓出跳，金家莊上開船行，水路旱路行路不必多耽擱。杭州城中到來臨，娶親道子鬧盈盈，相公白馬前面行，花花轎子在後頭跟，梅香、賓相威風凛凛，八個頭吹鼓手吹得真好聽。王閣老府上已經到來臨，前門的看門將軍不讓進，就説閣老不在家中哪能來娶親？前門不進進後門，相公就對娶親道子説一聲，今朝娶親不成要各逃性命自逃生。娶親道子走後門，看後門人不許進，拔出門閂就打人，花花轎子打得亂紛紛，梅花燈籠敲得像柿餅，幾個吹鼓手逃得不見人，梅香、賓相、抬轎子人全部逃乾净，就剩相公一個人、一匹馬。樓上小姐得知聞，小姐頭蓋方巾走下樓。七老相公看見小姐馬上一把拖上馬背心。相公小姐一匹馬來兩個人，騎子白馬逃出杭州湧金門。相公對小姐説一聲，强搶美女是個大罪名，官府捉牢勿殺頭來便充軍，快快同你回轉金家門。杭州城中百姓講得亂紛紛，爲啥王閣老千金出嫁無有信？娶親隻堂船從來勶看見過一匹馬上騎兩人，王閣老與老夫人得知急急忙忙轉家門。看門人看見主人還家哭訴王閣老聽，小姐已經畀大夥强盜搶得去，王閣老聽見氣傷心，老夫人哭天哭地哭不停。城中百姓告訴閣老聽，你家小姐不是强盜搶，就是金家莊上金七相來娶夫人，排場大得無道成，就是你們看門人打得亂紛紛，王閣老肚裏想才情，還到京裏在萬歲門前評個理，要告你金龍四養子不教大罪名。杭州全城官員勸你王閣老，金家做官七代老功臣，生米已經變成熟米飯，不要説壞千金的好名聲，還是你辦好嫁妝嫁到金家莊是個好事體。王閣老想想倒是順水推舟辦嫁送，辦好三十六船嫁妝送到金家莊，金家莊上鬧盈盈，殺猪殺羊大結親，梅香賓相擔轎子，吹鼓手、相公、小姐吹吹打打大做親。

年輕花童今日拿你七老相公放響鷂神歌，三聲兩句表表心，不是花童無心路，花童勶拜師來勶學徒，就靠同學弟兄教幾聲，要請七爺靈公原諒二三分，要請前輩祖師在伲七爺靈公門前説説好話討討情。花童不必多表明，南北四朝前輩祖師不貪花童神歌唱，有伲□□香客，開罎銀壺敬大人。菜絲上花童要表表明，葷來大人有葷菜，素來大人有净素。劉王千歲、觀音娘娘、素佛天地有金金菜、木耳、香菇浄素一桌當酒菜。北雪涇五公公、陸太爺六菜一桌你有份。高景山二阿哥有小蹄膀一隻，前輩祖師有五菜。王阿爹、傷司五道有大餅、牛肉、皮蛋、辣火、生魚、生肉當酒菜，五道有金金菜、木耳、香菇、辣火、大餅、千層百葉、豆腐乾當酒菜。夫人、小姐有糖果、水果、糕點、金花白米飯當點心，還有前行猪頭後甩龍，條肉一方，高脚雄鷄、帶脚蹄子、水跳龍魚，南北四朝大人全有份，花童菜絲上不作多表明。今日夜間各有大人各有菜，大人吃子□□香客三杯銀壺要保太平。要保佑□□香客生意興隆、人口太平，要騎得龍捉得虎，騎龍捉虎靠大人。□□香客全靠（販鮮魚、耥螺螄、捉魚、開車、開店）過光陰，□□香客田不種來地不耕，大人要保佑江浙兩省進出，陰陽口舌要全部免乾净。年輕花童不必多表明，要停停歇歇再奉承。

沈氏公興社神歌

沈氏公興社神歌

该文本由沈佛寶在臨死前（一九一六—二〇〇三年）用五天時間口述完成，最初文本由沈佛寶兒子沈水興（一九四九年生人）記録。因爲沈佛寶自己不識字，沈水興在父親過世前不熟悉待佛活動。神歌中的地名人名還來不及核對，沈佛寶就往生了，所以文本中的白字較多，很多内容筆者也吃不准具體所指。筆者在整理資料過程中也諮詢過沈水興，但都未果，所以此文本基本按照沈氏當年口述記録本轉録，在筆者現有的認知基礎上僅對其中一些顯而易見的地方做了修订。沈氏祖上從吴江震澤遷居蘇州光福，又因沈家離太湖公社很近，沈氏神歌也吸納了部分罛船漁民的神歌元素。他們的儀式既有吴江的傳統，又有西太湖罛船漁民儀式的元素。沈氏神歌中以《劉猛將神歌》《觀音神歌》《太姥神歌》最爲典型，他們的神歌文本豐富，很多故事情節在其他漁幫神歌中不得見。

待新北元帥、中堂元帥請神

南海洛迦山天妃靈大悲觀世音娘娘、鳳凰山千歲玉環、小王、太均娘娘、城隍大人、一殿公子、蕭老爺大人、中櫝山天妃娘娘、蕭老爺大人、銀咀港中堂三相、三顯侯王、三殿夫人、頭門上文武德道、二殿王爺、徐氏夫人、里沙咀、上山咀、竹葉山新中元帥、二殿王爺、石埠底老北元帥、廟山咀新北元帥、中櫝山天妃娘娘、清水港水路城隍、五里河小三夫沈老先鋒、李老先生、電管站蔣將軍、刑部上帝、沈老先鋒、李老先生。邀請到南京應天飛府、長洲縣府、蘇州本府、平臺山水路城隍、水府太爺、禹王天子、大阜灣北飛府城隍、石阜底賀喜大王、廟山咀櫝山大王、無錫城隍、惠山東平王太爺、松江府華亭縣劉王千歲、王村二相、金堂六相、金元七相、蘇州當郡城隍、當境明王、灶君王帝、閶門塘宋六相、葑門塘年老馬公、年老土地、新北元帥、三顯侯王、三殿夫人、銀咀港中堂三相、三顯侯王、三殿夫人。

符官神歌

先要請神，後邀聖。大神面前點起方位長生燭，清香明燭接大神，邀請上界天仙、中界雲仙、三界值符使者、祭寶仙官、三界符爺。真身請到堂前，我本用三碗仙茶先講經，燒茶哪有暖酒快，就拿暖酒敬大神，大神不吃單杯酒，雙杯托敬敬大神。

接到符爺寬衣坐，不提家鄉無頭面，提子家鄉有頭青。青州府常平縣，姓劉三寶獨劉村，爺叫啥來娘叫啥？爹爹就叫劉守如，王母三娘是母親。符爺出生啥國啥時辰？九月廿六清生日，日頭探過卯時辰，金盆沐浴銀盆過。一歲二歲娘房大，三歲四歲離娘親，五歲六歲踏進書房門，七歲攻書年十六，滿肚文章碧波清，大字寫在蒼蠅脚，小字寫到藕絲頭。符爺亦有七七四十九段仙園子，變化七段使凡人。符爺有子三件寶，頭件寶貝是一寸三分犀牛角，第二件寶貝是三萬六千斤的一把開山斧，第三件寶貝是三角黃旗成一面。黃旗曳曳請神去，急急奔來，急急奔去。符爺請神快行程，符爺請神勿要半個小時辰。

今朝學生有件小事情，拿你符爺請動身。龍棚裏吃酒告訴你聽，你提起龍虎筆，學生説一聲來你記一筆，一二三四講你聽。符爺你請神要請正神道，勿要請邪神紅犯人。符爺請神勿要半個小時辰，學生龍棚裏等接神。上馬一杯轉身酒，上馬二杯轉祥雲，上馬三杯火來焚。符爺有子三件寶，三件寶貝三寶能。符爺勿要你當神，小生龍棚裏接大神，請得大神真身到，不要請邪神紅犯人。要請到大神真身到，符爺急急奔來，急急奔去。符爺請神行程快，符爺請神不要半個小時辰，揚子江裏帶一步，轉身就到洞庭湖，火速符爺，奠酒奉送。或在天宫天宫請，或在地府地府請，逢山有我穿山法，遇水無橋便騰雲，大廟裏面傳紅貼，小廟裏面紅旗曳三曳。

神母本是天仙女，因緣簿上配凡人，靈神娘舅不服氣，責妹華山受苦辛。符爺長大思母親，仙家學法救娘親，頭上挽起雙丫結，道袍一件着在身，辭別父親深山行，仙家不知在何方，巧遇仙童指引仙洞門，來到頭洞門看看，頭洞裏面闖龍馬一匹，口似血盆牙似劍，四足無毛全是鱗。頭洞門内不耽擱，又去偷開二洞門，（缺）内細觀看，仙童一對裏頭存，仙童手執仙丹藥，口内二行，行行説分明。八十公公吃一粒，頭上白髮换烏髮。八十婆婆吃一粒，黑夜裏穿針不用燈。二十後生吃一粒，力氣加添廿四分。符爺聽他説得好，取其一粒口中吞。三洞門内回轉身，又去偷開四洞門。四洞門内細觀看，八缸仙酒兩邊分。符爺口内饑和渴，吃子三碗就動身。四洞門内回轉身，又去偷開五洞門。五洞門内細觀看，兵書寶劍裏頭存。五洞門内回轉身，又去偷開六洞門。六洞門内細觀看，架上黄龍槍一根。六洞門内回轉身，又去偷開七洞門。七洞門内細觀看，鮮花月斧裏頭存。符爺仙洞裏面得寶貝，上八洞去請張果老，中八洞去請吕洞賓，下八洞去請韓湘子。符爺有子三件寶，頭件寶貝是一寸三分犀牛角，第二件寶貝是三萬六千斤一把開山斧，第三件寶貝是三角黄旗成一面。黄旗曳曳請神去，符爺開山斧上有三大字救冤、救急、救難。想到母親救母親，想到母親苦傷心，兩滴眼淚挂胸膛，一定要到華山去救母親。拿子寶貝隨身帶，到子華山救母親。上蒼玉皇外公身，一郎二郎親娘舅，一定要到華山救母親。走到華山團團轉，華山無柄無鋬，娘舅哪哼拿起來？華山無洞也無門，母親怎會進子華山十八層地獄門？山東叫娘山西應，山西叫娘山南應，山南叫娘山北應。雲仙肚中火直竄，踔一脚來哭一聲，就拿三萬六千斤開山斧掂一掂，右手端端無四兩，左手拿拿無半斤。雲仙肚中火直噴，就拿華山劈一斧，十八層華山兩處分，錫杖挑開地獄門，看見母親吊在華梁上。雲仙撩起建衣下華山，走到娘身邊，口喊三聲親母親，看見母親十八根青絲頭髮吊在華梁上。雲仙抱起母親身升高，解除十八根青絲。母親雙眼墨黑，眼屎有胡桃大。雲仙伸出舌頭舔三舔，舔得母親眼目清涼脚頭輕。母親母親與你回家轉，一路匆匆回家轉。

上蒼玉皇外公身，一郎二郎親娘舅，看見外公抬頭喊。外公看見外甥心歡喜，手攙外甥走進書房門，泡碗仙茶洇嘴唇。頭碗仙茶勿説起，第二碗仙茶細談論。雲仙出便開言説，口喊三聲親外公，問你外公娘舅與母親是啥個寃家對頭人？拿我母親壓在華山十八層地獄門。連喊兩聲親外公，哪叫同胞父母看娘面？哪叫千朵桃花一樹開？外公啞口無言無應答。再喊三聲親外公，母親在後頭跟，説得外公心中跳。三娘壓在華山十八層地獄門，哪會帶到回家門？你外公不要不相信，母親正在後面跟。外公看見丫頭哈哈笑，順手拉起親囡俉。左手牽起親外甥，丫頭、外甥接進書房門。雲仙肚中火直竄，脚踔踔，手拍拍，拍得天渾地轉不留情，我一定要與娘舅天大官司打一場。外公雙手摇摇來不肯。雲仙雙脚踔踔，雙手拍拍，身體甩甩，天轉地渾不留情，我一定要與娘舅天大官司打一場，槍刀頭上比輸赢。打子三日三夜高低毫無半毫分，鬥子六日六夜平平過，鬥子半月零六日，嚇得外公簌簌抖。外公抱牢外甥身，罵一郎二郎小畜生，大人欺侮小人。娘舅爲啥打外甥，叫你畜生問原因。娘舅肚裏氣昏昏，我大人打不過小人。外公喊女兒，快叫孩兒退下三口黄胖氣，快快聽子外公話，天上總是老鷹大，地下娘舅大。孩兒孩兒，你快快退下三口黄胖氣。雲仙聽子母親，聽子外公話，第一口黄胖氣像霧一樣濃，第二口黄胖氣烏雲着地攤，第三口黄胖氣黑得伸手不見五指頭，人與人在一起不見半毫分。外公問外甥，外甥在啥地方？我外甥就在你外公身旁邊。外公摸牢外甥頭，喊子三聲親外甥。我封神簿上封恩德，父封揚州都土地，母封一品正夫人，封你走動仙師符爺叫，叫你符爺去請神。百様事體輪着你，大小事體差着你，三支清香你先分，開刀鮮肉你先吃，開罎鮮酒你先喝，今日叫你符爺去請神。

符爺有子三件寶，三件寶貝三寶能。符爺勿要你當神，小生龍棚裏接大神。請到大神真身到，不要請邪神紅犯人。要請到大神真身到，符爺急急奔來急急奔去。符爺請神行程快，符爺請神勿要半個小時辰。楊子江裏帶一步，轉身就到洞庭湖，火速符爺奠酒奉送。

新北到殿

公興社新北元帥、三顯侯王、三殿夫人、頭門上文武德道、二殿王爺、徐氏夫人、一殿公子、蕭老爺大人、中犢山天妃娘娘，南半沿大人劉王千歲、十大先鋒。南海洛迦山普門堂大慈大悲觀世音菩薩娘娘、鳳凰山千歲玉環、小王、太均娘娘。西半沿大人、親伯大人、黑虎、王松林大人、中朝三劉王大人、衆位夫人、前輩老師、沈老先鋒、虎山東嶽、北陰三法師大人、都城隍大人。銅坑顧老相公、城隍山顯應城隍、砂庚門月子石王松林、寶端庵四親伯、馬門劉王千歲、黑虎大人、王松林、蕭老爺、蔣將軍、沈老先鋒。西山咀、牛眼睛、槍刀石、仙人弄三將軍、當方土地。王松林碼頭沈老先鋒、牛石蔣將軍大人、金龍四大人、水陸二行、刑部上帝。朱家角千歲娘娘、河末塘將軍、沈老先鋒。冲山小石庚劉王千歲、親伯大人、黑虎大人、王松林、蕭老爺、蔣將軍大人、沈老先鋒。冲山三元三品三官大帝、沈老先鋒。硬墩子劉王千歲、親伯大人、黑虎大人、王松林、蕭老爺、蔣將軍大人、沈老先鋒。石牌墩劉王千歲、親伯大人、黑虎大人、王松林、蕭老爺、蔣將軍大人、沈老先鋒、李老先生。雷管站劉王千歲、親伯大人、黑虎大人、王松林、蕭老爺、蔣將軍大人、沈老先鋒、李老先生。松江府華亭縣劉王千歲、王村灣二相公、金堂六相、金園七相、當郡城隍、當境明王、灶君王帝。閶門塘宋六相、葑門塘年老馬公、嶽西橋五路大人。廟山咀本山土地、寮簷五聖、宅神土地、家堂六神、灶君王帝。南京應天飛府、長洲縣府、蘇州本府、平臺山水路城隍、水府太爺、禹王天子、劉王千歲、五王千歲。大阜灣北飛府城隍、石阜底賀喜大王、廟山咀犢山大王、無錫城隍、惠山東平王太爺、廟山咀走卦土地、抛照郎君、排照郎君。廟山咀碼頭沈老先鋒、沈老先生、沈氏公孫三代，備有家福，陪奉新興。廟山咀碼頭上六子新興、傷官新興、沈羽公堂裏新北元帥、東嶽聖帝、劉王千歲、親伯大人、黑虎大人、王松林、蕭老爺、蔣將軍大人、沈老先鋒、看門將軍、碼頭上傷官新興、扛旗打傘、拖道馬兵。沈氏公孫三代、男女雙方三代祖先。本縣本郡、本郡大人、港門上杭州府湧金門外本郡大王、當方大王。

錢糧五十三，元寶一千六百六十九，雙錠四百八十五，小錠一百五十，旦元一對，包十四個半；另一付東嶽、北陰、天妃、關帝、顧相、三將、二花、二王。

新、老靠輩

公興社廟山咀新北元帥靠輩、前輩老師、靠輩聖衆。新北元帥、三顯侯王、三殿夫人、二殿王爺、徐氏夫人、一殿公子、蕭老爺大人、前輩老師、靠輩聖衆。虎山上東嶽聖帝、北陰四將、三法師大人、都督府顯應城隍、前輩老師、靠輩聖衆。銅坑顧老相公、前輩老師、靠輩聖衆。城隍山顯應城隍、錢老師、靠輩聖衆。中犢山天妃娘娘、錢老師、靠輩聖衆、新封靠輩。寶端庵四親伯大人、馬門劉王千歲、三位將軍、白龍橋太均娘娘、鐵皮山東上方娘娘、杵山飛府城隍。堂裏前輩老師、靠輩聖衆、新北元帥、東嶽聖帝、劉王千歲、親伯、黑虎大人、王松林大人、蔣將軍、蕭老爺大人、沈老先鋒、沈老先生、公孫三代、男女雙方三代祖先、堂裏看門將軍、堂裏碼頭上傷官新興。廟山咀碼頭前輩老師、靠輩聖衆。新北元帥、沈老先鋒、沈老先生、碼頭上傷官新興、六子新興、廟山咀本山土地、走卦土地、排卦土地、抛照郎君、排照郎君、在殿新興。廟山咀沈家碼頭沈老先鋒、船前船後、馬前馬後、開路先鋒、扛旗打傘、拖道馬兵。

糧九角，三個包子，元寶四百五十。

馬門

砂庚門月子石王松林、寶端庵四親伯、馬門王千歲。寶端庵劉王千歲、親伯大人、黑虎大人、王松林、蕭老爺、蔣將軍大人、沈老先鋒、馬門刑部上帝、劉王千歲、親伯大人、黑虎大人、王松林小老爺、蔣將軍大人、沈老先鋒。西山咀、牛眼睛、槍刀石、仙人弄三將軍、當方土地。三將軍、王松林碼頭沈老先鋒。廟山咀新北元帥、三顯侯王、三殿夫人、文武德道、二殿王爺、徐氏夫人、一殿公子、蕭老爺大人。西山咀、廟山咀三將軍、先鋒隊沈老先鋒、馬門巡查隊沈老先鋒、大大王、先鋒隊、新北元帥、王松林大人、三劉王大人、蔣將軍大人、沈老先生、沈劉雲先鋒、四將軍、蕭老爺、十三位參將。牛石蔣將軍、金龍四、二龍四、刑部上帝。朱家角千歲娘娘、河末塘將軍、沈老先鋒。小石庚劉王千歲、親伯大人、黑虎大王、三位將軍、沈老先鋒。硬墩子劉王千歲、三位將軍、沈老先鋒。冲山三官大帝、冲山大王、冲山四位將軍、沈老先生、劉王千歲、沈□先鋒、新北元帥、沈老先生。居山咀黑虎大人、石阜底老北元帥、廟山咀新北元帥、中犢山天妃娘娘、清水港水路城隍、五里湖小三夫大人、沈老先鋒、李老先生。電管站蔣將軍大人、金龍四大人、水陸二行、刑部上帝、沈老先鋒、李老先生。虎山東嶽大帝、北陰四將、三法師大人、劉王千歲、新北元帥、四位將軍、小金大人、前輩老師、沈口仙先鋒。堂裏新北元帥、東嶽聖帝、劉王千歲、親伯大人、黑虎大人、新北元帥、四位將軍、堂裏看門將軍。碼頭上傷官新興、六子新興、沈老先鋒。銅坑顧老相公。廟山咀碼頭沈老先生、沈老先鋒、沈氏公孫三代、三代祖先。廟山咀本山土地、走卦土地、排卦土地、拋照郎君、排照郎君。碼頭上傷官新興、扛旗打傘、拖道馬兵。

糧四十角，包子十一個，元寶一千一百六十，雙錠四百三十五，小錠一百七十。

待家堂

神要被請，先請龍車佛馬，跨越祥雲。開壺敬酒，成雙而行，先請神，後邀聖。大神門前點起方位長生燭，清香明燭接大神。我們進香，祭主長待，東龍健神，神要被請。

南海普門堂大慈靈大悲觀世音菩薩娘娘、大慈大悲救苦救難金童玉女、左右善財龍女、關王佛母大帝、三元三品三官大帝、子素獻寶、本命星官長壽星君、鳳凰山千歲玉環、小王、太均娘娘。金花宮一殿夫人、金花宮二殿夫人、金花宮三殿夫人、金花宮四殿夫人、金花宮五殿夫人、老家廟福德五顯侯王、五殿夫人、小王老太、日月二殿朝神、家廟五顯侯王、（要報家堂名）家五顯侯王、公孫三代、男女雙方三代祖先、家廟五顯侯王，備有家福，陪奉新興。公興社東嶽聖帝、劉王千歲、親伯大人、黑虎大人、新北元帥、顧老相公、王松林、蔣將軍、蕭老爺大人、沈老先鋒。邀請三代祖先、男女雙方公孫三代。邀請松江府華亭縣劉王千歲、王村灣金頂二老相公、螺螄灣馬氏夫人、六相靈公、徐氏夫人、七相靈公、張氏夫人、蘇州城隍、當境明王、灶君王帝、定福宮灶前洞裏、灶後洞裏運水將軍。閶門塘宋六相公、葑門塘年老馬公、嶽西橋五路大臣、年老土地。張馬公、丘統領老太、一陸二位夫人、牽船延伸大帝、舟山桃名花大聖、後塘橋衙裏禹王大聖。家鄉山四老相公大聖、洞庭東太學、西山齊太山、旗旗龍、月落日山、冲曼兩山姚葉二聖、金徐灣二殿常將。公興社家廟五顯侯王，備有家福，陪奉新興。各帶先鋒新興、三代祖先、男女雙方公孫三代。

真身請到堂前，接進神棚，我本來要用三盞仙茶貢敬大人，燒茶哪有暖酒快，我就暖酒敬大人，大人不吃單杯酒，雙杯托敬上堂神。各位大人同用酒，大人吃子當家一杯福祿壽星酒，再吃學生一杯定禮酒。各位傷官新興陪子大人一席同用酒。大人下馬，大樹上面係韁繩。轎來車來，轎子車子停在坪場地，船來船就停在碼頭邊，龍來龍要牽在龍潭裏。虎鳳象來把虎鳳象牽在雲端裏，傷官新興不到外邊去孛相，不到外面去開野槍，不要到外面去掤亂箭，陪子上堂大人一席寬衣坐，大人接進神棚脱掉紗帽換小帽，脱掉龍袍換海青，脱落朝靴換便鞋。衆位大人一席，高來高坐，低來低坐，大人一席寬衣坐。傷官新興陪子大人一席寬衣坐。香火捧起銀壺酒，雙杯托敬上堂大人。琵琶弦子大人帶，彈琵琶弦子吃酒鬧盈盈。大人全有三記三脚貓，劃拳吃酒鬧盈盈。大魚大肉、孵公鷄、頭刀肉盤、核桃小葷、水花龍魚。豆腐乾、百葉、金金菜、木耳、潔净素盤、糕點、米粉糰子、乾點心、糖果、水果，葷有葷來，素有素來，各有盤牙各有菜。老王爺千歲火酒來一杯，生魚生肉過酒菜。蘭司令、累司令，酸醋來一杯。衆位大人同用酒同用菜，後有美酒寬飲長坐。

路頭

我們進香，日值功朝，神要被請。先請龍車佛馬，跨越祥雲。開壺敬酒，成雙而行。

南海洛迦山普門堂大慈靈大悲觀世音菩薩娘娘、大慈大悲救苦救難金童玉女、左右善財龍女、闗王佛母大帝、三元三品三官大帝、子素獻寶、本命星官長壽星君、鳳凰山千歲玉環、小王、太均娘娘、天妃宮娘娘。騰龍卷龍、敕封五王千歲、三顯侯王、開國府一殿王爺。北莊石阜底小金殿老北元帥、三顯侯王、三殿夫人、頭門上文武德道、二殿王爺、徐氏夫人。廟山咀新北元帥、三顯侯王、三殿夫人、頭門上文武德道、二殿王爺、徐氏夫人、一殿公子、蕭老爺大人。中櫝山天妃娘娘、蕭老爺大人。銀咀港中堂三相、三顯侯王、三殿夫人、頭門上文武德道、二殿王爺、徐氏夫人。里沙咀、上山咀、竹葉山新中元帥、三顯侯王、三殿夫人。公興社大人、東嶽聖帝、劉王千歲、親伯大人、黑虎大人、新北元帥、顧老相公、王松林大人、蕭老爺大人、蔣將軍大人、沈老先鋒、南北四殿元帥、光湖四府應府堂門、沈永祥常門、沈氏家堂。公興社大人、南北四朝天子、全堂靠輩聖衆。砂庚門月子石王松林、寶端庵四親伯、馬門刑部上帝、劉王千歲。寶端庵劉王千歲、親伯大人、黑虎大人、王松林、蕭老爺、蔣將軍、沈老先鋒。西山咀、牛眼睛、槍刀石、仙人弄四位將軍、當方土地、王松林碼頭沈老先鋒。西山咀、廟山咀四將軍、先鋒隊沈老先鋒、馬門巡查隊沈老先鋒、大大王、先鋒隊、沈老先鋒、新北元帥、沈老先生、三劉王大人、蔣將軍、沈老先生、沈口仙先鋒、蔣老爺、十三位參將。牛石蔣將軍大人、金龍四大人、水陸二行、刑部上帝。朱家角千歲娘娘、河末塘將軍、沈老先鋒。南元山五王千歲、沈老先生、衆位大人。冲山小石庚劉王千歲、親伯大人、黑虎大人、王松林大人、蕭老爺大人、蔣將軍大人、沈老先鋒、三元三品三官大帝、冲山大王。硬墩子劉王千歲、三位將軍、沈老先鋒。石牌墩劉王千歲、親伯大人、黑虎大人、石阜底老北元帥、廟山咀新北元帥、中櫝山天妃娘娘、清水港水路城隍、五里湖小三夫大人、沈老先鋒、李老先生。電管站蔣將軍大人、金龍四大人、水陸二行、刑部上帝、沈老先生、李老先鋒。大新橋李仙人、小新橋三將軍、櫻渤潭三將軍、鰟鮍灘三將軍、杵山飛府城隍、太老爺真神、六朝管帶、各房水仙、三位太太、二位大叔、一殿公子、王老將軍、曹振林先生。楊四廟顯應城隍、三位太太、二位大叔、一殿公子、王老將軍。松江府華亭縣劉王千歲、王村灣金頂二老相公、螺螄灣馬氏夫人、六相靈公、徐氏夫人、七相靈公、張氏夫人。蘇州城隍、當境明王、灶君王帝、定福宮裏灶前洞裏、灶後洞裏運水將軍。閶門塘宋六相、葑門塘年老馬公、嶽西橋五路大人、年老土地、宅神土地、寮簷五聖、家堂六神、灶君王帝、船頭土地。上界玉皇、中界日皇、三界東嶽、三法師、南斗、北斗、南北二斗、雲花山毛黄英大帝、龍王千歲、龍王大帝、上港金龍四、下港劉福四、楊大、楊二、五馬六轎、傷官新興、祠山大帝、狼山爪兵。勝墩灣沈福四、下脚灣劉福四。四府天台、舟山桃名花大聖、後塘橋衙裏禹王大聖、家鄉山四老相公大聖。南京應天飛府、長洲縣府、蘇州本府、平臺山水路城隍、水府太爺、朝王天子、劉王千歲、五王千歲、洞庭東太學、西山徐太山、旗旗龍常將、旗下人常將、金徐灣兩殿常將、月落日山、冲曼兩山姚葉二聖、南莊大王、胥王大佛、新福大王、竹山大王、潭東城隍、鄧尉大王、銅坑顧老相公、善人橋朱北。洋山周二相公、長吴三縣費加河頭白面城隍、城隍山顯應城隍、高景山顯應城隍、五峰山顯應城隍。虎山東嶽、北陰四將、三法師大人、都督府顯應城隍、劉王千歲、新北元帥、四位將軍、前輩老師、沈口仙先鋒、小金大人、沈公堂裏新北元帥、東嶽大帝、顧老相公、前輩祖師、劉王千歲、親伯大人、黑虎大王、王松林、蕭老爺、火大王大人、沈口仙先鋒、蔣將軍大人、沈老先鋒、看門將軍、碼頭上傷官新興。山前頭老天地、小脚明王、劉王千歲、山洋進石大王、魚神大王、麻炳大王、馬米大王、小橋浜東六司大王、東城港西六司大王、杵山飛府城隍、馬山港青龍大王、郁舍港東白面西白面大王、新開港新封大王、楊四廟顯應城隍、金墅港下沿大王、顯應城隍、牡丹港王瀆大王、砂墩港五方賢聖、高墩港徐大大王、小溪港長工大王、張橋港雲接水平大王、廟屋大王、新福大王、砂頭浚湖大王。五塘毛四三相、毛四大王、大阜灣北飛府城隍、石阜底賀喜大王、廟山咀犢山大王、無錫城隍、惠山東平王太爺、拖上廣東大王、山前劉四公、山後劉後公、墻下沿東角咀王三相公、下部三相、夾浦城隍、蘭山咀王二相公、長龍橋田公田婆、南半沿大人、西半沿大人、南北四朝天子、公興社大人、全堂靠輩聖衆、徐老先鋒、宋老先鋒、周老先鋒、沈老先鋒、南北四殿元帥、光湖四府應封堂門聖衆、沈氏家堂、大有三十六、小有七十二、一百零八衆位傷官新興、長大、長二、長三相公、沈永祥堂門、沈氏家堂，備有家福。各廟裏各帶先鋒新興、本縣本郡、本郡大王、港門上杭州府湧金門外五道將軍、船前船後、馬前馬後、扛旗打傘、拖道馬兵、傷官新興、開路先鋒。

糧十，元寶四百五十。

開張路頭

我們進香，日值功朝，神要被請，先請龍車佛馬，跨越祥雲，開壺敬酒，成雙而行。

邀請到公興社裏東嶽聖帝、劉王千歲、親伯大人、黑虎大人、新北元帥、顧老相公、王松林、蔣將軍、蕭老爺大人、沈老先鋒。請到南海洛迦山普門堂大慈大悲觀世音娘娘、長龍橋關王佛母聖帝、南海洛迦山普門堂大慈靈大悲觀世音菩薩娘娘、大慈大悲救苦救難金童玉女、左右善財龍女、關王佛母大帝、三元三品三官大帝、子素獻寶、本命星官長壽星君、鳳凰山千歲玉環、小王、太均娘娘、天妃宮娘娘。邀請到四殿元帥、騰龍卷龍、敕封五王千歲、三顯侯王、開國府一殿王爺、北莊小金殿老北元帥、三顯侯王、三殿夫人、頭門上文武德道、二殿王爺、徐氏夫人、新北元帥、三顯侯王、三殿夫人、一殿公子、蕭老爺大人、中犢山天妃娘娘、蕭老爺大人、銀咀港中堂三相、三顯侯王、三殿夫人。里沙咀、上山咀、竹葉山新中元帥、二殿王爺、南北四殿元帥、光湖四府應府堂門、沈永祥堂門、沈氏家堂、沈氏太太。長吳三縣邀請到蓮泗蕩大老爺、二老爺、上天王大人、中天王大人。邀請到蓮泗蕩大老爺、二老爺、蓮泗蕩十大先鋒、長檯二爺、小轎二爺、巡查二爺、紅筆師爺、黑筆師爺、飛機師二爺、汽車師二爺、輪船師二爺、先鋒隊二爺、衝鋒隊二爺、先鋒二爺。邀請到蒲桃灣三劉王、四總管、范老公公、徐老先鋒。邀請到虎山東嶽、北陰四將、三法師都府、顯應城隍、劉王千歲、新北元帥、四位將軍、前輩老師、沈口仙先鋒、張金福孃孃、小金大人。邀請到騰龍卷龍、敕封五王千歲、三顯侯王、開國府一殿王爺。邀請到常熟、高殿、北雪涇顯應城隍、銅坑顧老相公、大有三十六、小有七十二、徐老先生、宋老先生、沈老先生。邀請到蓮泗蕩下馬臺、閶門塘宋六相公、葑門年老馬公、嶽西橋五路大人、年老土地。西半沿請到南家橋大大王、二大王、三大王、黑虎大人、王松林大人。邀請到大親伯、二親伯、三親伯、三四親伯、十二位親伯大人、荷花蕩妹妹、傷官新興、十二位親伯大人、劉王千歲。邀請到朱家北楊家莊、後林、白龍橋三位小姐、太均娘娘、湖州前山羊口十二位親伯大人。邀請到石淙老王千歲、太均娘娘、三位小姐、唐陸相公、南塘六相、七相靈公。邀請到王松林、王司令、王隊長、蘭司令、蘭隊長、累司令、累隊長、楊班長、鄧班長、羅班長十弟兄。邀請到刑部上帝、十大先鋒、譚花將軍、刑部上帝、四大先鋒宋老先鋒、徐老先鋒、周老先鋒、沈老先鋒、中朝三劉王大人、衆位大人、沈老先鋒、前輩祖師、大親伯大人。北朝邀請到北朝廟山咀新北元帥、三顯侯王、三殿夫人、頭門上文武德道、二殿王爺、徐氏夫人、一殿公子、蕭老爺大人、中犢山天妃娘娘、蕭老爺大人、砂庚門月子石王松林、寶端庵四親伯、馬門刑部上帝、劉王千歲。邀請到寶端庵劉王千歲、親伯大人、黑虎大人、王松林、蕭老爺、蔣將軍大人、沈老先鋒、馬門刑部上帝、劉王千歲、親伯大人、黑虎大人、王松林、蕭老爺、蔣將軍大人。邀請到西山咀、牛眼睛、槍刀石、仙人弄四將軍、當方土地、四將軍、王松林碼頭沈老先生。邀請到西山咀、廟山咀三將軍、先鋒隊沈老先鋒、馬門巡查隊沈老先鋒、西山咀大大王、先鋒隊、新北元帥、沈老先生、王松林大人、三劉王大人、蔣將軍、沈老先生、□□先鋒、四將軍、蕭老爺大人、十三位參將、沈老先生。邀請到牛石蔣將軍、王松林、金龍四、刑部上帝、朱家角千歲娘娘、河末塘將軍、沈老先鋒。邀請到四殿元帥、騰龍卷龍、敕封五王千歲、三顯侯王、開國府一殿王爺、北莊小金殿老北元帥、三顯侯王、三殿夫人、頭門上文武德道、二殿王爺、徐氏夫人、新北元帥、三顯侯王、三殿夫人、一殿公子、蕭老爺大人、中犢山天妃娘娘、蕭老爺大人、銀咀港中堂三相、三顯侯王、三殿夫人、里沙咀、上山咀、竹葉山新中元帥、二殿王爺、南北四殿元帥、光湖四府應府堂門、沈永祥堂門、沈氏家堂、沈氏太太。邀請到沖山小石庚劉王千歲、親伯大人、黑虎大王、王松林、蕭老爺、蔣將軍大人、沈老先鋒、南元山五王千歲、沈老先生、衆位大人、沖山三官大帝、沖山大王、沖山硬墩子劉王千歲、四位將軍、沈老先鋒、沖山四位將軍、沈老先生、劉王千歲、沈口仙先鋒、新北元帥、沈老先生、石牌墩劉王千歲、親伯大人、黑虎大人、居山咀黑虎大人、石阜底老北元帥、廟山咀新北元帥、中犢山天妃娘娘、清水港水路城隍、五里河小三夫、沈老先生、李老先生、電管站蔣將軍、刑部上帝、沈老先鋒、李老先生。東、劉、寶、王、水、銅、清、新、心、忠心碼頭范老公公、沈老先鋒。大新橋李仙人、小新橋三將軍、櫻渤潭三將軍、鰟鮍灘三將軍、杵山飛府城隍、太老爺正神、六朝管帶、兩班皂快、閒房相公、內房水仙、三位太太、二位大叔、一殿公子、王老將軍、曹振林先生、楊四廟顯應城隍、三位太太、一位大娘、一位花姐姐大人。邀請到松江府華亭縣劉王千歲、王村灣金頂二老相公、螺螄灣馬氏夫人、六相靈公、徐氏夫人、七相靈公、張氏夫人、蘇州府城隍、當境明王。邀請到灶君王帝、定福宫灶前洞裏、灶後洞裏運水將軍、閶門塘宋六相、葑門塘年老馬公、嶽西橋五路大人、年老土地、寮簷五聖、宅神土地、家堂六神、灶君王帝、船頭土地、上蒼玉皇、中界日皇、三界東嶽、三法師、南北二斗、雲花山毛黄英大帝、龍王千歲、龍王大帝、上港金龍四、下港劉福四、楊大、楊二、五馬六轎、天妃娘娘、祠山大帝、狼山爪兵、勝墩灣沈福四、下界有劉福四、四府天台。邀請到舟山桃名花大聖、後塘橋福利禹王大聖、家鄉山四老相公大聖。邀請到南京應天飛府、長洲縣府、蘇州本府、平臺山水路城隍、水府太爺、玄王天子、劉王千歲、五王千歲、洞庭東太學、西山徐太山、旗旗龍常將、旗下人常將、月落日山、冲曼二山姚葉二聖、金徐灣二殿常將、南莊大王、胥口胥王大佛、南新大王、新福大王、竺山大王、潭東城隍、鄧尉大王、銅坑顧老相公、善人橋朱北、洋山周二相公、長吴三縣費加河頭白面城隍、城隍山顯應城隍、高景山顯應城隍、五峰山顯應城隍、虎山東嶽、北陰四將、三法師都城隍、劉王、新北、四將軍、小金大人、前輩老師、沈口仙先鋒、沈羽公堂裏新北元帥、顧老相公、東嶽聖帝、劉王千歲、親伯大人、黑虎大人、王松林、蕭老爺、蔣將軍大人、徐將軍大人、前輩老師、大大王、沈老先鋒、沈口仙先鋒、看門將軍、碼頭上傷官新興。邀請到山前頭老天地、小脚明王、劉王千歲、山洋進石大王、魚神大王、馬米大王、麻炳大王、于城大王、小橋浜東六司大王、東城港西六司大王、杵山飛府城隍、馬山港青龍大王、郁舍港東白面西白面未知大王、新開港新封大王、楊四廟顯應城隍、金墅港下沿大王、顯應城隍、牡丹港王瀆大王、顯應城隍、砂墩港五方賢聖、高墩港徐大大王、小溪港長工大王、張橋港雲接水平大王、南星大王、廟屋大王、砂頭浚湖大王、吴塘毛四三相、毛四大王、大阜灣北飛府城隍、石阜底賀喜大王、廟山咀犢山大王、無錫城隍、惠山東平王太爺、拖上廣東大王、山前劉四宫、山後劉後宫、墻下沿東角咀王三相公、下部三相、夾浦城隍、蘭山咀王二相公、長龍橋田公田婆、南北四朝天子、南北四殿元帥、光湖四府應府堂門、沈永祥堂門、沈氏家堂、大有三十六、小有七十二、一百零八衆位傷官新興、長大、長二、長三相公、全堂靠輩聖衆。公興社東嶽聖帝、劉王千歲、親伯大人、黑虎大人、新北元帥、顧老相公、王松林、蔣將軍、蕭老爺大人、徐家老先生、宋老先生、周老先生、沈老先生、本縣本郡、本郡大王、港門上杭州水城門五道將軍、四位先生，學生請神勿到你爲主，備有家福，陪奉新興。各廟裏各帶先鋒新興、船上傷官新興、扛旗打傘、拖道馬兵、傷官新興。

糧七十一角，元寶二千三百九十隻，包子十四個，丁包一個，大元寶二十隻，銀船两隻，槍八十支，對元一對，雙錠八百七十隻，小錠一百五十隻。

小裏盤贊

登雲鮮花滿地開，生青獨剩肉獻最，開口請神閉口就到，請家廟五顯侯王、公興社大人、三代祖先，真身請到，開壺敬酒，禮行初獻，初杯美酒勝重言，轉期二劃接聖言，筵上開壺敬酒，成雙而獻。二杯二酒接承用，金枝玉杖獻金用，東龍健神三杯酒，大小保平安，成雙試獻。四杯水酒打噴風，登山就急跨金龍，再轉銀壺，五杯五顯，再通香貫再通名，不改長杯洪造，再轉銀壺滿獻，寬飲長座。大魚大肉、深水龍魚、孵出公鷄、頭刀肉盤、核桃小葷、水花龍魚過酒菜。百葉、豆腐乾、長條金針菜、木耳、潔净素盤、糕點、米粉糰子、乾點心。糖果相裏，水果相桔。葷有葷來素有素，各有盤牙各有菜。老王千歲，火酒一杯，生魚生肉過酒菜，蘭司令、累司令，酸醋一杯，入庫獻上。一同本送。

喜宴東上方

南海洛迦山普門堂大慈靈大悲觀世音菩薩娘娘、鳳凰山千歲玉環、小王、太均娘娘。行春橋東上方娘娘、花粉娘娘，清明山西上方娘娘，花粉娘娘，光福西市頭上方娘娘、花粉娘娘，三個上方娘娘，三個花粉娘娘。五馬六轎、傷官新興、杠旗打傘、拖道馬兵、船前船後、馬前馬後、開路先鋒。松江府華亭縣劉王千歲、王村二相、金堂六相、金園七相、當郡城隍、當境明王、灶君王帝、閶門塘宋六相、葑門塘年老馬公、年老土地。

錢糧三角。

年常東上方

南海洛迦山普門堂大慈靈大悲觀世音菩薩娘娘、鳳凰山千歲玉環、小王、太均娘娘、東上方娘娘。松江府華亭縣劉王千歲、王村二相、金堂六相、金園七相、當郡城隍、當境明王、灶君王帝、葑門塘宋六相、葑門塘年老馬公、年老土地。金墅港下沿大王、顯應城隍、沈家裏家堂、牡丹港王瀆大王、顯應城隍、落水家堂、吴氏吴兆明五村家堂、南莊三顯侯王、家廟五顯侯王、胥湖路旦人司、砂頭上插花六子新興、揪蝦浪子、園待收贊大人。

西上方

南海洛迦山普門堂大慈靈大悲觀世音菩薩娘娘、鳳凰山千歲玉環、小王、太均娘娘、南元山、清明山西上方娘娘。松江府華亭縣劉王千歲、王村二相、金堂六相、金園七相、當郡城隍、當境明王、灶君王帝、閶門塘宋六相、葑門塘年老馬公、年老土地、南莊大王、胥口胥王大佛、銅坑顧老相公、胥湖路旦人司、砂頭上插花六子新興、園待收贊大人。

留名

通州府徐州縣爹爹就叫金齊福，母親就是一品正夫人。爹爹不生多男女，金齊福爹爹養子七個男官人。大官升起高宫殿，王村灣造殿二官人，三官結小花樓連，串橋門造殿四官人，五個、六個、七個全是做官人。七官人陽官勿做做陰官，多子木頭木梢無處用，打隻龍船上東京。人家打船要半月加六天，七官打隻龍船是七日七夜趕完成。船頭底下畫好子三眼睛，船底下畫龍畫虎加祥雲。畫龍船船上龍旗龍傘密層層，鑼鼓敲得陣陣響，四班謀將快行程。鎮江口上有七七四十九塊槍刀石，有時浮來有時沉，輪到初一與月半龍船過，要把隻龍船擱得碎粉粉。鎮江口有金阿興和徐阿興，金徐二人一同行，賺着黄金平半分，賺着猪肉大家吃。輪到初一與月半，龍船擱得碎粉粉。龍船上人到河南大王殿裏來燒香，大王開言説勿關我大王事，而是河北七官人，拿他的名字帶到京中去，下趟勿犯半毫分。鎮江口上造起高宫殿，還要造隻分宫殿。萬丈龍潭要到柳河口，萬丈的龍潭要八百丈深。七相公斷斷續續王榜貼。金鑼丢剌龍潭裏，金鑼浮剌水面上。啥人丢着金鑼響，十萬黄金十萬銀。凡人百姓癡呆漢，當地大小船隻全叫完。大船裝小船駁，磚頭瓦片裝得滿裏滿。輪到初一搭月半丢金鑼，龍船上龍旗龍傘密層層。四班謀將快行程，鑼鼓敲得陣陣響。金鑼丢剌龍潭裏，大家全來丢金鑼。磚頭瓦片好像燕子飛。龍潭丢得滿裏滿，龍潭裏面造宫殿。倒插楊樹倒報青，幾處楊樹幾處青，近看好像歇凉亭，遠看像隻湖心亭，日夜香願不斷聲。酒肉山海吃勿盡，金總管乘袂過。

公館

我們進香，日值功朝，神要被請。先請龍車佛馬，跨越祥雲，開壺敬酒，成雙而行。我們進香祭主長跪，東龍健神，神要被請。請到公興社裏東嶽聖帝、劉王千歲、親伯大人、黑虎大人、新北元帥、顧老相公、王松林、蔣將軍、蕭老爺大人、沈老先鋒。請到南海洛迦山普門堂大慈大悲觀世音娘娘、長龍橋關王佛母大帝、鐵店港關王佛母大帝、南海洛迦山普門堂大慈靈大悲觀世音菩薩娘娘、大慈大悲救苦救難金童玉女、左右善財龍女、關王佛母大帝、三元三品三官大帝、子素獻寶、本命星官長壽星君、鳳凰山千歲玉環、小王、太均娘娘、天妃宫娘娘。南半沿邀請到蓮泗蕩大老爺、二老爺、上天王大人、中天王大人。請到蓮泗蕩大老爺、二老爺、蓮泗蕩十大先鋒、長檯二爺、小轎二爺、巡查二爺、紅筆師爺、黑筆師爺、飛機師二爺、汽車師二爺、輪船師二爺、先鋒隊二爺、衝鋒隊二爺、先鋒二爺。邀請到蒲桃灣三劉王、四總管、范老公公、徐老先鋒。邀請到虎山東嶽、北陰四將、三法師都府、顯應城隍、劉王千歲、新北元帥、三位將軍、小金大人。邀請到騰龍卷龍、五王千歲、三顯侯王、開國府一殿王爺。請到常熟、高殿、北雪涇顯應城隍、銅坑顧老相公、大有三十六、小有七十二、一百零八衆位傷官新興、徐老先生、宋老先生、沈老先生。邀請到蓮泗蕩下馬臺、閶門塘宋六相、葑門塘年老馬公、嶽西橋五路大人、年老土地。西半沿邀請到南家橋大大王、二大王、三大王、黑虎大人、王松林大人。邀請到大親伯、二親伯、三親伯、四親伯、十二位親伯大人、荷花蕩妹妹、傷官新興、十二位親伯大人、劉王千歲。邀請到朱家北楊家莊、後林、白龍橋三位小姐、太均娘娘、湖州前山羊口十二位親伯大人。邀請到石淙老王千歲、太均娘娘、三位小姐、唐陸相公、南塘六相、七相靈公。請到王松林、王司令、王隊長、蘭司令、蘭隊長、累司令、累隊長、楊班長、鄧班長、羅班長十弟兄。邀請到刑部上帝、十大先峰、譚花將軍、刑部上帝、四大先鋒宋老先鋒、徐老先鋒、周老先鋒、沈老先鋒。北朝邀請到北朝裏廟山咀新北元帥、三顯侯王、三殿夫人、頭門上文武德道、二殿王爺、徐氏夫人、一殿公子、蕭老爺大人、中犢山天妃娘娘、蕭老爺大人、砂庚門月子石王松林、寶端庵四親伯、馬門刑部上帝、劉王千歲。邀請到寶端庵劉王千歲、親伯大人、黑虎大人、王松林、蕭老爺、蔣將軍大人、沈老先鋒、馬門刑部上帝、劉王千歲、親伯大人、黑虎大人、王松林、蕭老爺、蔣將軍大人。邀請到西山咀、牛眼睛、槍刀石、仙人弄三將軍、當方土地、三將軍、王松林碼頭沈老先生。邀請到西山咀、廟山咀三將軍、先鋒隊沈老先鋒、馬門巡查隊沈老先鋒、大大王、先鋒隊沈老先鋒、新北元帥、王松林大人、三劉王大人、蔣將軍、沈老先生、沈口仙先鋒、四將軍、蔣老爺、二十位參將。邀請到牛石蔣將軍、王松林、金龍四、刑部上帝、朱家角千歲娘娘、河末塘將軍、沈老先鋒。邀請到四殿元帥、騰龍卷龍、敕封五王千歲、三顯侯王、開國府一殿王爺、北莊小金殿老北元帥、三顯侯王、三殿夫人、頭門上文武德道、二殿王爺、徐氏夫人、新北元帥、三顯侯王、三殿夫人、頭門上文武德道、二殿王爺、徐氏夫人、一殿公子、蕭老爺大人、中犢山天妃娘娘、蕭老爺大人、銀咀港中堂三相、三顯侯王、三殿夫人、頭門上文武德道、二殿王爺、徐氏夫人、里沙咀、上山咀、竹葉山新中元帥、二殿王爺、南北四殿元帥、光湖四府應府堂門、沈永祥堂門、沈氏家堂、沈氏太太、南元山五王千歲、衆位大人、沈老先生。邀請到冲山小石庚劉王千歲、親伯大人、黑虎大人、王松林、蕭老爺、蔣將軍大人、沈老先鋒、冲山三官大帝、冲山大王、冲山硬墩子劉王千歲、四位將軍、沈老先鋒、石牌墩劉王千歲、親伯大人、黑虎大人、居山咀黑虎大人、石臯底老北元帥、廟山咀新北元帥、中犢山天妃娘娘、清水港水路城隍、五里河小三夫、沈老先生、李老先生、電管站蔣將軍、刑部上帝、蔣老先鋒、李老先生。東、劉、宋、王、水、銅、清、新、心、忠心碼頭范老公公、沈老先鋒、大新橋李仙人、小新橋三將軍、櫻渤潭三將軍、鰟鮍灘三將軍、杵山飛府城隍、太老爺正神、六朝管帶、兩班皂快、閒房相公、內房水仙、三位太太、二位大叔、一殿公子、王老將軍、曹振林先生、楊四廟顯應城隍、三位太太、一位大娘、一位花姐姐大人。邀請到松江府華亭縣劉王千歲、王村灣金頂二老相公、螺螄灣馬氏夫人、六相靈公、徐氏夫人、七相靈公、張氏夫人。邀請到蘇州城隍、當境明王、灶君王帝、定福宮灶前洞裏、灶後洞裏運水將軍、閶門塘宋六相、葑門塘年老馬公、嶽西橋五路大人、年老土地、寮簷五聖、宅神土地、家堂六神、灶君王帝、船頭土地、上蒼玉皇、中界日皇、三界東嶽、三法師、南北二斗、雲花山毛黃英大帝、龍王千歲、龍皇大帝、上港金龍四、下港劉福四、楊大、楊二、五馬六轎、天妃娘娘、祠山大帝、狼山爪兵、勝墩灣沈福四、下界有劉福四、四府天台。邀請到舟山桃名花大聖、後塘橋福利禹王大聖、家鄉山四老相公大聖。邀請到南京應天飛府、長洲縣府、蘇州本府、平臺山水路城隍、水府太爺、玄王天子、劉王千歲、五王千歲、洞庭東太學、西山徐太山、旗旗龍常將、旗下人常將、月落日山、冲曼二山姚葉二聖、金徐灣二殿常將、南莊大王、胥口胥王大佛、南新大王、新福大王、竺山大王、潭東城隍、鄧尉大王、銅坑顧老相公、善人橋朱北、洋山周二相公、長吴三縣費加河頭白面城隍、城隍山顯應城隍、高景山顯應城隍、五峰山顯應城隍、虎山東嶽、北陰四將、三法師、都城隍、新北、四將軍、前輩老師、沈口仙先鋒、小金大人、沈羽公堂裏新北元帥、東嶽聖帝、顧老相公、前輩老師、劉王千歲、親伯大人、黑虎大人、王松林、蕭老爺、蔣將軍大人、徐將軍大人、大大王、沈口仙先鋒、沈老先鋒、看門將軍、碼頭上傷官新興。邀請到山前頭老天地、小脚明王、劉王千歲、山洋進石大王、魚神大王、麻米大王、麻餅大王、于城大王、小橋浜東六司大王、東陳港西六司大王、杵山飛府城隍、馬山港青龍大王、郁舍港東白面西白面未知大王、新開港新封大王、楊四廟顯應城隍、金墅港下沿大王、顯應城隍、牡丹港王瀆大王、顯應城隍、砂墩港五方賢聖、高墩港徐大大王、小溪港長工大王、張橋港雲接水平大王、南星大王、廟屋大王、砂頭浚湖大王、吴塘毛四三相、毛四大王、大阜灣北飛府城隍、石阜底賀喜大王、廟山咀犢山大王、無錫城隍、惠山東平王太爺、拖上廣東大王、山前劉四宮、山後劉後宮、墻下沿東角咀王三相公、下部三相、夾浦城隍、蘭山咀王二相公、長龍橋田公田婆、南北三朝天子、南北四殿元帥、光湖四府應府堂門、沈永祥堂門、沈氏家堂、大有三十六、小有七十二、一百零八衆位傷官新興、長大、長二、長三相公、全堂靠輩聖衆。公興社東嶽聖帝、劉王千歲、親伯大人、黑虎大人、新北元帥、顧老相公、王松林、蔣將軍、蕭老爺大人、徐老先生、宋老先生、周老先生、沈老先生、本縣本郡、本郡大王、港門上杭州府湧金門外五道將軍、四位先生，學生請神勿到你爲主，備有家福，陪奉新興。各廟裏各帶先鋒新興、船上傷官新興、扛旗打傘、拖道馬兵、傷官新興。

疏頭

香在爐中喜洋洋，大人門前點起方位長生燭。清香明燭接大人，學生停子一停冷落子上堂人。大人坐得冷清清，香使捧起銀壺，上堂大人杯裏斟滿酒，蓮泗蕩大老爺門前斟杯酒，南半沿、西半沿大人面前斟杯酒，南北三朝天子面前斟杯酒，南北四殿元帥門前斟杯酒，公興社大人、東嶽、劉王、新北元帥面前斟杯酒，四位先生招賓接客忙碌碌。學生是半路挑擔弄勿清，勿到之處你照應。四位先生面前斟杯酒，各位大人杯裏一席斟滿酒。大人勿吃單杯酒，雙杯托敬上堂人。大人吃子公興社子孫共並香夥一杯福禄壽星酒，再吃學生一杯定禮酒。傷官新興陪各位大人同用酒，各位大人同用菜。劃拳吃酒鬧盈盈，大魚大肉來過酒，孵出公鷄過酒菜，頭刀肉伴核桃小葷，水花龍魚過酒菜，豆乾、百葉過酒菜，金針菜、木耳潔净素盤過酒菜，糕點、米粉糰子、乾點心。糖果相裏，水果相桔。老王千歲火酒來一杯，生魚生肉過酒菜。蘭司令、累司令，酸醋來一杯，葷有葷來素有素，各有盤牙各有菜。衆位大人同用酒，衆位大人同用菜，勿通香貫無頭面，通子香貫有頭青，先通香貫再報名。

江蘇蘇州府震澤縣震澤鄉，第八、第九都高仁大王界下公興社，當家做上頭名二名。都圖香貫共並香夥、姓户，各垛錢糧勿是年常並園裏，是年關錢糧拖度錢糧回人願。紅筆上賬黑筆勾，一筆勾清無牽挂。蓮泗蕩灘上社棚搭得密層層，公興社子孫也要搭起個高社棚。搭好社棚暖人心，搭好社棚待大神。社棚搭得越高越大越進深，兩面金鑼敲得鎧鎧響，社棚裏面鬧盈盈，就在社棚裏面待大人。公興社的子孫誠心誠意待大人，大人一席寬衣坐。香夥捧起銀壺酒，衆位大人杯裏斟滿酒，大人一席同用酒，大人一席同用菜。

觀音白雀修養第一段

羊脂玉出白如意，白玉國出灶王。灶王村有個正宫王，正宫王婆是母親。正宫帝勿生多男女，生育三位女千金。三位千金啥月啥日啥時辰？大姐九月十九正生日，二姐六月十九正生日，三姐九月十九正生日。全是紅燈落地子時辰，紅燈落地壹點紅。金盆溷浴銀盆過，一歲二歲娘房大，三歲四歲離娘親，五歲六歲踏進書房門，七歲攻書年十六，滿肚文章碧波清。繡龍繡虎件件會，繡條龍來龍起水，繡隻虎來虎翻身，繡隻馬來好騎人，繡隻獅子滚仙球，繡隻象來像隻象，繡隻牛來水車棚裏團團轉，繡個長膀野人沿街走，繡龍繡虎件件會。小姐也有七七四十九段仙園子，變化七段使凡人，修養白雀第一段，泰州賣香第二段，泗州城裏捉妖第三段，金沙灘王公擺渡第四段，爛肚鰟鮍送上門第五段，金沙城裏馬二浪子假成親第六段，勿問造殿第七段。

慈悲娘娘從小吃好胎裏素，一口長素戒五葷，三歲修養不嫌早，天天日日念阿彌陀佛觀世音。説着燒香念佛起頭人，説着招親最難過，説着招親火直冲，一心修養念彌陀。正宫皇帝招駙馬，大姐招子武將軍，二姐招子文將軍，我三小姐要勿文勿武招一個。三位小姐一定要招成親，説着招親火直冲，兩滴眼淚掉胸膛，眼睛哭得核桃大。母親勸子三小姐，爹爹講的閑話是好事。母親我一定不肯招附馬，我要修養念彌陀。爹爹已撿子好月好日好時辰，挂燈結彩鬧盈盈，你快快勿要哭，爹爹曉得要出大事情，要抽你筋來扒你皮，蹲剌母親房間裏與母親兩人哭得苦傷心。小姐前門哭到後門止，想不着好辦法來好主意，哭到娘房裏坐定身。小姐生來好聰明，想着一個好主意，女扮男裝着海青，解散辮子掰一條，頭上戴起烟氊帽，雙面料鞋子着一雙，腰裏束起大襴裙。小姐一勁蹲剌西樓上，從來嘸不出過門，東南西北弄勿清，嘸不方向哪出門？嘴裏念子阿彌陀佛觀世音，跳出王宮柴房間，柴房間裏出後門，看見亮月一條星，投在路上道道行，我也不知東不知南，跳出王宮再問路。大白天亮跳出王宮地，大路勿走走小路，急急奔奔往前跑，來到前面有條大塘岸。大塘岸就是太湖塘，太湖塘上有高橋。高橋就是觀音橋，觀音橋上定定心。望見前面小山頭，就往山坡急急奔，山坡嘸不村來嘸不人。

肚裏餓來頭裏昏，小脚伶仃苦傷心，一悶頭個往前奔，奔到湖州來南門。到子湖州問個信，該是啥個巷啥個村，該裏勿是巷來勿是村，該裏是湖州城。進南門到北門，出北門到東門，東門回南門，南門頭上牌樓看，看見牌樓心裏冷，造到牌樓總是做官人。我爹爹就是正宮王，王帝囡婿無出生。雙泡眼淚掉胸膛，雙脚踔踔苦傷心，雙手拍拍喊母親，湖州城裏穿城過。一路匆匆到西門，蹲剌西門問個信，問你該個山上竹園裏是啥村，啥個山來啥個村？竹園裏還是寺來還是廟？也不是寺來也不是廟，該是道場廟，急急奔奔跑到道場廟。道場山上走出兩個小道士，問你兩個小道士，你們老道士啊肯收我做小道士？道場山上人頭多，有的出去做道場，有的蹲剌廟裏來念經。學生意的小道士在拜懺，老道士問相公來該裏啥事情。我是香山落難人，要來學道士騙飯吃。老道士一口來答應，老道士問你還是做出家人來勿做出家人？兩滴眼淚落胸膛，我答應你出家我是女，看看身上衣裳我是男。老道發善心叫你停脱兩天再問信。老道問你是否用點心？嘸不用過馬上便點心，點心勿吃泡碗茶來洇嘴唇。問你老道什麼叫出家人？什麼叫道士？女修養人就是出家人。道士也有男道士來女道士，我就來做道士細調查瞎打聽，打聽着修養白雀寺，我心中有數。

在道場山上半年零六十天，道場山跳出來到白雀寺，小姐就在白雀門上哭。白雀寺小師太在園裏種菜，聽見山門外有人哭，小師太走出門看小姐，你個小姐爲啥蹲剌伲山門上嘿哩嘿哩的哭？畀伲方丈師太曉得後要吃生活，你快點離開山門。小姐要求你小師太我要來做尼姑，叫你小師太通報老師太。小師太通報方丈老師太，我伲白雀寺山門上有個小姐在哭，她要來做尼姑。方丈師太出殿開言説，你怎會曉得她要做尼姑？我開脚門，走到小姐身邊問個信，小姐要來做尼姑，我叫小姐勿要蹲刺白雀山門上哭，她一定要來做尼姑，所以我來通報你方丈老師太。方丈師太叫小師太開山門，方丈師太走到山門上口喊小姐二三聲，你小姐爲啥嘿哩嘿哩哭？你小姐哪會苦傷心？看你小姐一口花牙紅嘴唇，綫條眉毛鵝蛋臉，耳朵上穿過鐺鐺環，方丈師太好眼力，小姐小姐一定是官家子，問你小姐爹叫啥娘叫啥，啊有哥來啊有弟，啊有嫂來啊有姐。小姐一路哭來一路説，爹姓孔娘姓孔，孔縣孔府孔鄉生，上無哥來下無嫂，也無姐妹也無兄，就是我小姐一個人。方丈師太接小姐進大山門，接進小姐書房裏，泡碗仙茶洇嘴唇，方丈師太好眼鋒，你小姐一定是官家子，勸你小姐回家門，問你小姐身邊啊有銅鈿用，無銅鈿奴方丈師太送到你小姐門。小姐一面哭來一面説，我一定落髮做尼姑。方丈師太説你一定是官家子，畀你爹娘曉得子我小小庵堂立勿直。小姐問你方丈師太兩三聲，我伲爹娘啊有封脱幾隻廟堂門，你勿相信我孔縣孔府孔鄉生，勿相信我落難人。方丈師太一口來答應，問你小姐兩三聲，白雀寺裏有七七四十九個小師太，天天日日要出七七四十九個面湯水，淘米汏菜全要你，挑水種菜亦要你，還要掃地做功課，挑水買柴亦要你。小姐一口來答應。方丈師太純鋼剪刀拿一把。小姐雙膝跽在三世菩薩門前頭，在拜毯上青絲頭髮甩在門前頭，小姐雙手捏牢青絲頭髮。方丈師太一剪刀。小姐雙泡眼淚落胸膛，小姐青絲頭发放刺内衣袋袋裏，馬上燙起香洞來，小姐天天日日做功課，挑水買柴鬆鬆交，後頭有七七四十九隻荷花缸，鴨蛋提桶來挑水，天天日日挑得滿靈靈。柏樹扁擔兩頭翹，大的池塘挑脱半池塘，小的池塘挑得浄浄乾，小脚伶仃焦毛柴，柴房間裏毛柴放得滿裏滿，小姐想着挑水苦傷心，灶屋間裏開口井，頭上嘸不金釵來銀釵苦傷心。主人指頭地上畫一畫，小姆指頭挑一挑，灶屋間造起大雙井。説着樵柴苦傷心，小脚伶仃山上跑，家堂土地隨身跟。小姐茅柴挑一擔，十個土地挑十擔，十一擔毛柴進柴房門，想着毛柴苦傷心，造起三間茅草棚，三間草棚就做柴房間。

方丈師太全曉得，七七四十九個小師太，勿及小姐脚丫裏的垢，方丈師太來試心，叫小姐園裏來種菜秧，拿子一升籮上菜籽，方丈師太走到灶屋間，拿子三個草柴團，上菜籽鍋裏倒，方丈師太灶膛裏燒，就拿菜籽鍋裏盤，叫你小姐翻子三壟地，也叫其他師太再翻三壟地。半升菜子小姐化，半升菜子其他師太化。小姐拿子菜子笑眯眯，就拿菜子地上抛，落子三日三夜蒙花雨，菜子出芯四片葉，落子六日六夜蒙花雨，拔出菜秧種上菜，六日上菜共一斤，九日上菜共三斤，每棵上菜共三斤，畀你方丈師太看分明。方丈師太看見上菜歡天來喜地，其他師太三塊菜秧剛剛來報青，有的菜秧齣報青，方丈師太氣昏昏，方丈師太拿子上菜拜三拜阿彌陀佛觀世音。正宮王帝尋囡唔，東也問來西也問，啥人尋着我三小姐十兩金來十兩銀，尋子二年零六十天，嘸不尋着小姐人，正宮王帝做着夢。小姐住在白雀寺，帶子兵將包圍白雀寺。正宮王爹爹進山門。小姐曉得爹爹進山門，急急奔奔上樓梯。正宮王追上去。小姐跳到東樓去。正宮王追到東樓去。小姐跳到柴房間。正宮王追到柴房間。小姐心想難脱身，小姐拿出神手段，變化一對大鵓鴣。正宮王爹爹就去追鵓鴣，命令弓箭手射鵓鴣。小姐馬上就現身，小姐跳到後花園荷花池，小姐跳到荷花上，脚踏荷花枝枝開，小姐坐在荷花上。正宮王爹爹追到後花園，走到荷花池，看見小姐躲在荷花上。小姐出面開言説，叫你爹爹回到宮裏去，修養人祇待修養人，做官人祇待做官人。正宮王氣昏昏出子白雀門，就拿白雀架火燒，燒得墻頭紅堂堂，燒得竹葉半片青來半張黄，正宮王領子兵將回宮門。小姐拿爹爹弄孛相，爹爹啊是輕骨頭，就拿你稱一稱。爹爹回到宮裏轉家門，到子屋裏就生發背，哇呀之叫喊救命。小姐一路回家門，去看看爹爹與母親，小姐曉得爹爹喊救命，小姐走進大墻門，看見母親喊母親。母親看見小姐閑話無道成，問你爹爹啥事情，在生發背，哇呀之叫喊救命。小姐走到爹爹房間門，叫你爹爹兩三聲。爹爹又是氣來又是恨。小姐回出房間門，問母親拿子一把純鋼剪刀。母親問你純鋼剪刀派啥用場？爹爹生發背，我挖出雙眼來煎湯，眼湯煎畀爹爹吃。母親眼睛還畀我，我就拿眼睛放在沙鍋裏煎眼湯，煎好眼湯爹爹吃。母親雙手捧起眼湯送畀爹爹吃，母親喊你正宮王，你正宮王哇呀之叫喊救命。小姐眼睛來煎湯。正宮王雙手捧牢眼睛湯，吃子一口眼睛湯，背心上覺着癢齊齊；正宮王第二口吃子眼睛湯，覺着眼目清亮脚頭輕；正宮王第三口吃子眼睛湯，結子疤來脱子皮；正宮王第四口吃子眼睛湯，紅肉起子毫毛出；正宮王第五口吃子眼睛湯，無毛無病全乾净，問你老夫人小姐現在啥地方？小姐救我爹爹一個人，兩人見子小姐面。小姐爹爹母親喊答應，雙膝跽在地中央，正宮王扶起小姐一個人，和爹爹母親一道坐。小姐出面開言説，還是修養好？還是做官好？正宮王説到底還是修養好。我爹爹也要去修養，正宮王交王印，王印交畀張丞相。丞相丞相我的位子你去坐，我要跟三小姐修養去。張丞相説我也要去修養，王印交畀王官科，皇帝的位子你去坐。

王官科説我皇帝不要做，我也要到白雀去修養。小姐苦苦求爹爹你做官人衹待做官人，修養人衹待修養人。爹爹還是做官去，坐到龍庭救窮人，也要行好心發善心，做官人也是修養人。我回到白雀寺，你爹爹回到京中去。老母親回家念佛燒香起頭人，一家人團圓念觀音。

慈悲娘娘活靈神。小姐回到白雀寺，前山門碰碰嘸不人，後門碰碰無聲音，蹲刺白雀寺外團團轉。爹爹實在不應該，拿墻頭燒得紅彤彤，燒得竹葉半張青來半張黄，在白雀寺山門上喊得應天響，也無人來開門。師太爲啥不答應？走到脚門上打開門，走進脚門到大殿，大殿上面嘸不人，急急奔奔走到書房門，喊師太兩三聲。尋來尋去不見人，回到前面大山門，開開山門看分明，聽到方丈師太在山門口角落頭看見她在簌簌抖。小姐出口説笑話，師太你浪篩礱糠。方丈師太出口罵山門，你個小姐害人精，拿我白雀害得真乾净。大小師太不見人，就剩我方丈師太一個人。方丈師太滿個白雀團團轉，已經尋到灶屋門。小師太跳井死乾净，我就知你小姐是害人精，你小姐修養到底是何人？小姐修養修出活佛觀世音，小姐封你方丈師太羅漢頭，封你七七四十九個小羅漢，叫你師太做領頭人。大家修養受香份，一起團圓念觀世音，老老小小男男女女拜觀音。

王公王婆金沙灘擺渡

王公王婆黑心人，老頭子老太婆船停在沙灘邊。慈悲娘娘變化臺上翻變化，變子個鄉紳人家的大姑娘，細條眉毛紅嘴唇，頭上梳起九曲盤龍頭，金釵銀釵插得鋥鋥亮，手上金戒銀戒帶得彎不轉，手腕上金銀鐲頭帶得真有樣，頸頸裏金鏈條跟銀鏈條挂得像木頭人，頭上帶起鳳凰釵子牡丹花，耳朵上金銀鐺鐺環，身上衣衫全有寶貝珠，八幅羅裙珠子鋥鋥亮，手裏拿塊方巾，背上背起一個黄包袱，在金沙灘上一路走一路哭，走得快哭得響。

王公王婆聽着子，老頭子蹲刺船頭上拍潮烟，老太婆坐在船艄裏補襪底，老頭子老太婆兩雙賊眼睛一勁東亦望來西亦看。小姐在金沙灘，太陽一照全身珠寶鋥鋥亮。老頭子老太婆兩雙耳朵來得尖，聽小姐在哭。老太婆叫老頭子走過去看看。老頭子對老太婆説，她是女我是男，還是你去更妥當。老太婆馬上上岸，往沙灘上走過去，小姐走過來，小姐一路走一路哭。老太婆看見小姐正在哭，勸你小姐勿要哭，與小姐揩乾眼淚説好話。小姐上子老太婆個當，跟子老太婆走到船邊上。老頭子老太婆問小姐爲啥哭？小姐説我是餓得哭，嘸不銅鈿叫船哭，有子銅鈿好叫船乘。你嘸不銅鈿也不要哭得該樣苦，也不要哭得該樣傷心，必定還有其他啥事情？我嘸不父母苦得哭，嘸不姐妹也要哭，我孤身獨甩越想越苦越要哭。小姐我嘸不銅鈿來叫船，勿好到蕭山外婆家，看勿到外婆我又要哭。你身上衣衫着實好，身上金銀該樣多，哪會嘸不金銀錢？身上該樣好是爺娘生前留下作紀念，拿子爺娘的財物好勿算好。我小姐袋袋空，嘸不銅鈿大勿好。老頭子老太婆苦勸你，小姐勿要哭，有啥事體告訴我們聽，你嘸不銅鈿勿要緊，衹要我老頭子、老太婆做得到個事，不要你小姐半個小銅鈿，你想着外婆勿要哭，你的外婆在何處？蕭山就是外婆家，伲做得到的勿要銅鈿，伲馬上送你去。老頭子、老太婆起黑心想惡念頭，你到蕭山外婆家一定要叫船來擺渡。小姐説嘸不銅鈿勿好叫船，勿好到外婆家。老頭子老太婆起黑心，壞良心，要想横財。我要你小姐叫我老乾爹、老乾娘，我就送你到蕭山外婆家，勿要你小姐半個小銅鈿。

王公王婆把小姐騙下船，騙到船上大艙裏坐。小姐雙膝跽在帆潭上，叫你乾爹來乾娘。見過禮來認過親，老頭子往船頭上走，老太婆往船艄上走。老頭子、老太婆起黑心，點點頭，眨眨眼，做做手勢，撑開船頭就開船，離開金沙灘。小姐出便開言説，老乾爹、老乾娘你們多少要點擺渡錢，到底要多少你們説一聲，到子蕭山我問外婆拿子畀你們。老頭子、老太婆説做子乾爹、乾娘，乾女兒要擺渡，乾爹、乾娘應當把乾女兒擺到外婆家。乾爹、乾娘大事做勿到，擺渡小事做得到。你定定心心在船艙裏，你要睏覺隻管睏，勿睏看看大海洋，肚皮餓燒飯吃，嘴巴乾燒茶吃，你在我乾爹、乾娘船上，包你稱心又開心。老頭子、老太婆起黑心，點點頭，眨眨眼，彎彎手，海洋當中抛一錨。小姐問你乾爹、乾娘爲啥要抛錨，啊是摇勿動要休息而抛錨，啊是要接接力再開船。老頭、老太對小姐説，要講講價鈿再開船。

小姐一路哭一路説。乾爹、乾娘説我乾女兒要到哪裏是哪裏，送到我蕭山勿要錢。你開船時我就與你來講價，你説送我到蕭山外婆家不要我半個小銅鈿。小姐哭得苦傷心，身上實在無銅鈿。你送到我蕭山外婆家，請你吃飯付船錢，現在半路前半路後問我小姐要銅鈿，石子裏逼油，我身上實在無銅鈿。老頭、老太說，我與你想想你身上有銅鈿，身上金銀財物全是鈿，你小姐頭上金釵、銀釵、珠花全好作銅鈿。小姐一路哭一路說，拔脱我頭上金釵、銀釵、珠花我勿像小姐勿登樣。那麽你手上金戒、銀戒也好作銅鈿。拿脱指頭上金戒、銀戒勿像大户人家的大姑娘。那麽你手腕上金鐲、銀鐲也好作銅鈿。拿脱我手腕上的金鐲、銀鐲倒與我身上衣衫勿配套。那麽耳朵上的金銀鐺鐺環也好作銅鈿。乾爹、乾娘你們拿脱我耳朵上的鐺鐺環，我男不男來女不女，還算男來還算女？那麽你身上八幅羅裙也好作銅鈿。女子脱脱裙叫我難做人。老頭子老太婆火直竄，下辣手，起黑心。你個個小姑娘是蠟燭，勿點勿亮，煤頭紙勿吹勿亮，你個個小姑娘不識相吃辣火醬。老頭子起黑心，拿子一個篙子頭往小姐胸膛搠。小姐手脚眼睛快，小面指頭指一指，甩轉篙子頭，搠在老太婆的脚板頭。老太婆起黑心，拿起一根行船棒就往小姐胸膛搠。小姐手脚快，小面指頭指一指，行船棒搠在老頭子的額骨頭。小姐出便開言說，年紀交關大，已是老年人，還要開玩笑來遛孛相，搠得老太婆脚板上血淋淋，搠得老頭子額骨頭上生子個鵝得頭。王公王婆起辣手，老頭子說除脱小姐一條命，我與你兩個人一世吃勿盡。老太婆說老頭子除脱小姐一條命，畀黄魚甲當點心，身上衣衫扒乾浄，與你吃魚吃肉吃勿盡，賣脱金銀做壽材做壽衣。

老頭子摸摸額骨頭總關勿開心，還要動壞腦筋，小姐身上一定有金銀，問你小姐黄包袱裏啥東西？黄包袱裏是黄的絲來黄的布，畀我外婆做壽衣。黄的綢布也好作銅鈿。小姐說無有尺哪哼量。王公王婆真正黑心人，拿子行船棒當尺量，定叫小姐解開黄包袱，量子黄綢布作擺渡鈿。老頭子老太婆真正黑心人，身上金銀全看見，就是勿知黄包袱裏有多少值錢貨，量清楚看明白，再除脱你小姐丟你海洋裏。小姐在船艙裏一路哭一路求饒，饒饒我條小性命，我養你乾爹、乾娘一世人，勿要丟我海洋裏，饒我一條命。老頭、老太真正黑心人，起手勿留情，留情不起手，量好黄綢布有尺寸，丟你海洋裏黄魚甲作點心。小姐解開黄包袱量得船艙滿墩墩，攔閘過水還要量，量得黄綢布船艙裏堆起來，頸口平水潮濕濕。老頭、老太祇管量勿管船，船頭船艄沉下去，黄綢布變成雲。慈悲娘娘上雲端騰雲去。老頭子老太婆手脚快，一把拿牢小姐腰裙角，問你小姐是啥個人？叫佢老頭子老太婆住在海洋裏，我小姐就是南洋活佛觀世音，我勿除你們啥人來除？要除脱你們王公、王婆黑心人。老頭子老太婆説，傷脱伲老性命，啊有啥事畀我做？封你一對老河豚，祇有雄來嘸不雌，河豚勿留種。老頭子、老太婆放脱腰裙角，兩滴眼淚挂胸膛。到底還是活佛觀世音，除脱兩個黑心人。

觀世音金沙城裏假成親

金沙城裏馬二浪子，做起八折頭的升籮四兩的秤，真正是個黑心人。金沙城裏全是貪花女，也有好來也有壞，壞的多好的少，也有燒香念佛人。最好要除脱馬二浪子該個黑心人，金沙城裏就太平，勿除馬二浪子黑心人，金沙城裏勿太平。老太太們念佛燒香求觀音，要除子那個黑心人，金沙城裏就太平。該個黑心人看見漂亮女人不安生，動手動脚勿動身，看見相貌醜的女人動手就打人，打得人家不像人。老太太們求觀音，好看不好看全是人，爲啥要打得人家不像人，真是不應該。慈悲娘娘報告畀玉皇聽，玉皇馬上下命令，一定要除掉金沙城裏兩個黑心人。

慈悲娘娘下天門，變化臺上翻變化，變子一個網船上的小姑娘。有隻網船歇在港頭邊。船上老頭、老太三天三夜朆捉着魚，蝦脚無一隻，鰟鮍魚無一條。老頭子、老太婆無銅鈿斷柴斷米斷烟火。老太婆在鑊頭裏尋着三粒米煎米湯，老太婆煎子兩碗湯，頭一碗是清湯，第兩碗是米湯，米湯老頭子吃，清湯老太婆吃。老頭子、老太婆一邊吃一邊看看天，天生眼睛照應伲，啊好讓伲捉條鰟鮍魚？小姐一路哭一路走，住在岸上無路又無屋，有三間破房子塌剩灶屋一隻角，小姐就在灶屋裏宿，也無隔壁和鄉鄰，是個獨家村，挑菜賣蔥過生活。小姐祇有一個人孤苦伶仃苦傷心，哭得苦得不得了。畀船上老頭、老太聽着子，老頭子在船艙裏吃薄粥湯。老太婆在船艄裏吃口薄浪湯。老頭説岸上有人哭好像小姐聲，叫你老太去問小姐爲啥哭。老太上岸問小姐，小姐小姐爲啥哭？嘸不吃肚皮餓得哭。你年紀輕輕不做事，啊要嘸不吃。小姐説老婆婆你啊有送點畀我吃？老頭子在船上全聽見，老頭子是個老好人，聽見小姐説肚皮餓得哭，老頭子聽子心裏痛得不稱心，我碗薄粥畀你小姐吃。老太婆説我碗粥湯畀小姐吃，你碗粥你自家吃，吃子還要捉魚去，不篩網不捉魚連薄湯也要嘸不吃。老頭叫老太你自家吃，開船捉魚摇船全靠你，不摇船捉不着魚薄粥也要嘸不吃。小姐説粥與湯我全不吃，你們還是自家吃，我年紀輕我不要緊，你們老頭、老太無子孫，我認你們乾爹、乾娘做子孫，我到船上學摇船來學捉魚。乾爹、乾娘去捉魚，我勿會捉魚去賣魚。小姐叫乾爹、乾娘船艙裏蹲，老乾爹、老乾娘我叩頭喊聲你老乾爹來老乾娘。

老乾爹、老乾娘受過禮握過手，要開船去捉魚。老乾爹在船頭上拿起天打網。小姐説老乾爹船頭底下水在笑哈哈，快點打一網，拉起網鰟鮍串條無道成。老頭對老太説小姐命運好得不得了，我們三天三夜勦捉着一條鰟鮍魚，今朝撐開船頭就叫我打一網，一網就是三十斤，快點停船去賣魚，買點米買點柴燒飯吃，餓我老頭、老太不要緊，不要餓壞小姐千斤體。三個人賣魚一同行，也無籃也無秤，哪哼去把魚賣，拿子一塊破網片，包牢魚去賣魚，賣魚銅鈿三人拿。老頭去買米，老太去買菜，一支銅鈿畀小姐做壓歲錢。小姐拿子銅鈿買毛竹，叫你乾爹來篾籃做，做好竹籃好賣魚，做子兩大一小三隻籃。做子個三隻籃，好像路頭菩薩一道來。小姐一個月蹲下來，罎頭裏銅鈿全滿起來。小姐説乾爹、乾娘來捉魚，我經常來賣魚，我上岸賣魚時間長，你們二老放寬心，我還要回到屋裏去看看灶屋間個隻角，拿出漏潮的破棉花胎曬一曬。你老乾爹、老乾娘勿要哭，你們天天日日吃酒與吃肉。

老頭、老太點點頭很開心，小姐挑子一擔魚拿子一根秤，上岸去賣魚，在金沙城邊喊賣魚。那些流氓無賴撦牢子小姐勿動身，也勿買魚，無賴郎動手動脚弄得小姐面孔紅。小姐把魚邊上放一放，變化臺上來變化，變化子一個邋遢婆娘，倒挂額骨頭，奥糟面孔拖鼻涕，邋遢婆娘鞋子無後跟，身上衣衫祇剩六條經，頭頸裏污垢兩三寸。邋遢婆娘拿子爛肚皮的鰟鮍魚挨上門，一路走一路喊賣魚。無賴浪子黑心人，鋤頭鐵鎝往邋遢婆娘身上坌，扛棒扁擔打煞邋遢婆娘哎個人。碰着一個老年人，一片好良心。老頭説好看勿好看全是人，勿要看見好看女人動手動脚，勿好看女人要打出金沙城。假如你們自家養着個，要麼回爐作點心，快點勿要欺負邋遢人，邋遢人也是人，她嘸不辦法所以把爛肚皮的鰟鮍魚挨上門。婆娘變化臺上來變化，變子個鄉紳美麗人，細條眉毛鵝蛋臉，白白凈凈細細嫩，一口花牙紅嘴唇，頭上打起九曲盤龍頭，金釵銀釵插得鋥鋥亮，手上金戒銀戒帶得彎不轉，手腕上金鐲銀鐲頭，耳朵上穿起鐺鐺環，十分有樣多整齊，腰裏着起百褶裙，挑起一擔鮮魚。鮮活蹦跳賣鮮魚，一路走一路喊，一擔鮮魚賣個一十廿兩雪花銀。茶店門前穿紗過。堂倌眼觀小姐看落魂，開水冲在臺樘裏。一路走一路喊，一擔鮮魚賣個一十廿兩雪花銀。豆腐店門前穿紗過。豆腐師傅眼觀小姐落子魂，三缸豆腐瀞乾淨。一路走一路喊，一擔鮮魚賣個一十廿兩雪花銀。藥店門前穿紗過。有個鄉下人要買三個銅鈿小薄荷。藥房師傅眼觀小姐看落魂，人參拿子一大捆。一路走一路喊，一擔鮮魚賣個一十廿兩雪花銀。肉店門前穿紗過。有個人要買廿個銅鈿坐臀肉，賣肉師傅眼觀小姐看落魂，一隻手臂險斬脱。一路走一路喊，一擔鮮魚賣個一十廿兩雪花銀。南貨店門前穿紗過。有人要請路頭紙，朝奉師傅眼觀小姐看落魂，拿子一張拆空老壽星。一路走一路喊，一擔鮮魚賣個一十廿兩雪花銀。金貨店門前穿紗過。鄉下人要買三個銅鈿的紅頭繩，捆頭拿子十幾捆，鄉下人弄勿清，拿子十幾捆就往家裏跑。金貨店師傅眼觀小姐落子魂，金貨店裏大虧本。一路走一路喊，一擔鮮魚賣個一十廿兩雪花銀。酒堂門前穿紗過。吃酒人要吃三個銅鈿老白酒，酒堂小二眼觀小姐看落魂，拿個潮瓶吃酒人檯子脚邊放。吃酒人吃得酒癡糊塗檯翻身，罵三門來打相打，真真勿像人。一路走一路喊，一擔鮮魚賣個一十廿兩雪花銀。布店門前穿紗過。鄉下人要夏布衫衣料剪一身，朝奉師傅眼觀小姐失落子魂，拿子三匹綢緞畀鄉下人。一路走一路喊，一擔鮮魚賣個廿四兩雪花銀。飯店門前穿紗過。廚房師傅看落魂，起的油鍋全忘記，三間老棚全燒光。一路走一路喊，一擔鮮魚賣個一十廿兩雪花銀。裁縫店門前穿紗過。鄉紳人家要做大紅百褶裙。裁縫師傅眼觀小姐看落魂，做子一條大襴裙。一路走一路喊，一擔鮮魚賣個一十廿兩雪花銀。剃頭店門前穿紗過。剃頭師傅眼觀小姐落子魂。七八十歲的老年人剃子一個金錢頭，老年人與剃頭師傅講道理。剃頭師傅祇好幫老年人齋星官，放高升。一路走一路喊，一擔鮮魚賣個一十廿兩雪花銀。走到十字兩街口，碰着馬二浪子黑心人。馬二浪子説你擔鮮魚要賣多少銀。小姐説一十廿兩雪花銀。鮮魚賣畀我，你要跟我到屋裏去拿銀子。馬二浪子前面走，小姐後頭跟，走到墻門口開墻門，走進大墻門，關起大墻門，走進二墻門，關緊二墻門，走一幢有扇門，幢幢墻門關得緊。小姐問馬二爲啥過一扇關一扇？馬二説房子多太進深，外人進來不曉得，騙你小姐一個人。馬二説你坐下等一等，讓我拿魚稱一稱，馬二説你嘴乾到書房去坐一歇，泡碗香茶泅嘴唇，鮮魚也勿稱也勿付錢，問你小姐何處人？小姐説我是一個船上人，問你小姐有幾春？我年紀輕輕十八春。小姐問馬二你今年有幾春。你看我滿面鬍子年紀輕，今年祇有廿二春，小姐是否訂婚親事辦？祇有我小姐一個人，何會來訂親，捉捉魚賣賣魚，一年四季度光陰。馬二問你啊肯跟我做八夫人？勿捉勿賣魚，也不要出去熱啥昏，吃子葷着子綢，做我八夫人，不要你小姐做事體。你不同意做八夫人，你進門容易出門難，一定要你做我八夫人。馬二浪子眼觀小姐看落魂。小姐説要我與你配婚姻，我要與你兩個人，其他七人退乾净，其他夫人有娘家回娘家，無家落髮做師姑，退脱七夫人，我與你兩人馬上就成親。馬二弄得迷昏昏，退脱七個夫人，祇剩伲倆個人，走到東喊勿應，走到西喊勿應。小姐説我與你兩個人祇要一間一鍋爐，一日到夜你看見我我看見你。馬二説房子全不要緊，栓栓門、關關緊弄隻房間兩人蹲，越看小姐越開心，真正弄得迷昏昏。小姐説若要成親多容易，祇要你轉變好良心，八折頭的升籮廿四兩的秤，丟到海洋裏海底下沉，我與你馬二來成親。馬二説八折頭的升籮廿四兩的秤，丟到長江裏去江底沉，啊好與你小姐成親事？小姐説若要成親多容易，還有一件小事情，拿我的茶禮銀子來念經，我爺娘死在長江裏，要請十八個小和尚，一樣大一樣長，要同年同月同日同時辰，念經念畀我爺娘。馬二説我馬二做勿到。小姐説你出銅鈿我來請，請子十八個小和尚。小和尚説我們祇放懺勿念經，要放七七四十九天玉皇懺。馬二説現在啊可以與你來成親？小姐説若要成親多容易，還有一件小事情，祇放懺勿念經我心裏勿開心。我還要念經拜觀音，要請四十八個小師姑，也要一樣大一樣長，也要同年同月同日同時辰。馬二説我請勿到。小姐説你出銅鈿我來請，小姐就叫子四十八尊羅漢，變化臺上來變化，變子四十八個師姑來念經拜觀音。馬二弄得迷沉沉迷昏昏，我與你兩人大事全做好，要該些老房啥事情。若要成親多容易，燒剩一間一鍋爐，燒脱老棚就成親。馬二眼觀小姐落子魂。若要成親多容易，嘸不媒人不成親，拖來楊樹會生根，請勿着媒人勿成親。媒人就是大慈大悲的觀世音。馬二説我請勿到。小姐説你出銅鈿我來請，請到大慈大悲觀世音。現在啊好與你小姐成親事？小姐説若要成親多容易，還有一件小事情，要請四海龍王抬轎子。馬二説我請勿到。小姐説你出銅鈿我來請，四海龍王全請到。現在啊好成親事？小姐説若要成親多容易，還有一件小事情，要叫金童玉女來娶親。馬二説我請勿動。小姐説你出銅鈿我來請，金童玉女全請到。現在啊好成親事？小姐説若要成親多容易，還有一件小事情，要大小官員全請齊。我馬二真正請勿到。小姐説你出銅鈿我來請，大小官員全請到。現在啊好成親事？小姐説若要成親多容易，你要剃過頭修過面，剃過頭修過面，現在啊好成親事？你剃頭修面不乾净，要滿臉鬍子連根拔，剃頭師傅衹會剃頭不會拔鬍子，拔一根嗚哩，拔一根哈哈笑，滿面的鬍子連根起。馬二浪子眼觀小姐看落魂，問你小姐啊好來成親？小姐説若要成親多容易，還要買三斗三升生石灰畫白象，畫好白象好成親。馬二的銅鈿畀小姐全用光，弄得袋袋翻身也無銅鈿，就剩褲子帶上三個小銅鈿，就拿三個小銅鈿去買生石灰。畫好白象現在啊好成親事？小姐説若要成親多容易，叫你馬二撕白象，白象眉毛草不動半毫分。小姐撕白象，領總毛拉拉，耳朵豎來尾巴甩，小姐搭上白象就騰雲。馬二浪子自小手脚來得快，順手拿牢小姐腰裙角，問你小姐是何人？我就是南海活佛觀世音，要滅脱你金沙城裏第一黑心人，你改子八折頭升籮廿四兩秤，你是黑人黑心黑骨頭，我勿來修作你的毛病還有啥人來？慈悲娘娘你騙子我的家産亦罷了，你騙子我的鬍子我難做人，求你慈悲娘娘阿有啥的事體畀我來做做。封你黑心人，鸚哥頭上八哥叫，六月裏放你太陽裏曬，十二月裏放你濃霜裏吊，春二三月放子露水裏露，封你鸚哥頭上八哥鳥。

太母娘娘

西邊玉出鳳雙闕，雙闕出子蓬良村。蓬良村裏有個蓬良章，蓬良章夫人就是老母親。蓬良章爹爹勿生多男女，生下一位女千金。小姐啥月啥日啥時辰？小姐二月廿八正生日，是紅燈落地子時辰。紅燈落地一點紅，金盆淴浴銀盆過，一歲二歲娘房大，三歲四歲離娘親，五歲六歲踏進書房門，七歲攻書年十六，滿肚文章碧波清。繡龍繡虎件件會，繡條龍來龍起水，繡隻虎來虎翻身，繡隻馬來好騎人，繡隻獅子滚仙球，繡隻象來像隻象，繡隻牛來水車棚裏團團轉，繡個長膀野人沿街走，繡雙孔雀共同飛，繡對鴛鴦真有様，繡龍繡虎件件會。小姐也有七七四十九段仙園子，變化七段使凡人。

小姐是金童玉女來投胎，小姐投到蘇北蓬家，相公投胎投到徵州蕭家。我在蓬家做小姐，我伲娘親説，小姐從小生得能乾净，三歲時候做條抱裙，嘸不齷齪一點點，着在身上還是很乾净。小姐嘸不算過命，嘸不排過八字。前村後巷全來説親事，一家人家未説成。一里路二里三里四里路全來請，十里八里路全來請，原是嘸不人家來成親。小姐是不是師姑命？爲何一家也不成親。蓬良章相公説我伲小姐一定犯子師姑命。母親肚裏不稱心，兩滴眼淚滚了滚。蓬家的香烟何人頂。小姐真正犯子師姑命，是子親眷斷乾净，六親無着勿生根，蓬家還是一場空。娘娘從小生得能聰明，娘娘對相公説，喊個先生來算命，叫梅香丫頭門頭上啊有算命先生來經過，看見先生喊進門。天上玉皇大帝全曉得，金童玉女未成親。慈悲娘娘全曉得，曉得蓬家蕭家不稱心，報告玉皇大帝聽。玉皇大帝派太白金星下天門。太白金星變化臺上來變化，變化一個算命人，手裏拿起摇盪鼓，琵琶彈得鎧鎧響。蓬家丫頭看見子，連忙通報娘娘與相公。娘娘相公説，叫你拿先生接進門。丫頭急急忙忙開墻門，開好墻門接先生，接子先生書房坐，泡碗仙茶烟嘴唇。頭碗仙茶勿説起，第二碗仙茶細談論。算命先生來開言，問你相公娘娘啥事情。相公娘娘告訴你先生聽，叫你算命來排八字，我家小姐啊犯師姑命？算命先生説你相公娘娘小姐啥月啥日啥時辰？小姐二月廿八正生日是紅燈落地子時辰，小姐啊是師姑命？算命先生五個手指輪流轉，算來算去輪來輪去。小姐勦犯着師姑命，要遠處遠方來配親，一里二里十里八里勿成親，要同萬千里路多程，小姐會成親。托你算命先生要費心，走千家全問信，叫你先生做媒人。算命先生時辰八字抄一遍，衣袖管裏放一放。回頭相公娘娘，拿把銅鈿畀你先生買茶吃。相公娘娘送出先生大墻門，説脱蓬家説蕭家。蕭佰萬爹爹肚中勿稱心，求男求女香烟斷乾净，求着相公犯着和尚命。大小官員全看中，一家人家未成親。蕭家有田有地有金銀，蕭家豪富説勿盡，蕭家代代做官人，蕭家月亮裏吊燈一場空。娘娘苦求蕭相公，不要急來不要不開心，喊個先生好問信。伲相公犯着和尚命，我娘娘有點勿相信。娘娘相公告訴丫頭，啊有路過先生接進門。

太白金星在騰雲，蓬家忙到蕭家奔，手裏拿起摇蕩鼓，蹭刺蕭家門上摇得響。蕭家從來勿開大墻門，看見先生開子大墻門。蕭家相公娘娘下西樓迎接算命先生來，接進先生書房坐，打發梅香泡仙茶，泡碗仙茶烟嘴唇。頭碗仙茶勿説起，第二碗仙茶細談論。問你相公娘娘啥事情？相公娘娘告訴你先生聽，與我家裏相公排個八字算個命。算命先生説問你相公啥月啥日啥時辰，二月廿八正生日，是紅燈落地子時辰。算命先生大本領，你家小相公是做官人，要遠處遠方遠配親，要有萬千里路多程。我先生高興做媒人，我先生拿着八字進子蕭家門，拿把銅鈿畀你先生買茶吃，送子十兩金來十兩銀，拿着八字金銀再來領。

算命先生走出大墻門，相公娘娘送出門。算命先生就是太白金星，駕起雲端匆匆行，説脱蕭家説蓬家，算命先生到蓬家。頭門上銅鈴響，梅香丫頭下西樓，看見先生進墻門，連忙通報相公娘娘聽。那位先生又進門，相公肚裏全有數，算命先生爲子親事進子門。連忙燒飯留點心，吃杯老酒當杯茶，一路吃來一路談。喊你相公娘娘兩三聲，尋着個相公命中好得無道成，命裏一個做官人，與你家小姐同月同日同時辰。你們江北行禮，要多少金銀送上門？我們江北行的大盤禮，核桃、棗子送上門，十兩金來十兩銀，洞庭西山有個酸橙桔，要兩大盆，拿子禮送上門。蓬良章相公金盆托出銀貼子，銀盆托出金貼子。算命先生雙手接子金銀貼，金貼銀貼放在内衣袋袋裏，接着貼子就出門。蓬良章相公叫他路上要趕緊，拿把金銀路上做路費，一把金銀不知是多少。

算命先生一路匆匆來騰雲，路上行程無延誤，蕭家門上銅鈴響，一直走到書房門，泡碗仙茶洇嘴唇。相公娘娘問先生啊取着年庚與八字？我取着年庚與八字，内衣袋袋挖出金銀貼，相公娘娘雙手接，相公娘娘忙碌碌，打發書童與梅香，走到灶屋大擺御席酒，相公娘娘點起香與燭，香燭點在大廳上、家堂上、灶山上，相公娘來到灶屋間。相公扛起一檔灶家簽，伸手拔出一把筷。相公説娘娘啊，婚姻足足廿四分，我們一定要訂婚，問你先生啥茶禮？江北省裏行大茶禮，行綾羅緞匹大茶禮，十斤核桃、十斤棗子不開包，核桃、棗子送上門，十兩金來十兩銀，廿四兩金銀送上門，還要洞庭西山酸橙桔兩大盆。相公説子一聲誇口話，江北人到底不吃好東西，酸橙桔有啥好吃，好的東西多多夥，我大盤小盤一道來，大盤裏面要加倍，二十兩金來二十兩銀，四十兩金銀送上門，二十匹絲來二十匹綢，四十匹綢緞送上門，核桃、棗子、桂圓、蓮心全下盤，辦起七七四十九隻花五盤送上門，揀子好時好日送大小盤。要轎前女婿跟盤走，牽出龍種高頭馬，帶好元寶花花轎。蕭家豪富説勿盡，開路喝道前面引，三里路的道子，連心炮仗不斷聲，蕭家放到蓬家止。相公騎上高頭馬，算命先生坐轎子，大媒伯伯八扛八捒，好像做官人，説脱蕭家説蓬家。

蓬家相公望得眼睛酸，先生路上還不轉家門。小姐娘娘蹲刺西樓上，開開窗盤看分明，看見前面衝鋒旗，蕭家裏道子浩蕩蕩。娘娘告訴相公聽，蕭家裏道子浩蕩蕩，前有龍驄大白馬，蓬家裏招待新女婿。蕭家豪富説勿盡，蕭家獨立蕭家村，威風凛凛進墻門。相公娘娘急急忙忙打發傭人小姐，挂燈結彩鬧盈盈，廚房間裏忙碌碌，辦起大擺御席酒。相公娘娘接新人，接進新人大媒書房坐，泡碗仙茶洇嘴唇。相公娘娘説你新人大媒一路來辛苦，吃子仙茶用點心，吹吹打打很高興，你改子好日好時辰，要二拜天了二拜地，二拜家堂，二拜灶君，四跽八拜結成親，一百廿日不分床。小相公與娘娘要回家門，小姐上轎在哭。娘娘叫她不要哭，我娑籮樹畀你做嫁妝。蓬家號炮三聲送出門，燭臺火燒得半天紅，路上喇叭不斷聲，開路喝道前面引。説脱蓬家説蕭家，已經出門半年零六十天，相公爲何還不回家門。耳邊聽到高升響，路上還有號炮三聲，路上官員接新人。蕭家豪富説不盡，蕭家獨立一個蕭林鎮，蕭林鎮上鬧盈盈，蕭家裏挂燈結彩鬧盈盈，號炮三聲接進門。蕭家裏大小官員齊請到，要六十日喜事大擺御席酒，二拜天二拜地，四跽八拜結成親。男女雙方上西樓，窗門格子糊糊好，不要有野風吹壞小相公與娘娘，一家團圓喜歡心。

蕭家獨立蕭林鎮，開子茶館店想着開酒店，典當門想到押頭店，南貨店想到配貨店，混堂門想到剃頭店，洋貨店想到金貨店，銀匠店想到金子店，肉店想到鮮魚行，布店想到綢緞莊，飯店想到點心店。蕭家豪富説不盡，蕭家獨有蕭林鎮，輪到春天春鳥叫，輪到春天來報青。相公孛相南海南山青松林，叫牽馬丫頭小小白馬牽一隻。馬背上放起馬元寶，頸上挂起六六三十六隻響鈴鈴。相公出門遊春孛相去，今朝是三月初三正清明。有子孫人家爹娘墳上鬧盈盈，無子孫人家爹娘墳上冷冷清，百草回芽亂紛紛。相公肚中不稱心，眉頭打結，牽過馬頭回家門。娘娘看見相公回家轉，娘娘接進相公書房坐，打發梅香泡仙茶，頭碗仙茶不説起，第二碗仙茶細談論。娘娘出便開言説，爲何道理眉頭打結不稱心？啊是路上閑人衝破你相公？哪裏來閑人衝破我，啊是牽馬人牽得不稱心，牽馬人牽得我蠻稱心。是否我娘娘做的衣衫勿稱心，着在身上不配身。你娘娘做的衣衫稱我心來配我身，着在身上有等品。啊是嫌我娘娘相貌醜，你還可娶回二夫人。我看見你娘娘很開心，我蕭家勿討二夫人。問你娘娘今朝日子。你娘娘也是聰明人，相公嘸不子孫也好去上娘墳，買子大香大錠緞也要到爹娘墳上去上墳，爹娘墳上磕頭篤篤拜。爹爹母親永保佑我蕭家有子孫，做回你石羊、石馬、石獅子，做回你石人看你墳。

二根旗杆穿青雲，相公娘娘回家轉，路上行來發善心，碰着一個斫草小弟弟，小人説子大人話。你蕭家要求子孫要到四洲老佛殿，養着男要做官，養着女來女千金。我伲隔壁頭求着三男並四女，一路匆匆道道行，看見坍橋坍廟連夜造，急水無橋造渡船，看見窮人送黃金，看見草屋造瓦屋。蕭家行出發善心，要到四洲老佛處求子孫，買子大香大燭大錠緞。相公牽上龍種高頭馬，娘娘坐好元寶花花轎，傭人推子大香大燭大錠緞的車。四洲老佛殿矮子和尚大本領，關照小和尚開子山門接大香客。小和尚説矮子和尚在熱昏，哪有香客進廟門。矮子和尚開山門，小和尚在後頭跟。開開山門大路上真正有子大香客，矮子和尚恭恭敬敬接香客，香客接到四洲老佛殿。相公娘娘雙膝跽在拜毯上，求我蕭家有子孫，抬頭看見四洲老佛殿，祇有椽子嘸不瓦，四洲老佛身上灰塵二三寸，佛櫃上灰塵要用畚箕畚，四面山墻全脱空，後面墻頭全是洞。小姐今朝跽下拜毯上，小姐出言喊願心。矮子和尚大本領，相公説話不動筆，娘娘説話記得清。相公娘娘求我蕭家有子孫，替你翻造泗洲殿，越高越大越進深，十丈寬、十丈高，方磚地皮砌得平。相公説拿四洲老佛重沸金。娘娘嫌相公許願許得輕。我鋸脱摇錢樹做身段，頭段送到新場成學寺，二段送到普陀洛迦山，第三段送你四洲老佛做金身，金肚子來銀肚腸。矮子和尚大本領，娘娘説一聲寫一筆。相公聽説要鋸脱摇錢樹，雙手摇摇不肯鋸。娘娘説你要金銀啥事情，有子子孫就有錢，娘娘説矮子和尚你無錢用車來拿，無米吃用船來裝，娘娘説的閑話矮子和尚全記清。相公娘娘回家轉，發私米、發私衣。蕭家豪富説勿盡，摇錢樹早摇金夜摇銀，三日三夜勿去畚金銀，金磚銀磚堆後門，一路匆匆到家門，走到家門蠻稱心，輪到吃飯不開心。別人家吃粥吃飯鬧盈盈，我伲吃飯冷清清。娘娘真正聰明人，隔壁有子三男並四女，早早夜夜有尿潭。我與你兩人雙雙很淒清，相公總歸不開心。

天上太白金星全曉得。蕭家裏面求子孫，四洲老佛來發令，叫你太白金星子孫堂裏尋子孫。子孫堂裏子孫有子壽嘸不福，有子福嘸不壽，有的是折脚折手，有的是駝子彎背末等品，有的是麻子癩裏頭，有的是豁嘴塌鼻頭，有的是坍眼拖鼻涕，有的是啞子連聾子。子孫堂裏無子孫，就剩花家五官人，五位官人乩在毛柴堆。太白金星説叫你們五位官人到蕭家裏做子孫。五位官人雙手摇摇全不肯，蹲剌陽間吃苦頭，勿到陽間落啥魂。太白金星説定到蕭家做官人來做子孫。蕭家豪富説勿盡，蕭家代代做官人。五位相公變化臺上來變化，變化五隻仙桃子，五隻仙桃盤裏托。太白金星托畀娘娘夢裏人，叫你五隻仙桃五口吃。娘娘實在要子孫，五隻仙桃一口吞，滿口仙桃囫圇吞，一月二月勿分身，十個月挺挺足，娘娘還是勿脱身。相公問你娘娘啊有踏着牛脚印，哪會十月來勿脱身。娘娘帶身帶子十二月挺挺足。相公問你娘娘啊有踏着馬脚印。我從來勿出門，哪會踏着馬脚印。娘娘帶身帶得好傷心，跨條門檻好像跨座山，跨條洋溝好像跨過海，娘娘心裏火直沖，刀架上拿把刀，水缸上磨三磨，要破開肚皮看分明，嚇得家堂土地急急奔，嚇得灶君王帝上天門，嚇得慈悲娘娘報告玉皇聽。蕭家裏面有大事情，娘娘要破開肚皮看分明。玉皇大帝要下令，叫腹中肚皮裏面叫母親，腹中肚皮裏面喊母親，改子好日無好時辰。好時辰人家已搶去，第一個正月十三畀劉王千歲搶得去，正月十八畀玄天大帝奪得去，到二月十九畀觀世音奪得去，二月廿八畀雲仙奪得去，腹中肚裏喊母親。我要到五月端午午時辰，五月初五初出世。五月初四包粽子，母親初五早上吃隻冷粽子，肚裏覺得微微痛，不消一刻肚裏痛得無道成。相公裝香來點燭，香燭點在大廳上、家堂上、灶山上，裝香點燭忙碌碌。丫頭阿媽忙碌碌。相公問梅香丫頭，娘娘養的是男還是女？梅香丫頭説不是男來不是女，像條東瓜少條藤，養着一個妖怪精。爹爹肚裏氣昏昏，也不是男來也不是女，別人家養子三男並四女，伲養的像條東瓜少條藤，養着一個妖怪精，告訴傭人拿妖精丟出小東門。傭人拿妖精在家順手等一等，生子麻繩捆一捆，家沿石壓得碎粉粉，生好的麻繩寸寸斷，一定要替我打出小東門。妖精丟在洋溝裏，拔把青草遮妖精。

五月裏發起黄梅水，妖精沖到東洋大海裏。五位相公吃苦頭，沙裏漂來浪裏打，路過船行過看見蕭家裏燈籠圓滾滾，路過船全要裝香與點燭。灶界老爺來送信，你慈悲娘娘救苦救難救窮人。蕭家裏五位相公在海洋裏，沙裏漂來浪裏打。慈悲娘娘報告上蒼玉皇聽。上蒼玉皇叫太白金星下天門。太白金星變化臺上來變化，變子一個老師太，背心上挂子個韋陀，胸前挂子大木魚，急急忙忙到沙灘，五位相公沙裏滾。師太拿出黄布黄包袱，就拿五位相公抱在包袱裏，脚踏雲端道道行，一路匆匆到蕭家。蕭家裏門前木魚打得鬧盈盈，木魚敲進大墻門，墻門上面銅鈴響。書僮告訴相公説，門頭上來子出家人。相公實在不理應，報告娘娘聽。娘娘接進出家人書房坐，包袱放在檯子上，娘娘泡碗仙茶洇嘴唇，問你師太到我門上啥事情？是否化緣要金銀。不是化緣不是借金銀，拿你們蕭家子孫送上門。相公出口説話不中聽，破壞你個出家人，打碎你的木魚打斷你的筋，馬上與我滾出門。娘娘出面開言說，你相公不要衝破出家人，娘娘動手燒點心，請你師太吃點心。娘娘不必多客氣，我勿是來吃點心，拿你們子孫送上門，娘娘你不要不相信，替我純鋼剪刀拿一把，破開肉團看分明。師太解開黄包袱，娘娘嚇得地上滾，個位妖精又來哉。師太出面開言說，娘娘不要嚇得地上滾，那是你們蕭家五子孫，破開肉球看分明。師太一個不留心，大相公額上帶一帶，劃開鮮皮變子三隻眼，背對背來肚對肚，有的在吃嘴唇，有的在啃拳頭。五個相公笑嘻嘻，五件毛衫頭上做記認。師太在分大小，大紅、二緑、三黄、四青、五官着子小紅袍。四個梅香抱四個，連娘十個進房門。窗盤格子糊糊緊，勿要有野風吹着我蕭家五官人。師太你要銅鈿車來車，你要米大船來裝。師太馬上顯原形，不要錢來不要米，看你娘娘面上有子孫，看你相公七代無子孫，我太白金星要上天門。

五相公京中考官

徽州府阜甯縣蕭林莊蕭林村，爺爺叫蕭文顯，爹爹叫蕭百萬，蓬氏娘娘是母親。五位官人啥月啥日啥時辰。五月端午午時辰，生下一胞五官人。金盆淴浴銀盆過，一歲二歲娘領大，三歲四歲離娘親，五歲六歲踏進書房門，七歲攻書年十六。滿肚文章碧波清，五位相公也有七七四十九段仙園子，變化五段使凡人。

杭州讀書第一段，王師傅手裏讀書二年半，蓬萊山學法第二段，蓬萊山學法王師父手裏二年半，學子七七四十九樣神仙法，順手彎彎雨來哉，左手彎彎風來哉，京中考官第三段，火焰山成親第四段，勿問造殿第五段，今朝是前不唱來後不唱，就唱你京中考官第三段。三相日出烏鵲嘴，與你們弟兄五人到京中考官去。問母借金銀，要二十兩金銀盤纏費。母親說你們有的到京中考官做，有的在家陪陪我老母親。五位相公即便開言說，我們一起生來一起大，要麼全到京裏去考官，要麼全在家裏陪你老母親。母親你說閑話說得不中聽，一胞生來一起大，同臺吃飯同凳坐，哪裏的人好做官人，哪裏個人是白衣人。五位相公說你母親說的閑話不中聽，一定要借十兩金來十兩銀，借子盤纏京裏考官做。母親捧出十兩金來十兩銀，二十兩金銀一個人，母親説五位京中考官做，罢勿脱王村灣金頂二叔叔，要多拿十兩金來十兩銀。二叔叔京裏生來京裏大，京裏人頭熟。五位相公聽子娘的話，再帶十兩金來十兩銀。母親打起五個包袱，五個包袱五人背。

一路匆匆到子王村灣，看見二叔二嬸抬頭喊。二叔二嬸接進相公書房坐，打發梅香泡仙茶。泡碗仙茶洇嘴唇，頭碗仙茶勿説起，第二碗仙茶細談論，請你二叔叔陪我們五位相公京中考官做。二嬸説話勿中聽，二叔京裏生來京裏大，還要到京裏去落啥個魂。二叔叔勸五位相公女人話勿要聽，女人説話勿當真，牛屎澆田田不壯。二嬸嬸啊二嬸嬸，二叔叔一定要陪伲京中去，幫伲五位相公官來做。二叔叔、二嬸嬸床頭吃酒吃得鬧盈盈，待等天明就動身，一路匆匆道道行。天好是魚肉飯，落雨是釘鞋木曲傘，到用直鎮上買子陸雙釘鞋六把傘，在用直街上住夜要買飯。用直街上的飯店衹賣上午，勿賣下午，飯店酒堂全一樣，叫伲路過客商哪能辦？南北市梢全走到，爿爿酒店飯店全一樣。三相日出烏鵲嘴，我伲五位相公餓一夜坐一夜全勿闗，我伲二叔叔坐夜餓肚皮勿來三，問你飯店一定要買飯吃。飯店裏小二雙手摇摇勿賣飯。五位相公罷不成，叫你飯店來燒飯。跑堂小二嚇得急急奔。賬房先生立出來，賬房先生凶起來，勿賣飯來勿賣飯，捏子拳頭要打上來。跑堂小二勸開來，馬上就去喊老闆。老闆説爲何道理吵起來，爲子路過客商要吃飯。你賬房先生勢氣勝騰，哪哼能回頭無飯吃，哇呀之叫吵起來，丟矮凳、扳櫃檯，你賬房先生滚過來。飯店老闆説快點買菜來招待，要辦起大擺御席酒，先拿冷盤配起來，原罎的紹興酒拿出來，讓六個相公吃起來。一路燒來一路吃，一夜吃到平天亮，劃拳吃酒鬧盈盈，劃拳吃酒多開心，喊你小二來結賬，𠲎得一兩二錢三。小二勿拿現銅鈿，客人領到賬房間。小二喊上去，賬房先生聽起來，相公吃脱一兩二錢三。你拿二兩丟上來，請你賬房找出來。二兩金子抽屜裏丟進去，還有零頭不找來。二相靈公説原因，你報賬報的金來報的銀。跑堂小二説銀子吃脱一兩二錢三，那麼拿我金子爲啥勿肯找出來？二相靈公就拿抽屜裏金子袋袋裏兑。五位相公説你要銅鈿要到我拳頭上領。二相靈公説替我拿招牌脱下來。跑堂小二與賬房説通知老闆來，説今朝碰着五個六個强人漢，吃子白食還要吵起來。二相靈公拿老闆一把抓起來，銀子吃脱一兩二錢三，你們拿子二兩金子爲啥不肯找出來，還要説伲五個六個强人漢，今朝我二相靈公一定要脱招牌。老闆聽子二相公説，嚇得汗毛豎起來，老闆雙膝跽下來。相公問你老闆個塊招牌哪個皇帝封出來，打脱招牌就作罷，勿打脱招牌拿你個人要捉起來。問你老闆啊曉得，那五個就是啥何人？就是徽州蕭家五官人，我是王村灣金頂二相公。二相公問你老闆啊要立起來？你要立起來叫你頭與肩胛一樣平，勿立起來把招牌脱下來。我二相公説早晨要賣到下午止，早飯時辰要賣到日末子時辰，照顧過路客商有得吃，多子銅鈿要找出來，下次再聽説有銅鈿勿肯找出來，要關你飯店捉你人。問你角直鎮上有多少飯店多少爿酒堂店？六爿飯店十二爿酒堂店。替我拿老闆統統喊得來。老闆全喊到，老闆全答應，日出卯時開店門，日落酉時關店門。

五位相公路上行程無延誤，一路匆匆到京裏，外路城來裏路城，中間還有紫金城，聞説京城好景處，話不虛傳果然真，看看天色將近夜，到王婆莊裏歇安身。好個王婆不識相，前來衝撞相公身。頭房二房房房滿，哪有空房歇客人。五位相公聽得心頭火一盆，快把頭房由我歇，萬事全休勿議論，若有半聲言勿肯，老棚要用火來焚。蹲刺堂前來吵鬧，房中驚動女千金，千金小姐聞得知，停針移步出房門，看見相公貴人相，後來必定是做官人。小姐就把梅香叫，搭我開一隻頭房歇客人。相公走進頭房門，頭房景處實在精。金橋上來銀橋下，脱衣亭相對着衣亭。金鉤帳縵螺螄頂，龍鬚席來象牙床，檯子上擺好子御席酒，美酒肥羊色色鮮。朝南坐下通靈相，隔面坐下女千金，一杯酒來無話講，二杯酒來也無聲，酒至三杯放下杯，千金啓口説原因。我娘枉有一雙眼，她是有眼無珠不識人，衝撞相公不該應，相公看我小姐面，原諒我娘兩三分。

忽然之間到五更，聽得黄巾力士喊。各地考生全不考，再過三年楊柳青。五個名字交畀二叔叔，二叔叔把五個名字交進京，直接交畀王官科。王官科説外面人嘸不官員做。五位相公蹲刺城外團團轉，爲何還不告示出，五位相公變化臺上翻變化，變化五隻大老蟲，駁岸洞裏出駁岸洞裏進，十三顆金印拿得乾乾净。張丞相初一月半盤金印，十三顆金印勿見半毫分，畀君王萬歲曉得子，哎碗老飯吃勿成。吃勿成也罷了，要頭與肩胛一樣平。啊是你五位相公法術來，你們拿法術收回去。十三顆金印還畀我，拿你們名字交進京。五位相公變化臺上翻變化。五隻大老蟲駁岸洞出，駁岸洞進。十三顆金印還畀你，問你王官科啊有官來做？王官科拿五個名字交畀張丞相。張丞相説外頭人嘸不官員做，京裏吃閑飯的人亦很多。五位相公變化臺上來變化，變化五隻白孔雀。金鑾殿飛到金鑾殿，白鳥屎拉得密層層。王官科説五位相公法術又來哉，是你們五位相公法術來，拿五隻孔雀收回去，拿你們名字交進京。張丞相、王官科兩人在商量，五個名字不要交進京，一定嘸不官員做。

五位相公變子五隻白老鴉，在萬歲頭頂大聲叫。萬歲問張丞相與王官科，外面是否來子考官人，名字爲啥勿交進來。張丞相與王官科兩人在萬歲門前説壞話，徽州人言語聽勿清，一定嘸不官員做。五位相公變子五隻石胡蜂，圍煞萬歲一個人。石胡蜂躲到龍袍上，龍袍吃得乾乾净，石胡蜂飛到萬歲肩胛上，啃得肩胛血淋淋。石胡蜂飛到紗帽上，紗帽上金花啃得乾乾净。張丞相與王官科説萬歲萬歲五位相公法術又來哉。萬歲快點開金口，收脱五隻石胡蜂。五位相公有官做，收脱五隻石胡蜂。問你萬歲啊有官來做？萬歲説嘸不官員做。張丞相與王官科兩人經常在萬歲面前説壞話。五位相公火直冒，變起五條金龍來。五條金龍水漫金鑾殿，沉煞你萬歲人。頭條金龍造水一丈二，第二條二丈四，第三條三丈六，第四條四丈八，第五條六丈挺挺足。金殿没得乾乾净，金鑾殿留子一個屋脊頭。萬歲、張丞相、王官科在屋面上，三個人抓牢一個屋脊頭，萬歲兩滴眼淚落胸膛，張丞相與王官科萬歲萬歲快點開金口，君王萬歲許心願，封你們五位相公五狀元。

五位相公收脱五條金龍，大水退得乾乾净。五位相公説萬歲萬歲，路上剌浪起塳塵，問你萬歲阿有官員做？萬歲説封你們五狀元全容易，還有一件小事情。君王萬歲説，金蘭殿有五件大寶貝，拿到金鑾殿封你們五狀元。金蘭殿拿不到金鑾殿，還是平平過，金蘭殿上有石羊石馬石獅子石船石鼓，全要拿到金鑾殿。大相靈公石羊頭上噴起水，小面指頭指一指。石羊金蘭殿牽到金鑾殿。二相靈公石馬頭上噴上水，小面指頭指一指，搐上馬背拿起馬韁繩，手裏拿子馬鞭子，馬屁股上拍三拍。馬走馬走馬兒走到金鑾殿。三相靈公石獅子頭上噴起水，小面指頭指一指，獅子滚仙球，獅子滚到金鑾殿。四相靈公石船底下噴起水，小面指頭指一指，四相靈公走到石船頭，拿起石篙子撐一篙來徐徐轉，金蘭殿撐到金鑾殿。五相靈公石鼓上面噴起水，手拍石鼓咚咚響。石鼓敲得比皮鼓還要響三分，激聾你萬歲的耳朵。城裏城外全聽見，凡人百姓説太陽好好爲啥陣頭響。金蘭殿的寶貝拿到金鑾殿，五位相公跽在萬歲門前頭，問你萬歲阿有官員做？萬歲説封你們五位相公五狀元，萬歲順手托出五頂烏紗帽，萬歲托出五龍袍，萬歲托出五朝靴，告訴馬伕牽出五隻大白馬。馬背挂起馬元寶，每隻白馬頸上挂起六六三十六隻響鈴鈴。萬歲萬歲，五官人免不脱金頂黄陽傘。萬歲托出五頂黄陽傘，萬歲畀子五十兩金銀一個人。回家六十天看看父母親，五位相公揞上龍種高頭馬。

火焰山成親

揞上龍種高頭馬，三相日出烏鵲嘴。哥哥、弟弟齣走着下馬石也就罷，走着下馬石要細看，武官走過要下馬，文官走過要出轎，地方保長走過要脱帽。五位相公走過下馬石，下馬石上細看清。五位相公一脚一拳打脱下馬石。畀五位小姐曉得子，連忙報告母親聽。母親聽子火直竄，拿我小姐下馬石打得乾乾净，告訴小姐到後門去拿一把托風扇。朝前扇扇，扇到托風山，托風山丈二毛柴過頭甩。前面有蛇歎氣，後頭有虎翻身，一條百脚丈二長，看見蜘蛛好像隻大烏龜，牛虻有子麻雀大，蚊子還比牛虻大，馬飛子比蚊子大，蚊子叮個塊比湯糰大。三相靈公説哥哥、弟弟呀，伲五條性命要出鬆，丈二毛柴過頭甩，要人接人來看分明。看到東南頭上有個草棚子，草棚門前有個白髮老年人，老伯伯在拍潮烟。五位相公往東南頭上走過去，走到草棚子老伯伯門前頭。五位相公雙脚跽，問你老伯伯一個信，該裏到徽州有多少路程，到徽州要用黄楊算盤算一算，同萬千百路多程。老伯伯出便開言説，你們五位相公哪會到此地，來到此地有啥事情，該裏是荒山地，前有狼來後有虎。五位相公一是一、二是二，告訴老伯伯，伲相公京中考官回家轉，走到下馬石上火直竄。武官走過要下馬，文官走過要出轎，地保長走過要脱帽。五位相公走着下馬石，下馬石上細看清。畀伲五位一脚一拳打乾净，碰着五位小姐起壞心，拿一把托風扇，拿伲扇到托風山。老伯伯出便開言説，下馬石五位小姐就是我外甥囡。五位相公雙泡眼淚落胸膛，那麼伲五條性命要出大門。娘舅總歸幫外甥囡。老伯伯立起身來，攙起五位相公，你們聽我回到下馬石，説三句硬話。老伯伯送你們五件大寶貝，畀你們五粒定風珠，你們五位相公與小姐説，扇得動我伲五位相公不與你成親，扇勿動要成親事，大配大來小配小，同床同被同枕頭。

如果小姐聽見火直竄，相公還要笑眯眯。我老伯伯順手拿起回風扇，扇到你們下馬石，逢山過山逢水過水。

五位小姐全看見，五隻白馬又來哉。連忙通知畀母親，母親母親，五個採花大盜又來哉。母親起毒心，叫五位小姐後門頭扛一把楊木扇，扇到東洋大海，畀黄魚甲作點心。架好扇子就來扇，扇得五位相公眉毛勦動半毫分，五把扇子十個一道去。五位相公説，與你們大配大來小配小，同床同被同枕頭。小姐説肯定是娘舅個隻老猢猻。娘舅是順風耳朵千里眼，架起雲端祥雲留，今朝問你外甥囡你在罵啥人？你在下馬石，我在托風山。爲啥罵我老猢猻，娘舅作主做媒人，一定要大配大來小配小。你們大家一胞生來一起大，同月同日同時辰，喜酒馬上要辦起，大排御席酒，挂燈結彩鬧盈盈。三拜天三拜地，三拜家堂三拜灶君，四跽八拜結成親，夫妻雙雙來回門，蹲脱一佰廿天轉家門，弄好五頂花花轎，金轎過來銀轎坐，隨身丫頭隨身跟。相公擡起高頭馬，一路匆匆道道行，一路匆匆到蕭家。

爹爹望得相公眼睛酸，母親天天日日想相公，相公爲何還不回轉？梅香丫頭已看見，我伲五位相公開路喝道前頭行。五隻白馬後頭跟，後面還有五頂花花轎。我伲五位相公回家轉。母親看見五位相公五隻白馬回家轉。我伲五位相公五個出去十個轉，開開墻門接新人，鳴炮兩聲接新人。爹爹扶起五相公，母親扶起五小姐，六對夫妻進墻門。爹爹即便開言説，我伲要改子好日好時辰。大小官員齊請到，要挂燈結彩鬧盈盈。二拜天來二拜地，四跽八拜結成親，送入洞房回房門。窗盤格子糊糊緊，不要野風吹着伲五位來新人。一家團圓喜歡心。

唐陸相公販私鹽

通州府徐州縣，爹爹就叫金齊福，母親就是一品正夫人。爹爹不生得一個女，金齊福爹爹養子七個男官人。大官升上高宮殿，王村灣造殿二官人，三官急水花樓連，串橋門造造四官人，五個六個七個全是做官人，七官人陽官勿做做陰官。唐陸相公做客人，開起六六三十六隻私鹽船。金山灣約好十弟兄，十個弟兄全是好本領，私鹽船上個個全是十八廿二三歲小夥子。

頭趟私鹽回轉頭，就拿黃楊算盤算一算，三個金擔轉彎有零頭。賣脱私鹽調轉船頭就開船，路上行程無耽擱。到金山灣裝好子六六三十六隻私鹽船，裝好鹽來就開船。船行出南橋燒夜飯，一路行來一路吃老酒，劃拳吃酒鬧盈盈，大家吃得多開心。唐陸相公説今朝大家加把勁，架起雙櫓雙出跳來趕夜路。摇得隻私鹽船像騰龍，摇得隻私鹽船好像兩邊岸浪的白馬，船頭底下浪花抛，船艄底下好像龍起水。唐陸相公説個個弟兄全是呱呱叫，我唐陸相公拇指翹，私鹽船上獨出好後生，私鹽船上獨是好後生。全是磬磬哐哐前堂快五響，前面乾枯墩裏飛出野鷄攔船頭，櫓板水花裏跳白魚，當頭頂上還有老鴉叫，今朝肯定有報應，私鹽船難過覓渡橋。老鴉浜裏把船停，橋梢角裏有件破蓑衣，破蓑衣裏有黃楊照。黃楊照扳轉一檔，借子黃楊算一算，不丢黃楊倒也罷，看子黃楊連船連人一道送，今朝私鹽船一定難過覓渡橋。船上放好全堂快五響，加起雙鑼雙出跳，十七八歲蹲刺船頭，廿二三歲船艄蹲，馬上解纜摇出老鴉浜，加把勁往前冲。冲過覓渡橋，覓渡橋鹽刑部開出三隻大輪船，轟轟開三炮，嚇得唐陸相公無主意。機梢角上湖裏跳，一個没頭拱游子三里路，三個没頭拱游子九里路，唐陸相公爬上岸。望準麥田裏抄近跑，一步跨子三條麥輪溝，三步跨子九條溝，一脚就往家裏跑。

三位千金小姐在屋裏想爹爹，爲啥爹爹還不回家門？上趟生意六日就轉家門，該趟半月零六天爹爹還覅回家門。三位千金在場面上心思重，三位千金看見爹爹轉家門，迎接爹爹進書房坐，泡碗仙茶洇嘴唇。三位千金出便開言説，爹爹你哪裏弄得灰毛落脱勿像人。爹爹翹高鬍鬚氣昏昏，連歎三口黃胖氣。養着你們三位女千金，爹爹我心裏不開心。我養着你們三位女千金，該件事情嘸不翻身日。如果是三位男公子，該件事情一定好翻身。三位千金説爹爹説話勿要聽，伲也有一點小本事，你爹爹勿要勿相信，伲拿本事試畀你爹爹看一看。三位千金試本領，你拿槍奴拿鞭，三姐拿起九頭套，到後花園試畀你爹爹看。看試得水也潑不到身上，唐陸相公哈哈笑，個件事情好翻本。三位小姐女扮男裝着海青，姐妹三人解散辮子每人搿一條，頭上戴起烟氊帽，雙面料鞋子着上脚，腰裏着起大襴裙。三位小姐真正是好本領，衣袖管裏藏起三包繡花針。告訴爹爹伲要出門，一路匆匆道道行。

行來到子覓渡橋，小姐就拿書信寫。書信放在箭頭上，一令箭搠到鹽部。鹽部營接到書信看分明，問你私鹽船還不還？

還我鹽船平平過，不還我鹽船要與你天大官司打一場，槍刀頭上比輸贏。鹽部營派出百位兵將與三位小姐來拼命，鹽部營黄旗曳曳快退兵，鹽部營裏氣昏昏，百位兵將打不過三個人。鹽部營派出盾牌兵，再和三位來作戰。三位小姐怒火冲，衣袖管裏甩出繡花針，每隻繡花針有千斤重，打得盾牌兵頭破血淋淋。三位小姐冲上私鹽船，船上帶纜用子一條七十六斤的核桃鏈，小姐衹當它是草柴繩，鐵錨當它楊樹根，三十六隻私鹽船上的鐵鏈拿乾净。船左右拼拼緊，前後接接牢，撐開船頭就開船。三位小姐同用力，撑得船底下浪頭噴，船艄底下水湧起。大姐説摇斷櫓人頭，用脚趾頭做櫓人頭。二姐説摇斷櫓椎頭，就拿手臂接椎頭。三姐説摇斷櫓綁繩，就用青絲頭髮當櫓綁繩。轉眼就到徐州城，徐州城裏已斷鹽。三十六隻船靠碼頭，大家全浪等買鹽。大户人家買一斗，小户人家用碗號。一碗銅鈿一碗鹽，三十六船私鹽賣乾净，三十六船銅鈿裝得滿裏滿。馬上替爹爹母親剪壽衣，綾羅緞匹剪準備，剪好綾羅緞匹轉家門。爹爹母親惦記小姐還不回家轉，勝仗敗仗總要回，爲啥半月過去還不回家來。爹爹聽見河邊上有篙子聲，母親到後門去看分明，看見三位小姐回家門，爹爹心裏真開心，反着鞋子出大門。爹爹看見三十六隻私鹽船回家轉，問千金啊是三十六隻私鹽船回家轉？三位千金迎接爹爹母親，小姐説伲剌覓渡橋劫回私鹽船，徐州城裏賣乾净，三十六船銅鈿裝轉門。三位小姐拿壽衣、綾羅緞匹送到爹爹母親門前，雙膝跽剌爹娘面前説，祝爹爹母親活千歲。伲三位千金有光彩，爹爹接子三位千金到書房坐。爹爹説你們三位肯定有出息，爹爹到子京裏要講畀萬歲聽。爹爹馬上就拿文書寫，寫好文書就進京。萬歲拿到文書看分明，看到唐陸相公有三位千金女，百萬兵將三人頂，萬歲看得喜歡心。幫助國家重千金，小小女將做三位，做子女將來得勝，唐陸相公回家門。

劉王千歲分殿

松江府華亭縣青龍村隔界二鄉村，青龍村隔界陸大村，爺爺就是劉員外，爹爹劉一、劉二、劉三叔，包氏三娘是母親。劉王千歲生自啥月啥日啥時辰，正月十三楊公日，卯年卯月卯時辰，五卯併一卯。金盆滖浴銀盆過，一歲兩歲娘房大，三歲四歲離娘親，五歲六歲勿讀書來自聰明，滿肚文章碧波清。劉官官也有七七四九段仙園子，變化十三段使凡人。勿問造殿立莊園，上海吴淞口上造起高宫殿。吴淞高宫殿上烟火冷清清，就是上海鬧盈盈，還願燒香基本上全是上海人。劉王千歲一心還要立殿造莊門，小小砂船叫一隻，劉王千歲落坐船艙裏。上海城中穿城過，長十八來短十八過港行。泖湖過港行，瀫山口上把船停，劉王千歲上岸看分明，關公老爺勦當心。劉王千歲落坐船艙裏，嘉興城裏穿紗過，長虹橋照到面前存，鐵店港裏把船停，劉王千歲上岸看分明，關公老爺勿留心。劉王千歲落坐船艙裏，鐵店港三錢塘裏過港行，前面就是蓮泗蕩，蓮泗蕩裏有個野鷄墩，吩咐船叔把船停，劉王千歲上岸看分明。野鷄墩的一般香願順利順，望望前有照來後有靠，前後全有通船路。地方保長文疏寫，還無寫疏起頭人，立刻匆匆造莊門。蓮泗蕩野鷄墩上造起一隻高宫殿，排家燒香來還願。中天王與三劉王，酒肉山海吃勿完。

蓮泗蕩上人頭多，輪着清明走大會。三月初三正清明，清明放剌中心過。二月清明清明後，三月清明清明前。勿論清明兩頭分，前面大佛塑得勿稱心，再塑大佛顯原形。嘉興有二段沉香，就拿沉香做身段。東海洋人做眼睛，做子金肚腸來銀肚子，當中做子兩隻香龍庭，虎龍皮交椅坐金身。造起一隻高宫殿，兩根旗杆中青雲，兩條金龍前後蹲。造好金庫山墻跑，香庫落剌天井裏。輪着清明走大會，斷斷續續出社頭。嘉興盛澤、震澤、平望、八坼出子個嘉興大社頭，上海出子個江海社，太湖出子個老公門，上海出子個新公門，江北高郵出子個七煞社，蘇州出子個公興社。前前後後大小社頭萬千個，走子興隆來大會。參會的子孫連起紅衣犯人四人並排十三里，港裏路上不斷人。野鷄墩上造起高宫殿，排家燒香來還願，日夜香願不斷聲，酒肉山海吃不盡，就靠你劉王千歲活靈神。

太母分殿

鐵皮山上好一塊朝陽地，朝陽地上造起一隻高宫殿。七層寶塔冲青雲，前門對着新郭里，後門對着西跨塘。蠡墅好像肉墩頭，石湖好隻金面盆，行春橋像條玉扁擔。造起高宫殿，排家燒香來還願，日夜香願不斷聲，酒肉山海吃勿完。

南北四殿元帥分殿

徽州府皋甯縣蕭林莊蕭林村，爺爺叫蕭文顯，爹爹就叫蕭百萬，蓬氏娘娘是母親。五位官人啥時啥月啥時辰，五月端午午時辰，生下一胞五官人。金盆滵浴銀盆過，一歲二歲娘房大，三歲四歲離娘親，五歲六歲踏進書房門，七歲功書年十六，滿肚文章碧波清。五位相公也有七七四十九段仙園子，變化五段使凡人。先封家堂慢立廟，徽州府造起高宫殿。宫殿香烟清，高宫殿裏冷清清，一定出去尋一份，徽州府出門七天七夜遠路走。走到杭州西湖邊，看見西湖景處洛陽橋，洛陽橋啥人造？皇帝手裏有個蔡狀元。蔡狀元造西湖景處洛陽橋，西湖邊倒錨楊樹倒報青，幾處楊樹幾處青。西湖邊上乘向過，杭州城中有座望魚橋，望魚橋脚有隻小花船。小小花船叫一隻，五位官人落坐花艙裏，望魚橋下乘向過，工運橋下過港行，塘西照到面前存。塘西鎮上乘向過，嘉興城中穿心過，鐵店港長龍橋下過港行，平望八坼行程過，吴江長城照到面前存。吴江盛家厙裏穿港過，槁草蕩裏穿港行，石湖照到面前存，石湖裏行春橋來停船。五王上岸看分明，鐵皮山有七重寶塔冲青雲。五位相公上塔去，開開塔門看分明，看到洞庭西山多景處，五位相公下塔山。五位相公坐落花船裏，行春橋下過港行，茭白蕩裏穿船過，跨塘橋横向過，木瀆市鎮照到面前存。木瀆鎮上船隻多，金山石頭船，西山石頭船，斜橋口裏來軋斷。金山石頭船與西山石頭船，船上全是石梅子，罵山門來打相打。五位相公上斜橋，五位相公齊開口，聽伲五位三句真情話，不要心高氣傲來相罵，聽伲五位説，重石頭船一隻一隻撑上去，不要你争前，接牢船艄朝前行，空的石頭船一隻一隻退後去。斜橋口裏過港行，胥口照到面前存，胥口街上把船停。胥口街上有南廠基來北廠基，北面廠基灘邊有隻石頭船。五位相公説石頭船上客人讓伲乘船西山去，看見便船總是乘白船不出錢，今朝頂風逆水不好去。五位相公説伲出子銅鈿叫你船，石頭船的客人是貪財漢，聽見銅鈿就開船，一篙一篙撐出胥口港。五位相公説撐出外砂頭，豎好檣子篩好篷。石頭船上有人説，冲碰你五位相公，聰明面孔笨肚腸。逆風逆水怎篩篷，篷脚勾到船頭上。五位相公聽見火竄心口，與我胥湖裏面抛一錨。一隻鐵錨丟下湖，東北角裏指一指，西北角裏吸口氣，西南出北又向東，東北風吹得緊騰騰。石頭船上客人現在好，豎好檣子篩好篷，錨鏈鐵錨拿起來，五位相公躲刺船頭上。船頭面前的大山叫啥名？該個也是洞庭山。祇有一洞庭，哪有兩洞庭，東洞庭來西洞庭，吩咐老大船上客人要洞庭西山石人浜把船停。五王上岸看分明，洞庭西山多景處。洞庭西山看見蕭家燈籠紅又圓，照子龍燈夜看會。大官看見期龍山，二官看見墅裏灣，三官看見四龍山，四官看見七墩山，五官看見九空八空胡峰山，胡峰山好一塊朝陽地。那股香烟順裏順，立刻匆匆來造廟。

地方保長文書到，還無寫疏起頭人。石頭船上人算聰明，胥湖當中沉石船，船頭船艄沉乾凈。馮大、馮二躲刺檣子梢上叩頭拜，喊願不喊别個人，喊南莊五顯靈。石頭船船頭船艄浮起來，往胥湖邊撐上去，五千零四十八篙撐到胥口港。馮大、馮二胥口街上打擬單，打好擬單木瀆街上訂緣簿，訂好緣簿忙寫疏，斷斷續續寫金銀。大户人家三十、廿兩上緣簿，小户人家三錢五分添上賬，一筆寫好幾千人。陸墓窯上磚頭準備好，蘇州東匯路木頭撐兩排，香山匠人叫兩百，嘉興請好泥水匠，長沙葉山請好雕花匠。洞庭西山有三段來沉香，就拿沉香雕身段。東海洋人塑眼睛、金肚子、銀肚腸，造起三隻楠木亭。花裏心椽子刨卷心，四角方磚砌地平。高脚戲臺對大門，兩條旗杆冲青雲。封出一殿王爺到如今，前有照後有靠，居山伸出龍身腰，牛嘴彎彎像神龍。大湖一條通船路，日夜香願不斷聲，排家燒香來還願，萬代香爐脚靠你五王千歲三顯侯王活靈神。洞庭西山興起五隻高宫殿，日夜香願不斷聲，酒肉山海吃不盡，子孫也是你萬代香爐脚，人口太平賺黄金，五王千歲到今是活靈神。

五王千歲乘袂過，三相日出烏鵲嘴，哥哥、弟弟我與你祇有南嘸不北，北面也要興宫殿。小小花船叫一隻，長沙葉山水面汆，長沙葉山過港行。潭東河裏來船多，望不見潭東冲漫二山過港行。吩咐船老大，山洋港裏來停船。三相上岸看分明，進宅大王勫注意。三相落坐花艙裏，叉咀頭上過港行。五支港裏行得快，拖浪港裏來停船。三相上岸看分明，砂頭大王未留心。三相坐落花艙裏，栗子頭，下立咀上過港行。五塘港裏來停船，毛四大王勫留心。三相落坐花艙裏，白茆頭上過港行，望見軍嶂山頂上一塊烏雲起，小小花船難進犢山門。西南出北又回東，東北風吹得緊騰騰，吩咐行船大叔收緊篷脚，扳牢舵，小小花船一搶二搶三搶不上犢山門。看見南犢山、北犢山兩條通船路，砂庚門裏來穿過，前灣塘裏把船停。三相上岸看分明，前灣塘岸上好塊興隆地。個塊地方的保長是啥人，問信要問正信，不問大人問小人，小人全是真情話。該裏前灣地方保長是馮兒生，馮兒生剌啥地方？小人説子大人話，馮兒生爲人命官司關剌金關牢獄裏。馮兒生十場官司九場贏，一場官司秤砣落水沉到底，嘸不人可以救馮兒生。三顯侯王火一冲，提起一支羊毛筆，寫子一封書信。書信送進金關牢獄裏，金關牢獄接信看書信。書信見到徽州蕭家五官人，放出馮兒生官上再封官員做，不放馮兒生小小衙門立不直，叫你頭與肩胛一樣平。蕭家五官人叫你金關牢獄放出馮兒生，要號炮兩聲送出門。龍旗飄飄出衙門，兩個欽差隨身跟，送到家中欽差回衙門。馮兒生説該樣大的事情還有何人來保我，問子斫草小弟弟，啊知是啥人保出我馮兒生？小人説子大人話，就是徽州蕭家五官人，前灣上下到子新神道，叫你做寫疏起頭人。馮兒生徐巷街打擬單，榮巷街上買子紅緑紙頭訂緣簿，訂好緣簿忙寫疏，前後二灣寫金銀，斷斷續續寫金銀，一筆寫好幾千人。立刻匆匆造莊門，造得前有照後有靠。日夜香願不斷聲，排家燒香來回願，香客全是你萬代小子孫。

後灣賀喜大王來做戲，請你老北元帥去看戲。前四段後四段，前頭四段全看見，後面四段送你老北元帥回衙門。老北元帥轎杠上顯原形，三部轎杠咯聲能，生絲麻繩寸寸斷。馮兒生、李懷言兩個人，跽剌你老北元帥面前頭，跽剌拜叩頭多禮拜，黄楊高照拋得亂紛紛，是李懷言和馮兒生待你勿稱心，壓得轎子勿動身。問你老北元帥爲啥勿開心，生絲麻繩寸寸斷，男子調順女看戲，小人嘴裏重重話。該個是賀喜大王隔壁好塊興隆地，個班香願順裏順，叫你李懷言和馮兒生兩個人做寫疏起頭人，徐巷、榮巷、山南、山北一筆寫好幾千人。石埠底立刻匆匆造莊門，老窯頭磚頭齊準備，無錫徐行木頭撐兩排，山南、山北匠人請兩百，冲山請好雕花匠。榮巷街上有段沉香木，就拿沉香雕身段。東海洋人做眼睛，金肚子來銀肚腸，造起一隻香龍亭，老北元帥坐金身。花梨心椽子刨卷心，四角方磚砌地平。高脚戲臺對廟門，兩條旗杆冲青雲。封出二殿王爺到如今，大居山伸出龍身腰。居山咀彎彎像神龍，石埠底好像叉袋底。砂庚門一條通船路，日夜香願不斷聲，排家燒香來還願。老北元帥到李家顯原形，你李家不信我老北元帥，見網船上無魚影，信我老北元帥紅條白魚密層層，見網船上男子調順女和睦。連忙謝你老北元帥活靈神，生意興隆，人口太平，一路順風賺黄金，靠子你老北元帥，排家燒香鬧盈盈，酒肉山海吃勿盡。

新北元帥外河勿走走内河，進大扇出小扇。看見楓橋六里亭，清闢塘上過港行。望亭、新安行得快，無錫、通安橋、塘方裏過港行，江尖嘴上過港行，無錫北門王浮墩上來停船，水仙老爺勿留心。三相落坐花艙裏，醬油浜口行得快，無錫西門下過港行，水仙墩上穿紗過，鴨灘老鴉浜横向過，無錫白蕩過港行，大扇口照到面前存，吩咐船夫大扇口上把船停，三相上岸看分明，天妃宫主未留心。三相落坐花艙裏，五里湖裏行得快，吩咐行船大叔龍搶咀上把船停。三相上岸看分明，龍搶咀好塊朝陽地，個班香願順裏順，三顯侯王小小青龍變一條。柏老公公看花園，柏妹小姐游花園，柏妹小姐看見小小青龍遊花園，小小青龍舌頭伸伸嚇壞人，柏妹小姐跌倒剌地中心，畀柏老公公全曉得。你小小青龍嚇死人，柏妹小姐剌地中心，柏老公公説你條青龍是妖還是怪，柏妹小姐嘴裏重重説，不是妖來不是怪，龍搶咀上到子新神道，叫你柏老公公做寫疏起頭人。花園裏面打擬單，榮巷街上買子紅绿紙頭訂緣簿，前後二灣趕子寫金銀，徐巷、榮巷寫金銀，南犢山、北犢山寫金銀，砂庚、下七塘寫金銀，皮匠行、野廟灘寫金銀，大扇、小扇寫金銀，無錫城裏寫金銀，一筆寫好幾千人，立刻匆匆造莊門。無錫匠人請兩百，冲山請好雕花匠，大扇小扇請好泥水匠，老窯頭磚頭齊準備，無錫徐行木頭撑兩排。無錫有段沉香樹，就拿沉香雕身段。東海洋人做眼睛，金肚子來銀肚腸，花梨心椽子刨卷心。高脚戲臺並排蹲，兩條旗杆走青雲。望望前有照後有靠，五里湖好像硯槽。白水塘好像根金條，砂庚門好像杆毛筆。三山好做字筆架，大居山伸出龍身腰。元頭渚彎彎像神龍，小犢山好像夜明珠。中犢山好做定盤心，南犢山、北犢山兩條通船路。排家燒香來還願，香願日夜不斷聲，還願燒香鬧盈盈。各位子孫全提出，龍搶咀改叫廟山咀，封出二殿王爺到如今。廟山咀上有兩塊石皮，石皮上顯出字來大家看。廟山咀碼頭到如今，銀咀港滿個貢湖團團轉，轉到銀咀港，觀音堂裏同立殿。杉木和尚忙寫疏，一筆寫好幾千人，立刻匆匆造莊門，日日夜夜香烟不斷聲。排家燒香來還願，銀咀港人口太平，生意興隆，田稻豐收，田盛蠶美，條條路上賺黄金。各人肚裏全稱心，靠你三顯侯王活靈神。

王年地裏有個王伯采，看見銀咀港個樣好，心想我伲王年地裏地荒人稀，六畜勿順當。袋袋一勁碰着布，飯也吃勿飽，一勁吃點薄浪湯。王伯采轉念頭想辦法，發動小弟兄弄子兩隻大廠船。弟兄會弄船的船上去，勿會弄船的岸上走，像隊伍一樣水陸二行來到銀咀港，要請三顯侯王。日裏勿好請來夜裏好動手，請三顯侯王的船到銀咀港老虎口，要深黄昏好動手脚。到銀咀港兩路人馬來碰頭，船上人蹲剌船上不要動塲，岸上人半夜三更碰廟門，扛脱廟門進廟堂。杉木和尚嚇煞人，不知有子啥事情。杉木和尚鑽剌被頭裏不敢響，聲音大得無道成。就拿三顯侯王請動身，三顯侯王老虎口裏來下船，船上實在人頭多，撐的撐來摇個摇，一路來到槍膛港。三顯侯王槍膛港裏扛上岸，里沙咀上受香份。王伯采上山咀上立刻匆匆造廟門，造好廟堂人頭多，日夜香烟不斷聲，酒肉山海吃不盡，荒年地裏田稻多，人口太平賺黄金，百樣生意全順當，吃吃飯有老酒，老酒吃吃全是靠子中堂元帥活靈神。銀咀港上大勿靈，人頭脆，六畜死乾净，養蠶吃子桑葉嘸不繭，做做生意大虧本，畀范伯采全曉得。一個是有銅鈿，一個是有名氣，范伯采與王伯采打官司，你有名氣我有錢。銀咀港弟兄雙脚跳，問你杉木和尚爲何覅看好門。半夜三更打開廟門，偷子我伲三顯侯王，他們人多我一個，我不敢來動手，反而被他們拿我壓剌被頭下，等我奪出被頭洞點燈看看少子三顯侯王，現在聽人家講，三顯侯王剌里沙咀、上山咀造宫殿。杉木和尚要動手，但是一個人不敢去上山咀，無人幫忙無人弄，我一個人難擋四手。王伯采與范伯采，王伯采十塲官司九塲赢，一塲官司秤砣落水沉到底，三顯侯王空轉家門。范伯采做寫疏起頭人，觀音堂後頭造宫殿，造得日夜香烟不斷聲，排家燒香來還願。銀咀港田稻茂，人口太平，生意興隆全靠你三顯侯王活靈神。王伯采肚裏越想越勿開心，我十塲官司九塲赢，走來走去一勁浪動腦筋，要造隻宫殿讓大家有飯吃。里沙咀、上山咀要改名，竹葉山大號來起名，我王伯采做最初寫疏起頭人。王年地造宫門，竹葉山上造隻廟，三顯侯王提個名，叫你新中元帥活靈神。一支香願二處分，二處香願日夜勿斷聲，封你二殿王爺到如今，各位子孫靠你新中元帥活靈神。

劉三叔做客人招親

松江府華亭縣青龍村隔界兩鄉村，青龍村隔界陸度村，阿爹就是劉員外，爹爹是劉一、劉二、劉三叔，包氏三姐是母親。劉佛官出生是啥月啥日啥時辰，是正月十三楊公日，卯年卯月卯日卯時辰，是五卯併一卯。金盆潒浴銀盆過，一歲二歲娘房大，三歲四歲離娘親，五歲六歲勿讀書來自聰明，滿肚文章碧波清。官官也有七七四十九段仙園子，變化十三段使凡人。劉三叔從小就做客人，十六歲做客人，做到廿四歲，賅子九隻大客船，要到盛洋裝大青。告訴船上弟兄，每隻船上帶好五十斤米來一百斤柴，油鹽醬醋準備好。三叔說九隻船要一道行，路上大家有照應。路上行程無耽擱，一路匆匆到盛洋。盛洋米行碼頭來停船，米行裏賬房先生接客人，接進客人書房裏坐，泡碗香茶泅嘴唇。賬房先生問客人，你要買點啥貨色。三叔說我要買點小物事，要三樣貨色裝滿九隻船，要三船大青、三船芝麻、三船棉花後頭跟。米行裏老闆高興得無道成，叫賬房先生安排飯菜留客人。老闆、賬房先生招待劉客人，吃酒吃飯鬧盈盈。劉客人前面還有陸客人勒錢客人，要買格一點小物事。兩人嘴裏勿說心裏想，祇有拍拍馬屁喊喊人，啊會讓伲吃點小點心。賬房先生眼界高勿理人，陸客人搭錢客人肚皮餓勒勿高興，買好貨色就動身，盛洋街上吃點心。劉客人吃好點心就裝船，三船大青、三船芝麻、三船棉花裝得滿裏滿，老闆搭賬房先生拿客人送出門。劉三叔對九隻船上弟兄說，解脱纜繩撐開船。九隻船上弟兄一條心，路上行程快得無道成。

路上行程無耽擱，包家菱塘浜裏來停船。帶好纜繩穿好跳，三叔就往岸上去。走到包家大行場，包家裏去賣大青。包先生問劉三叔，貨色啊要進倉庫。三叔說三船棉花、三船大青進倉庫，三船芝麻船上賣。三叔自小就聰明，一路賣一路畚，亦當算盤亦當秤，分分厘厘細算清，賬目上是碧波清。包先生想着兒子不識字勒勿識秤，七個兒子全是田麥憃，祇有三小姐算算算盤做做賬。三八變廿三、八九運算元七十一，算來算去算勿清，零零散散丟乾净，賬目浪勿清爽，女人媽媽弄勿清，糊裏糊塗過光陰，自家倒是蠻稱心。包先生看三叔人品登樣人聰明，三八廿四、八九七十二，九十六兩雪花銀一筆清。問你三叔有幾春，我年紀輕輕十八春，出生是黃昏戌時辰。包先生肚裏轉念頭，搭伲小姐是同年同月同日同時辰。包先生問老夫人，伲小姐搭劉相公來配對成，問你夫人啊高興勒啊稱心。夫人説喊聲你老相公，我夜裏睏剌床浪一勁浪轉念頭，也要想問你老相公，今朝我肚裏有分寸，劉相公搭伲小姐配成親，包家裏面多香份，問你老相公是小姐出門還是相公來進門。老相公説小姐勿出門，劉相公要討進門，兩人雙雙蹲拉伲包家做子孫。包先生對三叔説你不要出去做客人，蹲拉伲包家裏做賬房，問你三叔啊稱心？我看你外頭吃辛吃苦做生意，三頓六水勿調匀，落雪落雨風裏蹲，身浪弄得勿乾净。三叔説要做生意，祇要隨身滚，勿管落雨風來吹，勿管肚皮餓勒吃點心，一心要做生意勒賺黄金。包先生勸三叔做賬房，弄弄筆勒做做賬，吃飽肚皮過一日，落勿着雨勒吹勿着風，身浪衣衫纖乾净，蹲拉伲包家裏賬房做，你阿高興勒阿稱心？三叔你是自家做剌自家吃，匣覅用伲包家半個小銅鈿，你小姐賬目浪勿清爽，另頭帶角全甩光。你搭我分分厘厘細算清，常年下來還有銅鈿多。我勸你劉相公，船浪貨色進倉庫。三叔説芝麻黄豆要賣乾净，三盤棉花進倉庫。包相公再三勸三叔覅出門，吃辛吃苦也是吃點飯，蹲剌屋裏安安頓頓也吃飯，再問三叔阿肯到伲包家來吃飯。招親要問爺搭娘，招駙馬我三叔勿同意勒勿稱心，我是劉家獨養子，我雙手摇摇是勿肯。包先生説你覅雙手摇勒不答應，轉去問問你爺娘，過脱三日畀回音。

三叔説再撑一趟生意回轉頭，裝子貨色來上行，回家再去問爺娘。三叔想想總關勿開心，劉家裏香火要斷乾净。包先生説你有子子孫就好抵香份，一份香火兩份點。第二趟生意回轉頭，三船大青、三船芝麻進倉庫，三船棉花船浪等，上好貨色。三叔回家轉，劉員外爹爹姆媽看見三叔回家轉，爹爹姆媽心裏纖開心。問三叔生意做得啥光景，還是賺勒還是虧，路上行船阿平穩，船浪弟兄搭你阿是一條心。我三叔生意做得很順當，纖稱心勒纖高興，九隻船浪弟兄搭我是一條心。爹爹姆媽蹲剌屋裏放寬心，我賺子黄金畀你爺娘開火倉。我一二趟轉來看看你們父母老大人，喊你爹爹姆媽兩三聲。今朝有件小事情，包家裏有個包三姐，搭我出生是同月同日同時辰，包家説要搭我三叔配婚姻，叫我三叔招駙馬。我想着爺娘老大人，我雙手摇摇勿答應。我決定勿出門，我出子門劉家裏香火要斷乾净。包相公叫我回家問爺娘，叫你爹爹姆媽拿主意。爹爹出便開言説，劉家落難苦鄉紳，還有啥人相信伲劉家裏的小孫子，有啥香火勿頂。包家裏去招駙馬配成親，我爹爹姆媽最開心。勿是伲爺娘嘸良心，勿是伲劉家裏起頭人，我交代你三叔兩三聲，兒子你要聽準。勿答應有回應，答應就是嘸回答。我搭你娘還要交代你三句真情話，伲的閑話你要記牢。三年女婿二年半，帶子家婆回家轉，劉家裏面有香份。

我叫你三叔回到包家裏去成親，包相公問三叔你父母阿同意，三叔勿開口勒勿回答，面孔紅紅點點頭。包家裏揀子好日好時辰，挂燈結彩鬧盈盈。二拜天勒二拜地，四跽八拜結成親。包家裏七個兒子吵吵鬧鬧不太平，七個兒子罵爺娘老糊塗，有子七個兒子還要招女婿，你爹爹浪熱大頭昏，今朝罵你隻老猢猻，爲啥七份家産八份分。三叔蹲剌包家裏弄弄算盤做做賬，全部賬目拿出來，叫你三叔算算清。賬目浪上下錯得無道成，包外公銅鈿錯脱無道成，老頭子白做子半世人。七個兒子嘴裏勿説心裏想，當初錯怪父母親，現在賬目細算清，銅鈿錯勿脱半毫分。七個弟兄全起勁，生意興隆賺黄金，勿要起早起勒摸黄昏，全靠三叔一個人，包家裏生意興隆鬧盈盈。

三年女婿二年半

劉三叔蹲勒包家裏做女婿，包外公看看三叔生意做得熱火朝天真開心。想想以前因婄銅鈿銀子算勿清，銅鈿錯脱無道成。如今不但分分厘厘算得清，店堂裏生意好得無道成，人來人往川流不息生意興隆賺黄金。包家裏七個弟兄風言風語閑話多，三叔蹲勒包家裏做生意倒蠻好。就是七份家産八份分勒大勿好，七個弟兄肚裏勿開心，冷言冷語勿斷聲。大吵三六九，小吵天天有。三叔肚裏勿開心，我起早摸黑忙煞人，生意做得鬧盈盈，七個弟兄不知足。老古話説得好，冷粥冷飯可以吃，冷言冷語難接受。三叔肚裏轉念頭，爺娘説格閑話記心裏，今朝頭要派用場。三年女婿二年半，夫妻總有夫妻情，帶子家婆回家轉，今朝伲夫妻兩個走出包家門，就勿是包家人。三叔帶子家婆走出包家門，一路匆匆回劉家，路上行程嘸耽誤。

青龍村照到面前存，三步併作兩步行走進子村勒往屋裏跑。看見爹爹媽媽抬頭喊，爹爹剌場面浪曬稻柴，姆媽浪門口頭曬太陽勒補衣裳，老頭子老太婆倆個人孤單單勒冷清清。想想三叔出門有年頭，爲啥還不回家轉。真是説着曹操曹操到，突然聽見有人喊父母。爹爹抬頭看分明，看見三叔帶子家小回家轉。真格是一個出去倆個轉，相公上前攙爹爹，小姐上前攙姆媽，老小倆對夫妻進墻門。花廳裏面坐停身，泡碗仙茶洇嘴唇。頭碗仙茶勿説起，第二碗仙茶細談論。三叔喊子爹爹喊姆媽，我蹲刺包家裏勿稱心來勿高興。我人刺曹營心在漢，日夜惦記父母親。包家裏吵吵鬧鬧勿像樣，劉家裏要勿得包家裏財産半毫分。三叔十八歲出門廿四歲轉，回到京裏去做官。屋裏甩子父母和夫人，夫人養個劉金寶。

劉金寶出生是啥月啥日啥時辰，是正月十三楊公日，卯年卯月卯日卯時辰，是五卯併一卯。有人説金寶福氣得勿得了，聰明得無道成。有人説金寶命中八字硬得無道成，勿剋爺勒定剋娘。金寶出生自帶刀，勿剋爺娘害終身。隔壁王婆説你家官官命中硬，叫三姐到後頭村浪去算個命，看看到底命中硬勿硬。包三姐想想王婆説話有道理，手裏生活放一放，轉身就往房裏去拿子點零用鈿。右手提起手巾包，左手攙牢劉金寶。娘倆個出門就往後頭村浪去，一路匆匆到渡村。渡村浪有個張先生，叫你先生排八字勒算個命。先生問官官出生啥時辰，三姐説正月十三楊公日，卯年卯月卯時辰。張先生五隻指頭掄一掄，先生説小姐你勿要動氣，官官命中硬得不得了，勿剋爺勒定剋娘，勿剋爺娘害終身。母親聽子勿開心，兩滴眼淚滾了滾，拿把銅鈿畀先生買茶吃，先生送出官官大墻門。

母親一路走一路哭，心裏想想勿開心。剋子爺我搭官官倆個人哪夯過光陰，剋子官官伲求子求孫一場空，劉家裏香願斷乾净。剋子我三姐亦罷哉，三叔還好討二夫人，官官還有母親叫，劉家裏香願勿脱空。三姐回到村上要進門，隔壁王婆來喊住，問你三姐啥原因，三姐掀起八角羅裙揩眼淚。王婆説你們官官三歲辰光喊個願，你們阿去還心願。三姐揩乾眼淚進墻門，推開房門進房門，拿子銅鈿燒點心，吃子點心再出門。買子大香大燭去還願，香燭大得手巾包勿没，衹好拿格個香燭攔腰捆。右手提起香燭包，左手攙牢劉金寶，到王靈官四將面前去還心願。娘搭兒子跽勒拜單浪叩頭多禮拜，三歲喊願六歲還。王靈官四將刺姆媽小肚皮浪踢一脚，踢翻姆媽的小肚子。姆媽拿把銅鈿畀看廟香管買茶吃，看廟香管送官官出大山門。

姆媽左手攙牢劉金寶一路走一路想，路浪感到有點肚皮痛。一路匆匆到家中，到子屋裏姆媽肚皮痛得不得了。肚皮痛勒勿開心，肚皮痛勒床上睏，肚皮痛得喊救命。官官自小就聰明，雙膝跽刺踏板上喊姆媽，姆媽你的肚皮勿要痛，我官官替你肚皮痛。官官哭得苦傷心，一路哭一邊説，姆媽你勿燒飯我嘸不吃。看看姆媽肚皮痛得人中吊勒耳朵竪、拳頭捏緊，兩隻眼睛頭爿遷。喊你姆媽你勿答應，脚踔踔手拍拍，姆媽你帶我官官一同行。你甩我官官一個人，爹爹剌京裏勿回家，往後的日脚叫我哪哼過？我出門勿曉得早晚，屋裏事情勿會做，吃飯勿曉得飢飽，睏覺不曉得順倒，別人看我像個木頭人，立剌地浪像棵松。人家吃飯我嘸飯吃，我像雨頭裏的一隻鳥，肚皮餓一場空。官官蹲剌姆媽房間裏拍手拍脚喊姆媽回陽轉，官官哭得苦傷心，地浪𤢺勒地浪滚，姆媽勿肯回陽轉。隔壁王婆來寄信，屋裏出子大事情，快叫三叔回家轉。三叔急奔奔回家轉，勿曉得屋裏出子啥事情。跑到屋裏看見官官地浪滚，三叔抱牢官官一個人。騙騙官官一個人，叫你官官勿要哭，死脱姆媽還有姆娘叫，我要討二夫人。三叔説話勿中聽，説你爹爹嘸良心，死脱姆媽要討回二夫人，三叔説子誇口話。大脚婆娘不稀奇，討個小脚婆娘畀你叫姆娘。官官自小生得能聰明，説三叔放你的屁來熱你昏。你爹爹搭我滚出門，爹爹安排好姆媽後事回京城。

晚娘手裏受盡苦

三叔回京城，蹲剌京裏想着屋裏甩子官官一個人。雖然托好人家來照管，一日兩日好商量，長年累月難説話。想來想去勿放心，决定馬上回家去。回到屋裏看見官官一個人真苦惱，叫人家照應總關勿來三。三叔肚裏轉念頭，還是托人做媒人，快點討還二夫人，屋裏小人有照應。官官是日日夜夜想母親，哭得眼睛像核桃來勿像人。三叔看看有點勿捨得，就叫隔壁王婆做媒人。王婆説後村有位朱小姐，畀你官官喊母親，三叔聽子高興得無道成。官官心裏勿答應勒勿開心，嘴裏衹好來答應。朱小姐有個朱金寶，劉家裏有個劉金寶，倆家人併子一家人。朱小姐倒是一個聰明人，就是凶得無道成。兄弟倆個倒蠻好，一道來勒一道去。兄弟倆個一條心，同臺吃飯同凳坐。三叔屋裏事情安排好，定定心心回京城。

朱小姐搭隔壁王婆兩個人搭子檔。朱小姐看見劉金寶總關勿入眼，王婆蹲剌旁邊瞎起勁，倆個人勿動好念頭。朱小姐叫劉金寶搭朱金寶倆個人去斫羊草，劉金寶不要半個時辰羊草斫子一大籮，朱金寶背子草籮弄孛相勒勿斫草。斫子羊草兄弟兩個回家轉，草籮丟剌羊窠裏。母親説朱金寶要吃飯浪大鑊裏，要吃菜浪小鑊裏。兄弟倆個走到灶屋間要吃飯，母親説要吃飯勒慢慢較，要先看羊草再吃飯。朱小姐走到羊窠頭，王婆蹲浪後頭跟，看見一隻空草簖。王婆是一邊拍馬屁一面管閑事，説朱金寶多少有青頭，一簖羊草斫得滿裏滿，罵劉金寶嘸娘大細磕煞冲，羊草勿肯斫，勿是孛相就是打相打，空簖出門空簖轉。朱小姐罵劉金寶你羊草勿斫勒闖窮禍，嘴裏罵勒手來打，背心浪拳頭像雨點。拳打脚踢勿留情，一脚一拳拿官踢到灶前頭。打得劉金寶兩隻眼睛頭爿裏遷，祇剩嘴裏一口氣。朱金寶弟弟覅看見大哥來吃飯，就問母親大哥到子哪裏去？母親説你大哥就是嘸青頭，吃飯辰光也勿曉得，祇曉得蹲剌外頭闖街頭勒弄孛相。弟弟馬上尋大哥，尋來尋去尋勿着。再問母親大哥到底到子哪裏去，你再敢勿説實話來欺騙我，倘若我去尋出來，大哥有點長和短，我要搭你勿太平，小小官司搭你打一場。朱小姐説畀我一脚一拳打悶勒灶前頭。弟弟急急奔奔跑到灶前頭，摸摸心口還浪跳，胸膛有點熱騰騰。朱金寶生得能聰明，埶隻凳子爬到灶山浪，拿塊老薑，切子薑片燒薑湯，吃子薑湯大哥醒。劉金寶覺着眼睛門前黑澄澄，看見弟弟手忙脚亂慌子神，看看自家滾剌地當中，嘴裏勿説心裏全明白。一定是晚娘浪起狠心，弟弟是來救我的命，弟弟個恩德記心裏。

三叔京城回家轉，朱小姐三叔門前來告狀。説格嘸娘大細磕煞冲，叫伊去斫羊草，空草簖出去空草簖轉。搭人家去篤屋脊，篤開人家顆郎頭。我祇好搭人家去包頭勒看毛病，專門出去打相打罵山門。還要去敲人家的大門，村浪鄉鄰尋上門。我還去打招呼賠不是，點香燭勒放高升。伊麼專門出去闖窮禍，我麼一劲去賠不是，個種日子我勿會過。三叔肚裏轉念頭，本來想討回二夫人，屋裏小人有照應。勿曉得自家兒子嘸青頭，娘格閑話勿肯聽。亂七八糟闖窮禍，屋裏弄得亂紛紛。三叔肚裏氣悶悶，旋轉身體回京城。朱小姐搭王婆又浪起黑心，十二月裏叫劉金寶去斫羊草。兄弟倆個背子草簖斫草去，寒冬臘月百草枯。兄弟倆個人，村前村後全兜到。劉金寶眼睛尖勒手脚快，斫子半簖草。朱金寶還是一隻空草簖，兄弟倆個回家轉。

十二月裏叫兄弟倆個去扤桑葉乾，朱金寶一張桑葉也覅扤着。劉金寶扤子一簖籃格桑葉乾，兄弟倆個回家轉。桑葉乾放剌羊窠頭，要吃飯浪大鑊裏，要吃菜浪小鑊裏，若要吃飯多容易，看子桑葉乾勒再吃飯。朱小姐走到羊窠頭，王婆跟到羊窠頭，王婆蹲剌邊浪出花戲。説格嘸娘大細磕煞冲，阿是出去闖窮禍。桑葉乾扤勿着，偷子人家的桑葉乾勒來騙飯吃。朱小姐聽子心裏火直竄，轉身走到灶屋間。勿問長勿問短，拳打脚踢勿留情，一脚一拳頭拿格劉金寶打煞浪灶前頭。朱金寶弟弟看看大哥人勿見，問你母親大哥到子哪裏去，你說出來搭你免太平，勿說出來我小性命拼你格老性命。朱小姐說你大哥偷子別人家的桑葉乾，我拿伊打煞浪灶前頭。朱金寶弟弟急匆匆跑到灶屋間，衹看見大哥滾浪地當中，喊喊大哥不答應。朱金寶手忙脚亂勿墊凳子爬到灶山浪，踏脱一塊灶面磚，拿着一塊老存薑，燒子薑湯大哥吃。一邊哭一邊說，大哥快點回陽轉。大哥牙齒已咬緊，朱金寶是個聰明人，拿子兩隻筷勒撬開牙齒灌薑湯。朱金寶弟弟說劉家裏三代祖先快點顯靈性，大哥回陽勿送小性命，劉家裏三代祖先一年到頭有羹飯吃。大哥吃着薑湯回陽轉，一邊哭一邊說，我覅去偷勒覅去搶，辛辛苦苦扒子一簍籃桑葉乾。勿說好倒亦罷了，還要說我偷子別人家的桑葉乾來騙爺娘。晚娘真是狠心腸，拿我一頓生活活拷煞。幸虧朱金寶弟弟來救命，救命之恩永記心。

炒熟黃豆做種

勿討晚娘倒也罷，討好晚娘官官是吃盡苦。晚娘凶是凶得無道成，一心要害脱官官一條命。隔壁王婆勿像人，專門勿動好腦筋，滿肚皮壞點子，經常刺朱小姐面前出花頭，叫朱小姐三升黃豆平半分，讓兄弟倆個去種黃豆。自家兒子朱金寶種個是生黃豆，還有一升半黃豆炒炒熟。劉金寶個嘸娘大細磕煞冲，讓伊熟的黃豆去做種。王婆告訴朱小姐覅得伊格黃豆勿出苗，新賬老賬一道算。炒熟的黃豆自古以來勿做種，晚娘任性扳錯頭，扳牢錯頭要拷煞伊。待等到明朝大清早，朱小姐拿生的黃豆畀朱金寶，熟的黃豆畀劉金寶，兄弟倆個各自拿子黃豆去種黃豆。弟弟肚裏碧波清，哥哥手裏拿的是熟黃豆，我自家拿的是生黃豆。姆媽一心要害哥哥，我要想方設法來救哥哥。前後看看嘸不人，哥哥手裏來換黃豆。勿曉得隔壁王婆偷看着，小姐面前去告狀。兄弟倆個喊回去，劉金寶一頓生活打得死過去。晚娘真是凶煞人，吃好早粥，晚娘再拿黃豆分。劉金寶拿的是熟黃豆，朱金寶弟弟拿格生黃豆，兄弟倆個去種黃豆。晚娘偷偷後頭跟，伊要親眼看見金寶種黃豆。

兄弟倆個一路走一路說，弟弟說大哥你拿格是熟黃豆，我拿的是生黃豆，現在我四面看看嘸不人，我搭你調一調勒換一換。

我格黄豆你去種，你的黄豆我來種。我種格黄豆勿出勿要緊，你種格黄豆勿出勿來仨。姆媽本來就浪尋機會扳錯頭，扳牢錯頭要敲煞你。官官是個聰明人，曉得晚娘勒拉後頭跟，對子四方唱個喏。謝謝弟弟一片心，姆媽之命嘸辦法。有命上梁山，嘸命衹好落海灘，揩揩乾眼淚種黄豆。大哥種的是上爿地，弟弟種的是下爿地。晚娘躲拉墳路框裏偷眼望，嘴裏勿説心裏想。你個嘸娘大細磕煞冲，該次總歸難活命。朱小姐得意洋洋回轉去，兄弟兩個種好黄豆回家去。官官日裏忙東忙西煞人，夜裏麼哭天哭地格哭母親。母親你死勒陰間阿曉得，官官蹲勒陽間吃盡苦。晚娘叫吾炒熟黄豆去做種，若要炒熟黄豆勿做種，要撥個晚娘拿吾活拷煞。土地公公急煞人，土地公公去奏本，太白金星下凡塵。喊子六六三十六隻白頭頸老鴉銜黄豆，上爿田地格黄豆銜到下爿地，下爿地格黄豆銜到上爿地，銜得隻隻老鴉嘴裏血淋淋。太白金星回天門，落子三日三夜毛毛雨，黄豆發芽兩片葉。再落三日三夜毛毛雨，豆苗出得密密層層。過子兩個號頭朱小姐想着要去看黄豆，勿看黄豆倒也罷，看子黄豆活氣煞。生格黄豆勿生根，炒熟黄豆出得密層層。朱小姐看子黄豆回到屋裏氣悶悶，搭隔壁王婆來商量。説劉家裏廂出着一個妖怪精，炒熟格黄豆麼倒做種，生格黄豆嘸不一粒黄豆來生根。勿趕脱個劉金寶，吾朱小姐蹲勒劉家裏廂難做人。

晚娘凶是凶得無道成，逼牢官官要斫滿三鎒羊草吃早飯，青草汎裏勿必説，枯草汎裏斫勿着。若要斫滿三鎒草，吾金寶衹好餓煞脱。晚娘拔出門閂拿格劉金寶打出門。劉金寶揩揩乾眼淚走出門，一路走一路哭，蹲拉村外團團轉。奇勿奇來巧勿巧，三叔一路匆匆回家轉，看見自家兒子哭天哭地哭母親，三叔攙牢兒子回家轉。官官對子爹爹喊三聲，對爹爹説吾倘若回家去要畀母親活拷煞。三叔説我搭你一道轉，有爹爹拉浪勿要緊。朱小姐看見三叔攙子劉金寶回家轉，兩隻眼睛衹好提白色。晚娘凶是凶得無道成，拿我官官勿當人。又是罵勒又是打，一日三頓勿調勻。有麼吃一頓，嘸麼餓一頓。官官一邊哭勒一路喊，官官浪喊母親，母親你刺陰間阿曉得吾刺陽間吃苦頭。你母親手裏我一日三頓排勿脱，中間還有點心吃。晚娘手裏一日三頓拳頭罷勿脱，三頓六水吃點薄浪湯。官官縱一脚勒哭一聲，喊你母親兩三聲。你母親拿我官官當個寶，春有春來夏有夏，穿紅着緑着勿完。春天着的是夾衣，夏天是夏布衫勒戴凉帽，冬天棉衣棉褲着棉鞋。頭浪戴隻烏老老，頭頸裏麼勿進風。三九裏三條絲棉被頭床浪放，翻轉皮衣過冬寒。官官縱一脚勒哭一聲，一路哭一邊説。喊你母親你阿聽見，晚娘凶是凶得無道成。

拿吾官官當作路邊草，吾春二三月嘸不衣裳着。頭浪帽子開花頂，身浪衣衫六條筋，脚浪鞋子嘸後跟。晚娘是格黑心人，伊千方百計要害煞吾。六月裏太陽頭裏逼牢我着個棉襖團，十二月裏三層夏布有兩層穿，夜裏三朵蘆花蓋蓋過寒冬。官官縱一脚勒哭一聲，你母親刺陰間阿有靈性？吾官官刺陽間裏吃苦頭，母親你快點帶吾官官一道去。官官越哭越傷心，手拍拍勒脚縱縱，連喊三聲親母親。你母親是鷄毛掃帚打我還嫌重，鷄毛掃帚搭我掃塳塵，你母親是好像拿我打一頓。晚娘凶是凶得嚇煞人，杉木門閂打吾還嫌輕，柏樹扁擔打得二半斷。母親手裏吾一日吃三頓，晚娘手裏拳打脚踢吾也是吃三頓，打得吾上身團青，下身拷得血淋淋。吾身浪嘸不一塊好皮膚，還要罵吾死娘大細磕煞冲。吾是餓格日脚多勒飽格辰光少，一日三頓水淘飯勒粥拌湯，餓得吾面黄肌瘦勿像人。幸好弟弟來照應，謝謝弟弟好心人，救命之恩記心裏。

望江橋浪拋落水

三叔浪回家轉，隔壁王婆刺朱小姐面前扇陰風勒點鬼火，拉風箱勒提風頭。朱小姐聽子王婆話，三叔面前來告狀。枕頭浪告狀狀狀靈，三叔聽子朱小姐告狀刺起横心。親爺晚娘是一條心，碰着八月十八大潮汛，拿個官官騙出門，要弄脱伊條小性命。三叔騙官官説後頭村頭浪猢猻出把戲，搭你一道去看戲。前村後巷全跑到，就是嘸不猢猻出把戲。就拿官官騙到望江橋，望江橋浪看潮頭，要拿你官官拋落水。晚娘還要起黑心，拿子條柏樹扁擔蹲刺下水頭。晚娘説你格嘸娘大細磕煞冲，等你氽過來，我一扁擔要打煞你。官官喊你爹爹兩三聲，你説叫我到後頭村浪去看戲，你拿我騙到望江橋，一定嘸不好事體。我要轉去着衣裳，三舅姆畀我格帽子鞋子我要着，姆媽做的袋袋我要着。三叔帶子官官回家去，鞋子、帽子、袋袋官官着身浪。三叔想想勿死心，再拿官官騙到望江橋。大潮汛潮水三丈三，小潮汛潮水二丈四。第三潮水最最大，潮水漲到三丈三，就拿官官拋落水。官官自小生得能聰明，自小生得手脚快得無道成。拉牢爹爹長衫角，問爹爹今朝你篤脱我，明朝你靠啥人？三叔説篤脱劉金寶還有朱金寶，今後就靠朱金寶。官官聽子爹爹説的糊塗話，放脱爹爹長衫角，一把抓牢橋樁死勿放。嚇得紅眼鰟鮍跳起來，紅眼鰟鮍拿個官官托起來。嚇得河伯水三官急急奔，河伯水三官來拉纖，逆風逆水官官離橋樁。陽人看水裏氽，陰人看見離水兩三寸，逆風逆水頂水上。晚娘蹲剌下水頭，還要罵嘸娘大細磕煞冲。別人家的小死人總是順風順水氽，伲個小死人逆風逆水頂水上。晚娘看得活氣煞，三叔晚娘回家去。

河伯水三官拉纖拉得滿頭大汗，拉過子六六三十六隻龍戲咀，七十二隻畚箕灣，逆風逆水滔滔行，行過灣頭一百零八隻，氽到包家菱塘浜。官官氽浪包家裏的踏垛頭，三舅姆淘米汏菜上踏垛看見踏垛浪氽得來一個小死人。三舅姆嘴裏勿說心裏想，一場官司齊頭過，第二場官司又來哉。三舅姆一邊看勒一邊想，看看想想頭浪帽子、脚浪鞋子，好像是我做，身浪的花袋袋好像是南莊三阿姨做。三舅姆說你阿是伲南莊親外甥，是伲南莊親外甥，搭我飯籮頭浪連翻三個身。勿是伲南莊親外甥，你氽出伲包家菱塘浜。官官嘴裏勿說，耳朵裏聽得碧波清，就在三舅姆飯籮邊浪撞三撞。三舅姆三魂嚇脱二魂半，篤脱飯籮轉身就往屋裏跑。三步併做兩步行，跑到屋裏上口氣勿接下口氣。三舅姆爹爹、爹爹喊三聲，勿好哉勿好哉。一樁官司齊頭過，第二場人命官司亦來哉。伲踏垛浪氽得來一個小浮屍，該個小浮屍好像伲南莊親外甥。三舅姆說小浮屍頭浪帽子、脚浪鞋子好像是我做，身浪着格花袋袋好像南莊三阿姨做。外公立起身，反拖鞋皮出墻門。三舅姆掉轉身勒後頭跟，外婆反着羅裙出後門。急匆匆往踏垛浪奔，三個人奔到踏垛浪來看分明。外公、外婆在踏垛浪拿個小浮屍來去看分明，越看越疑心。外公說針綫針脚要看道地，花袋袋阿是伲三囡做？花帽子、花鞋子阿是你媳婦做？三舅姆說看子針脚肯定是我做。外公說你個小死人勒小畜生，阿是伲南莊親外甥？是伲南莊親外甥，你搭我翻上三坊踏垛坊。勿是伲親外甥，你快點氽出菱塘浜。官官嘴裏勿說心裏全明白，骨碌碌個滾三滾，面朝天勒翻上三坊踏垛坊。外公抱牢親外甥，看看外甥面孔浪青泥苔積子兩三寸，外婆說到底是伲親外甥。三舅姆喊外甥快點回陽轉，外公抱子外甥就往屋裏奔。三步并做兩步奔，抱到屋裏放平身。外公叫七個兒子快點點香燭，求求劉家裏的親上代，讓伲外甥快點回陽轉。七個舅姆是忙碌碌。三舅姆手脚快得無道成，薑湯淴浴換衣裳。紅糖薑湯嘴裏灌，頭口薑湯勿覺着，第二口薑湯灌下肚，兩隻眼睛骨碌碌，第三口薑湯落肚喊出聲，外公接氣官官回陽轉。外公、外婆、娘舅、舅姆，救子官官一條命，外公外婆看見外甥回陽轉，心裏廂鑾開心。一家人在大講張，外公說肯定是小小外甥嘸青頭，一個人蹲刺個河灘頭弄孛相，一個勿留神滑刺河裏廂。好得佘到伲菱塘浜，佘到別場化去子，小小性命活勿成。讓伊蹲刺孛相兩日送轉去，勿送轉去三叔晚娘要急煞人。官官從小就是聰明人，外公、外婆、娘舅、舅姆喊三聲。外甥勿是嘸青頭弄孛相掉刺河裏廂，是親爺、晚娘一條心，拿我騙到望江橋浪看潮水。望江橋浪潮水大得無道成，親爺拿我拋落水，我是嘸不辦法祇好佘到外公家個菱塘浜。勿是我外甥嘸青頭，我今生今世勿上劉家門。晚娘凶是凶得無道成，若要叫我轉去，小小性命活勿成。外公說小小外甥你真格嘸青頭，你活是劉家格人，死是劉家個鬼。外公外婆曉是曉得晚娘朱小姐凶得無道成，村浪十家相罵到九止。外甥在晚娘手裏吃盡苦，娘舅舅姆聽外甥訴苦情，聽得有點呆惇惇。外公對子兒子媳婦說，該個種事情全是你們弄出來。你們說七份家産八份分，硬拿三姐趕出門。劉家裏得包家財産半毫分，過房兒子得一半，爲啥女婿隔河看。外公說兒子媳婦全刺裏，自肉總歸割勿深，外甥要吃閑空飯，你們七個娘舅啥人養外甥。外甥出便開言說，求你們七個娘舅留留我個窮外甥，讓我在娘舅屋裏冷粥冷飯吃一點。外甥先問大娘舅，外甥要吃閑空飯。大娘舅說自家爺娘養勿穿，哪有閑空飯畀你外甥吃。二娘舅說自家實在轉勿轉，娘舅外甥一樣窮。三娘舅說自家窮說勿出的苦，勿好說你外甥嘸不吃，外甥跟牢爹爹姆媽一道吃。外甥問你四娘舅，外甥要吃閑空飯。四娘舅說自家子孫多得養勿穿，五娘舅說臺浪貓咪養勿穿，六娘舅說自家窮得嘸不吃。七娘舅說包家裏的家當，劉家裏得不得，劉家包家勿通氣。三娘舅說外甥一定要吃閑空飯，磚頭瓦片也有翻身日，一定要領穿個窮外甥。

娘舅家蹲身

外甥拉外公屋裏長蹲身，外甥跟子外公一道吃。官官嘴裏勿說肚裏想，嘸毛嘸病勿孛相，要問外公討點小生活，做點小事情勿吃閑空飯。外公說小生活多得無道成，叫你外甥去斫草。羊草斫勿着麼勿要緊，晏得勁到外頭去弄孛相勒闖窮禍。外公買子新草鄧勒新大戟。官官看見子快活得無道成，肩胛浪背隻新草鄧，手裏拿把新大戟。走起路來一陣風，不要半個小時辰，三節羊草羊窠裏存。一日兩日過得快，十日半月官官身後跟子十個斫草小弟兄，十弟十兄蹲刺桑樹地裏蹕跟斗、搉虎跳，篤大戟勒弄孛相。十弟十兄一條心，十弟十兄勿上路，頂牢子官官罵山門，欺負官官是個外鄉人。官官從小生得能聰明，老遠望見有個白髮老年人，頭髮白得像雪墩，鬍子白得像人參，挑子換糖擔浪走過來。官官就拿大戟換糖吃，讓十個弟兄甜甜嘴。來得早不如來得巧，賣臭豆腐格老太太來經過。官官想一不做二不休，就拿草節換子臭豆腐。臭豆腐分剌十個弟兄當點心，十弟十兄吃得蠻開心。問你官官外公面前啥交代，官官説覅得你們勦來爲難我，外公前有辦法。十個弟兄回家去。官官睏到屋裏日頭八丈高，今朝回轉嘸日頭，到霧裏看見外公回頭喊，外甥今朝出門迷子路。走來走去路勿熟了個陌生，捉子一節羊草回家轉。剌塘岸浪一脚踏空跌跟斗，草節帶戟丟到塘河裏。等我爬起來看見草節氽浪河當中，我實在嘸不本事撩草節。衹好空子雙手回家轉，外公是個明亮人。説氽脱草蔀勿要緊，覅得小小外甥早點回家轉。

外甥孛相子兩日無勁頭，問你外公討點小生活。外公説屋裏有黃鵝嘸人看，要麼你去看黃鵝。外公叫外甥黃鵝千萬勦看到秧苗地，官官答應蠻高興。大清老早就起身，青竹頭拿一根。竹梢浪結把黃梅草，吃子早飯走到鵝棚頭。三十六隻黃鵝趕出棚，黃鵝前面走。官官蹲剌後頭跟，一路走一路看。隻隻黃鵝吃得頭伸伸，日頭八丈趕子黃鵝要回家轉。一六二六六六三十六隻黃鵝趕進棚，一日兩日勿覺着。三五十日過得快，黃鵝鵝毛全出齊。六十日黃鵝正好吃，官官想着子外公説格話。不知秧苗地有點啥正經，今朝要到秧苗地裏看分明。就把黃鵝看到秧苗地，吃得秧苗衹剩根。碰着十個斫草小弟兄，説你個無娘大細磕煞沖。官官説你們勦罵我嘸娘大細磕煞沖，拿子黃鵝畀你們當點心。頭搭翅膀還畀我，官官拿黃鵝翅膀、黃鵝頭。拔根青草結一結，結一隻勒抛一隻。三十六隻黃鵝變子三十六隻野黃鵝，官官説黃鵝黃鵝聽我三句真情話。等歇包公來，野格黃鵝前頭飛，家格黃鵝後頭跟，在外公頭上面還要側三側勒叫三聲。外甥喊子外公來看黃鵝，野黃鵝在前面飛，家黃鵝在後頭跟，蹲勒外公頭上側三側叫三聲。

外公肚裏氣悶悶，外公説飛脱黃鵝外甥你去看黃牛。外公、外甥走到牛棚裏，外公牽出一隻老黃牛。官官外公手裏接過看牛繩，牽子黃牛就動身。黃牛前頭走，官官後頭跟。外公千交待勒萬關照，黃牛勿要看到黃山前。官官一路走一路想，爲啥黃牛勿好看到黃山前？黃山前到底有點啥明堂？今朝要去看分明。就拿黃牛看到黃山前，奇勿奇勒巧勿巧。又是碰着十個斫草小弟兄，十弟十兄在躐跟頭勒擠虎跳。弄泥弄沙弄孛相，十個弟兄欺負官官苦出身。官官說勿要罵勒覅來欺負我，殺子黃牛畀你們當點心。官官真是大本事，殺牛剝皮勿要半個小時辰。牛肉分畀十個小弟兄，十弟十兄問官官外公面前啥交代？官官說嫚得頭搭尾巴還畀我，外公面前有交代。官官說子三句陰陽話，牛頭裝在黃山前，黃牛尾巴裝在黃山後，活氣活氣聽我三句真情話。明朝外公過來看分明，你要頭摇摇勒尾巴甩。耽耽擱擱回家去，到子屋裏外公喊三聲。外甥看牛看剩一條繩，格隻活氣鑽到子黃山裏。我蹲勒浪又是趕勒又是拉，弄子半日天。黃牛朆動半毫分，外公千萬覅動氣。勿是我外甥嘸青頭，是路勿熟勒地陌生。走錯路勒到子黃山前，外公肚裏轉念頭。黃牛鑽到黃山裏，總歸有點勿相信。外公不要勿相信，明朝搭你去看分明。外甥前頭引，外公後頭跟。走到黃山前，外公沿子黃山轉一圈。走到後山拉拉尾巴嘎嘎叫，走到前山看見黃牛頭。舌頭撩撩嚇煞人，外公說敗脫黃牛還有水牛看。

外公外甥回家去，外公叫外甥去看水牛。牛覅看到墳邊去，官官偏要看到墳地裏。牛燒路頭墳路框全踏光，看墳堂格老伯看見隻水牛踏脫墳路框。我該碗飯要吃勿成。吃勿成倒也罷了，要頭搭肩胛一樣平，罵你格嘸娘大細磕煞冲。你阿曉得墳裏啥何人，墳裏就是包家裏包三姐。你拿墳路框全踏光，包家裏曉得子要剝你的皮抽你筋。官官聽說挨個墳裏就是包三姐，雙膝落跽喊母親。你勒陰間阿曉得，我在陽間吃苦頭，我從小嘸不母親叫。喊你看墳堂格老伯伯，啥人叫你罵我嘸娘大細磕煞冲？你阿曉得墳裏的人是我個啥何人？我是墳裏包三姐格親兒子，包三姐就是我親生娘。今朝我要蹲勒墳浪做子爛泥菩薩喊母親，松樹毛搭子一個松毛棚。爛泥菩薩中間睏，天天日日喊母親。天浪龍風龍雨不留情，松毛棚全吹光。爛泥菩薩畀龍雨落烊脫，躲在墳浪一路哭勒喊母親。

土地公公得知情，哪裏來的小人哭得苦傷心。變化臺浪翻變化，變子一個白髮老年人。問你小弟弟爲啥事情哭得苦傷心？官官揩揩乾眼淚對老伯伯說我從小嘸不母親叫。做好爛泥菩薩叫母親，搊子松樹搭棚棚。爛泥母親放勒棚棚裏，日日夜夜母親叫。龍風吹脫松毛棚，龍雨冲脫爛泥母親，你說我阿是苦命人？我老伯伯來教你小弟弟，你要做爛泥母親叫母親，要挖下去三尺三寸挖着生泥。拿生爛泥做爛泥母親叫，該樣麼龍風龍雨吹勿壞勒沖勿脱。官官聽子老伯伯話就問看墳堂格老伯伯，借鋤頭來借鐵鎝。劉佛官真是一個苦命人，借得來的鋤頭鐵鎝嘸不齒來嘸不柄，借隻提桶嘸不鋬。官官從小就聰明，雙手捧子提桶去拷水，就拿地澆澆潮。捏牢子鋤頭鐵鎝掘爛泥，掘着一隻糊絲盒。盒子裏有大寶貝，有盔衣盔甲大龍袍。有無字三寶書，還有一把七星劍。劉佛官袋袋底朝天曬曬乾，劉佛官真聰明。拗兩朵松毛當蠟燭，拗根樹條當香用。放起香案叩頭多禮拜，無字天書顯字行。劉佛官逢着荒年苦出身，就拿香案來收脱。糊絲盒放勒胸前頭，拿轉去藏勒三娘舅後門頭格秧灰棚。看墳堂的老伯伯嚇得簌簌抖，我去罵伊嘸娘大細磕煞沖。該碗老飯吃勿成，畀包外公曉得子，要頭搭肩胛一樣平，要連皮帶骨一口吞，求你官官覅去告訴外公聽。官官説覅得你看好草棚裏格爛泥母親。我勿會去告訴外公聽，覅得我有出身日，一定來報答你老伯伯個看墳情。

包外公打糧船

包外公本來就是生意人，今朝要打隻糧船好裝萬斤糧。裝子糧米上東京，買好木頭買好樹。木排撐到包家菱塘浜，菱塘浜裏十樣事情齊準備。包外公東打聽西打聽，哪個匠人本事大勒有名聲。打格船要亦好行勒亦好摇，塊塊棚板浪要雕戲文。條條彎梁雕花紋，包外公打聽着張木匠勒李撚足，本事大得無道成。包外公尋上門去請子張木匠勒李撚足，冲山請子雕花匠，包外公拿匠人領到菱塘浜，問木頭雜料阿夠用？張木匠李撚足看看望望説，衹有多勒勿會少。包外公説開工阿要揀個好日脚？張木匠説揀日不如撞日好，阿要請格幾化幫忙人？戳剌邊浪格官官聽得碧波清，外甥對外公説兩個師傅把作打糧船，上南落北做小工，覅得我外甥一個人。就在空地浪拔木頭，兩個師傅七個娘舅齊動手。九個人生子繩勒拔一棵，官官一個人一棵木頭先拔好。第二趟木頭來轉頭，九個人拔兩棵。官官一個人拔兩棵，三棵木頭先拔好。拔到後來加把勁，生條繩勒兩棵木頭一同行。張木匠李撚足説伲九個大人勿及一個小弟弟。拔好子木頭要解木頭，解木頭要先架馬，七個娘舅架隻馬。綫勿準勒勿乘勢，官官一人駕隻馬，彈的綫筆筆直，倆個人解木頭好乘勢。張木匠對李撚足說，吃烟搭你輪番吃。官官上去拖鐧齒，一個時辰解兩棵。七個娘舅拖鐧齒，解格水頭像蚯蚓屎。解格解、刨格刨，放樣出料打糧船。官官杉木鑽二拉半，打個麻板二記半。七個娘舅拉鑽像牽什鑽，打個麻板像老蟲窠。張木匠李撚足手脚快得無道成，半個號頭一隻糧船打完成。該隻糧船打得正登樣，十人看子九人愛。官官高興得無道成，河灘頭還有兩棵大木頭。走來走去弄孛相，一脚踏忝跌開頭。外婆看見子嚇煞人，開子櫥門拿塊黃綢布。搭外甥來包頭，黃綢布包頭到如今。

外公對外甥說要吃饅頭灶屋等，等到饅頭出籠。三舅母拿個饅頭一掰兩，半個饅頭外甥吃。外甥就是勿要吃伸手一拍，半隻饅頭拍勒地當中，畀隻黃狗當點心。三舅姆罵官官嘸娘大細磕煞沖。官官肚裏勿開心，打船辰光做小工全是我。輪着糧船下水，大擺御席酒。吃饅頭吃酒我嘸不份，官官肚裏勿高興。拿子個破棉胎，三艙裏厢放一放。走到船邊頭，說子三句陰陽話。木龍地龍聽清爽，船頭底下打好三個回輪撐。船艄底下生好三條回輪繩，等娘舅外公來船下水。叫隻糧船勿動身，夾港的盤車嘸用場。反叫糧船朝上縮，官官回到三艙裏去睏覺。外公拿子金鑼敲起來，村上弟兄夾港盤車齊用力糧船勿動身。張木匠李撚足說，大家一道要齊用力。第二記金鑼敲起來，糧船生根勿動身。外公說金鑼響你們不同心勿用力，吃酒辰光捧牢酒壺勿肯放。糧船下水勿用力，村浪弟兄勿高興勒勿稱心。外公拿金鑼交剌張木匠，張木匠金鑼敲起來。村浪弟兄夾港盤車，七個娘舅齊用力。生絲麻繩寸寸斷，糧船倒退兩三尺。外公跌到洋溝裏，娘舅跌倒地浪四脚朝天，像駝子跌跟斗兩頭翹，外公說阿是木匠來做魘禱？張木匠李撚足說，伲糧船打子千萬隻，從來勿做厭禱來弄孛相。外公說糧船哪哼會倒退兩三尺。張木匠說做魘禱全是你親外甥，吃酒辰光齣看見你親外甥，今朝爲啥勿看見來拔糧船？外公嘴裏勿說心裏想，小小外甥勿是神便是妖，今朝糧船下水我哪哼會忘記親外甥。娘舅外公尋外甥，前村後巷尋勿着。外公尋到灶屋間，問三舅姆官官到子哪裏去。三舅姆說，我畀伊吃半個饅頭伊勦吃，拿饅頭丟勒地浪畀子狗當點心，我拿伊趕出門。外公到外甥房裏看一看，外甥睏覺格破棉胎勿見子。外公肚裏急煞人，急匆匆回到船旁邊來聽。聽見三艙裏有人打呼嚕，外公到船浪開開三艙平樘板。看見外甥睏浪船艙裏，外甥外甥你爲啥勿稱心。蹲剌船艙裏壓得糧船勿動身，我外甥稱稱嘸不三十斤。揉揉嘸不巴斗大，哪哼會壓得糧船勿動身。外公拿外甥剌三艙裏攙出來，今朝外甥爲啥勿高興。喊聲你親外公，做雜匠全是我。吃肉飯嘸不我，三舅姆一個饅頭勿肯撥我吃。半個饅頭我覅吃，我拿饅頭拍勒地當中，畀勒黄狗當點心，外甥肚裏氣悶悶。窮苦的小人勿是人，還要罵我嘸娘大細磕煞冲。糧船下水多容易，曼得外甥一個人。要重蒸饅頭再發糕，馬上備起御席酒，酒水我要一人吃。外公一口來答應。

三舅姆動手做饅頭，三畝田稻柴全燒光。鑊子裏熱氣嘸不一點點，官官說三舅姆衹要嘴勒勿賅手。快點走出灶屋間，官官縈子三個草柴團。第一個草團塞到灶膛門，鑊子裏面湍邊滚。第二個草團塞到灶膛門，滿屋蒸氣不見人。第三個草團塞到灶膛門，饅頭發得滿靈靈。官官叫外公酒臺浪放十二副盅筷，官官糊絲盒裏拿出七星劍。船頭浪劃兩劃，船艄底下指一指。喊一聲木龍水龍大家來吃酒，吃多饅頭平半分。等到聽見外公金鑼響，糧船下水要速速快。吃好酒水，外公右手攙牢親外甥。左手裏金鑼拿一面，張木匠立勒罾前面。李撚足立勒罾後面，外甥蹲浪船艄浪。官官對外公説隔河盤車要拿脱，村浪弟兄讓開兩三丈。別人家拔船全蹲勒船邊上，官官蹲勒帆潭上。聽見外公金鑼響，官官小面指頭指一指。糧船下水速速快，前村後巷村浪弟兄全來看熱鬧。眼睛一眨老哺鷄變鴨，糧船下水到子菱塘浜河裏。官官開心得無道成，蹲拉船頭浪蹥跟斗勒搐虎跳。村浪弟兄隔壁鄰居，親親着眷全浪講新船。男女老少齊稱赞，大家説到底還是劉將軍本事大。

揭皇榜

當今萬歲十年皇糧九年空，三年大水勿留情。穹窿山没剩一個頂，没得陽山像個鑊蓋襠。陽山頂浪捉鰟鮍，穹窿山脚下摸螺螄。烟囪管裏釣黄鱔，桑樹地裏張絲網。床底下裹魚，灶膛裏摸出塘裏魚。三年水灾過脱子，三年乾旱又來臨。乾得東洋大海起塳塵，西太湖裏爬青草。東太湖裏滚銅板，北太湖裏挑野菜勒放鴿子。三年乾旱過脱，三年蝗蟲又來哉。頭頂浪蝗蟲飛得像滿天烏雲不見天，蝗蟲飛到蒿草裏。好棵蒿草衹剩管，蝗蟲飛到秧苗地，吃脱秧苗勿生根，大户衹好吃薄粥，小户人家吃點湯，吾皇萬歲急煞人。吃脱秧苗哪哼辦，哪有皇糧交東京？勿除蝗蟲要餓煞人，萬歲提起龍筆發皇榜。斷斷續續貼皇榜，皇榜浪寫得碧波清。白衣人趕脱蝗蟲，小小官員做一個，覅做官員千兩黃金萬兩銀。和尚道士趕脱子蝗蟲窠，陰衙門改做陽衙門，小小官員做一個。農民趕脱蝗蟲窠，十年皇糧交完成。做官人趕脱蝗蟲巢，官上加官官員做。皇榜下面拖一筆，啥人揭脱皇榜，蝗蟲趕勿脱，頭要搭肩胛一樣平。

糧船浪什樣事情準備好，船要開到松江府。外公叫官官蹲勒屋裏陪外婆，七個娘舅搭我船浪去。官官嘴裏勿説肚裏想，娘舅、外公糧船進城去。勿畀我一道去，我衹好刺屋裏陪外婆。官官説子三句陰陽話，今朝小小外甥要與你娘舅外公弄孛相。看隻糧船行到哪裏去，七個娘舅一夜行到平天亮，早上看看還是勒浪菱塘浜。七個娘舅活氣煞，白辛苦子一夜天。外公嘴裏勿説肚裏想，小小外甥勿是神麼便是仙。又是個小赤佬搭伲浪弄春秋，外公搭七個兒子快點停船。帶好纜繩，沉香跳板穿上岸。外公急匆匆往屋裏去喊外甥，喊外甥一道船浪去。官官快活得無道成，跟子外公往船浪去。蹲勒船頭浪東看看勒西望望，外公外公喊三聲。外公和娘舅晏得坐拉船艙裏看戲文，行船就晏吾外甥一個人。官官解脱纜繩抽脱跳，撐開船頭上東京。官塘浪廂滔滔行，路浪行程無耽擱。官官望見前面烏黑沉沉，不知前面阿是松江城？外公外公喊三聲，叫外公走出船艙看一看勒望一望。烏沉沉來黑沉沉，前面就是松江城。外公對外甥説前頭橋堍邊浪櫓前岸邊來停船，錨好鐵錨帶好纜，沉香跳板抽上岸，外公説外甥你蹲拉船浪看船我要到米行裏去走一趟。官官肚裏轉念頭，松江城裏還覅來過歇。覅説孛相格兩三天，城裏城外總關要轉一圈。

蹲刺船頭浪，東望望勒西看看。望見松江城市梢頭有槐樹，樹脚下人頭多。官官拿船浪另散東西歸歸好，靠攏岸上往人堆裏去軋鬧猛。盤槐樹脚下人頭多得外三層來裏三層，官官生得矮小看勿見。盤槐樹浪有點啥正經，往裏軋一軋。看見盤槐樹浪皇榜貼，皇榜浪金漆字寫得碧波清，啥人敢揭脱皇榜，趕脱蝗蟲有官做。皇榜下面拖一筆，揭脱皇榜蝗蟲趕勿脱，要頭搭肩胛一樣平。官官想着刺母娘放香案辰光，無字天書顯原形。官官膽子大得無道成，揭脱皇榜袋袋裏囥。倆個欽差看得碧波清，看你人勿大勒膽倒大。欽差上前拉拉扯扯要拉官官去見萬歲，官官説勿要拉不要扯。前頭領路見萬歲，就拿官官帶進京。

欽差萬歲面前稟，哪哼長勒哪哼短。萬歲有點勿相信，小人會揭皇榜。萬歲問你個小人能大膽？你趕脱蝗蟲有官做，趕勿脱蝗蟲抽你格筋勒扒你格皮。官官對萬歲説，你要與我搭將臺，十丈見方十丈高，搭好將臺趕蝗蟲。若要蝗蟲趕乾净，外差要南莊村浪跑一趟。萬歲看格小人滑頭滑腦要逃脱身，派子欽差隨身跟。外公娘舅看見外甥揭皇榜，揭脱皇榜有罪名。外公娘舅急煞人，回到船浪就開船。劉家裏闖禍要害伲包家裏，外公對七個兒子説，有飯堂格去尋飯堂，嘸飯堂格去做和尚。告訴七個媳婦，有娘家個回娘家。嘸娘家個削髮做尼姑，伲老頭子老太婆勿要緊。

劉佛官路浪行程無耽誤，一路匆匆回家轉。前門碰碰勿答應，後門推推嘸不人。一走到灶屋間，看看還是嘸不人。劉佛官肚裏急煞人，用力掮脱灶屋門。走到前頭墻門口，看見外公外婆嚇得籟籟抖。外甥還要拿外公外婆尋開心，説外公你浪篩砻糠。外公肚裏火直冒，今朝罵你個小畜生。劉家裏闖禍害伲包家裏，劉佛官叫子外公。欽差書房裏坐，泡碗香茶洇嘴唇。官官對外公説一人做事一人當，殺人頂罪劉家當，劉家裏闖禍勿會害你們包家裏。問你外公，娘舅舅姆到子哪裏去？快點喊娘舅舅姆回家轉。娘舅舅姆回家轉，馬上辦起御席酒。一家團圓鬧盈盈，若要好、大做小，娘舅搭外甥來斟酒。若要娘舅請外甥，黄瓜落地生，包家裏安排好。劉佛官到三娘舅後門頭，秧灰棚裏拿子糊絲盒勒回東京。

除蝗蟲受皇封

劉佛官一路匆匆回京城，倆個欽差後頭跟。回京路浪揚歌小人勿熟悉，路浪行程無耽誤。三日三夜路程趕，一路順風到京城。欽差回宫交待清，皇帝問將臺阿搭好？旗牌官説將臺已搭好，十丈見方十丈高。劉佛官從小就會鯉魚踔勒鯉魚跳，一踔一跳上將臺。跳到將臺浪捉蝗蟲，先拿香案擺一擺。擺好香案要趕蝗蟲，官官蹲剌將臺浪，東南西北望一望，説子三句陰陽話。糊絲盒裏無字天書拿出來，翻一翻勒看一看，天書浪顯得碧波清。盔衣盔甲身上着，七星寶劍手裏存。七星寶劍畫三畫勒指一指，三架龍風併一架，三架龍雨併一架。矇瞷娘娘齊出動，東南角浪轟隆隆。西南角浪黑沉沉，東北角浪烏雲翻。三陣龍風并一陣，三洩龍雨併一洩。吹得萬年大樹連根起，千年大樹着天飛。破房子浪磚頭瓦爿飛得賽過燕子刺浪捉蜻蜓，劉佛官立得高勒看得碧波清。吹得蝗蟲着地滾，蝗蟲打到沙灘浪。大船小船裝蝗蟲，大小官員全看見。劉佛官自小生得能聰明，七星寶劍手裏存。撩三撩勒劃三劃，撩牢十八隻大蝗蟲，袖子管裏放一放，就拿蝗蟲解東京。玉皇大帝生怕天下蝗蟲趕勿盡，六月初三鵝毛大雪來歷到如今。

劉佛官拿天下蝗蟲趕乾净，大小官員接將軍。君皇萬歲也來看劉將軍，大家全説朆看見劉將軍。君皇萬歲搭大小官員接子劉將軍回進宮，君皇萬歲坐金殿。劉佛官雙膝跽在萬歲門前頭，萬歲萬歲天下蝗蟲趕乾净。萬歲説蝗蟲勿是你趕脱，是天浪的龍風龍雨來趕脱。官官嘴裏勿説肚裏想，還好我留一手。劉佛官對萬歲説你勿要不相信，我身邊還有十八隻大蝗蟲。每隻蝗蟲有四兩，四隻蝗蟲共一斤。萬歲説死格蝗蟲勿算數，要活格蝗蟲好作證。劉佛官説子三句陰陽話，袖子管裏放出十八隻大蝗蟲。十八隻蝗蟲刺金鑾殿浪飛來飛去嚇煞人，蝗蟲飛到走廊上，牙得廊柱像胡蜂窩，蝗蟲飛到萬歲龍袍浪，龍袍牙乾净，牙得裏面海青浪全是胡蜂洞。蝗蟲飛到肩胛浪，牙得肩胛血淋淋。蝗蟲飛到萬歲紗帽浪，紗帽浪金花全牙光。萬歲看得嚇煞人，大小官員齊聲説，萬歲萬歲快點開金口。萬歲喊劉佛官快點拿蝗蟲來捉牢伊，劉佛官法術大得無道成。七星寶劍搪一搪，十八隻蝗蟲賽過鷂子斷綫躚跟斗。萬歲想該個小人大本領，天下蝗蟲全趕脱。封你劉佛官人官員做，萬歲説你位小人好大膽。劉將軍説，萬歲萬歲觀音雖小坐蓮臺，四大金剛雖大衹好看山門。萬歲説你位小人好大膽勒好回答。劉將軍説梔子花開泛滿堂香，荷花開泛嘸不香。萬歲説你位小人好回答勒好聰明。劉將軍説玉蘭花開泛瓣瓣香，牡丹花開泛衹有看相嘸不香。燈籠雖大衹好照照亮，秤坨雖小壓千斤。萬歲説你趕脱蝗蟲，救苦救難救百姓。皇糧到東京，你的功勞大得無道成，封你劉佛官劉王千歲。劉王千歲問萬歲，我蹲拉啥場化？萬歲説你就蹲拉我身邊，做我的作主人。

湖北造反勿太平，萬歲叫劉王千歲要出兵。征脱東勒西勿平，征脱西勒東勿平，劉王千歲跟子來回奔。看見前面旗浪也是劉將軍，你也是劉家人。我也是劉家人，姓劉總是自家人。搭你路浪問個信，看見大家全喊劉將軍。問你劉將軍哪縣哪處哪出生，我是松江府勒華亭縣。青龍村隔界二鄉村，青龍村隔界陸度村。爹爹是劉一、劉二、劉三叔，包氏三姐是母親。問你劉將軍是哪出生？我是松江二鄉村。阿爹就叫劉員外，爹爹就叫劉三叔。朱氏小姐是母親，我叫你親弟弟。你叫我親哥哥，兄弟兩個刺征東征西路浪來碰頭。征東征西路浪一同行，搭起一個草棚子。姓劉本是一家人，立根旗杆旗接旗。孛相三日再出兵，路浪又碰着個將軍也姓劉。問你劉將軍是啥何人？報出名字同鄉同村同父親。兄弟三個同住一個草棚子，兄弟三個征東征西是一條心。征東征西保太平，征脱東勒東太平，征脱西勒西太平，兄弟三個回衙門。兄弟三人見萬歲，君皇萬歲我伲兄弟三個，征東征西全太平，告訴你萬歲一個真名實姓啥何人。劉金寶勒朱金寶，還有一個三弟弟。當今萬歲看見三位將軍回京城，征東征西全太平，高興得無道成，萬歲肚裏轉念頭，封你們三位啥何官？陽間做官六十年，陰間做官萬萬年。萬歲拿定主意，天浪地浪麽一道封，君皇萬歲開金口。劉金寶官浪再封官員做，封你上天王。朱金寶官浪再封官員做，封你中天王。三弟弟封你三劉王，上天王勒中天王，還有三劉王歷代相傳到如今。小人勿是無心贊，拿你劉王千歲揚歌唱得亂紛紛，小人實在是揚歌路浪勿熟悉。請四位老師大人面前添好話勒討個情，贊錯揚歌覅作數。

東嶽大帝

今朝學生搭子和歌人，一道來贊靈神。學生是勿曉得你東嶽菩薩揚歌有幾段，我嘸不本事拿你東嶽菩薩揚歌連通贊。衹好拼拼凑凑贊兩聲表心意，贊錯揚歌勿作數。觀今宜看古，無古勿成今。一塔兩山虎山橋，橋通南北路。川流東西崦，舊景隨波去。新貌逐浪添，寶塔造刺黿山頂。虎山浪造起高宫殿，宫殿前面有深不可測格獨石井。還有一隻擅勝閣，五間正殿軒昂雄偉。靈霄寶殿金字輝煌照四方，殿前壁柱浪金漆大字碧波清。掌人間善惡之權，專天下生死之柄，一副對聯威猛又醒目。先有東嶽廟，再有虎山橋。虎山頂浪造起高宫殿，四大金剛、王靈官將軍看山門，東嶽大帝靈霄寶殿坐金身。歷盡滄桑，幾經周折，幾經修補，吐故納新。千年古廟换新裝，旗杆冲天保平安。三角龍旗迎風飄，四處八路的善男信女齊集拉虎山廟場上。燒香叩頭多禮拜，朝拜東嶽大帝活靈神。

虎山浪燒香點燭鬧盈盈，蠟臺浪蠟燭點得紅彤彤。天庫裏錢糧錫箔解得滿靈靈，排家燒香來還願，家家全是子孫滿堂萬元戶。爹爹就是金員外，金員外爹爹母親勿生多男女，就生兩個男官人。大官名叫金蟬氏，二官名叫金虹氏。金虹氏就是虎山浪小金老大人，金蟬氏就是東嶽大帝活靈神，是執掌人間賞罰和生死大事的泰山神，亦稱東嶽齊天聖帝。泰山是峻極之地，是人與天相通的神地。東嶽身佩通陽印，是統領百神。爲陰冥衆鬼之主帥，東嶽是東方之神。執掌主生主死及人世貴賤之權，權勢威猛又顯赫。古代帝王登基必到泰山封禪，祭告天下。祈禱驅邪福來臨。列代帝王對東嶽有敕封。東漢明帝封東嶽爲泰山格元帥，唐玄宗封東嶽爲天齊王，宋真宗封東嶽爲天齊仁聖帝，元世祖封東嶽爲天齊大生仁皇帝。凡人百姓稱東嶽大帝活靈神，逢着初一又月半，人山人海燒香來還願，酬謝東嶽大帝活靈神。靠你東嶽大帝活靈神，四方平安八方穩，人口太平生意好，各行各業賺黃金。

東嶽大帝出生就是三月廿八天揀黃道吉日，古人勿見今朝月，今月曾經照古人，論着生日走廟會。大香大燭點得密層層，供檯上犖素小菜，水果點心、燒酒、黃酒齊端正，我伲公興社子孫是誠心誠意，敲鑼打鼓待你東嶽大帝活靈神，求太平保平安。千年香願傳今朝，善男信女一年一度自發民間走廟會。參會的善男信女來自四面八方，慶祝一個發自内心的盛大節日。來自四處八路的社、隊是共同托起子流傳數百年的走廟會，人頭多得無道成。外三層裏三層，虎山浪挂燈結彩鬧盈盈。肅靜回避，抬神轎。衝鋒旗開道鑼，開路喝道前頭行。微服出訪，察民情解民意。走大街穿小巷，有求必應順民心。國泰民安四海甯五穀豐登民安泰，大神是高高興興回衙門。臂鑼臂香，一路敲一路行。掮旗打傘，龍旗龍傘密層層。調龍燈、打腰鼓、舞獅子，躚跟斗勒搳虎跳。鑼鼓敲得震天響，光福鎮浪真鬧猛。大街小巷男女老少，成群結隊。人山人海看廟會，祈禱身體健康保平安。光福鎮上鬧盈盈，管理人員忙碌碌。走會隊伍各顯神通到虎山，山門口連心高升不斷聲。人山人海接神轎，神轎裏大人虎山浪坐金身。金身坐得穩穩能，四方平安全安穩。參會隊伍上山來，朝拜東嶽大帝活靈神。善男信女祈禱身體健康保平安，四處八路的善男信女滿懷喜悅回家去。

秦漢以前傳祭祀，人天相通神異靈。祖先創造神文化，也是祈禱求平安。炎黃子孫接祖傳，不要驕傲欺世俗。齋神獻供傳統立，焚香點燭正人光。凡民百姓求東嶽，風調雨順穀豐登。國泰民安四海甯，世界和平盛旺興。東方神佑百姓民，世代祭祀世代興。子子孫孫代代興，今日祭祀民平安。靠你東嶽菩薩活靈神，風光民福傳萬年。公興社子孫也是你萬代香爐脚，靠你東嶽菩薩活靈神。人口太平賺黃金，魚肉山海吃勿盡。學生贊揚歌勿是勿誠心，實在是揚歌路上勿熟悉。四位老師啊，東嶽菩薩揚歌贊得亂紛紛。你要搭我剌大神面前説好話勒討個情，贊錯揚歌勿作數。

家廟五夫人

家住鐵川並鐵縣，雲永莊上長生身。父親就叫雲百萬，母親是一品正夫人。生下女兒人五個，鐵扇公主取爲名。一週二歲娘懷抱，三歲四歲便聰明。年交五六平平過，七歲送入繡房門。讀書寫字文章好，做出文章無比能。年紀正交十六春，文又高來武又强。先學王公六道法，後學李公六道文。玉環聖母逛春景，滿山遊玩樂心情。踩到上方山脚下，華光五聖也到山上看分明。玉環聖母將言説，你們五人哪裏人到哪處去。五位相公[illegible]聽準，山頭上遊玩去孛相相。此山是我傳家寶，哪有野人到此存。你個山頭無人走，衹走獸不走人。玉環聖母聽得心頭怒，弄得心頭火直噴。你隻徽州毛賊鬼，自下山去早行程，如若半句不肯走，你老娘出手不留情。五位相公將言説，你該個妖婆不講禮儀情，看你有多大本事趕走伲，伲今朝一定不動身。玉環聖母心焦躁，寶劍出鞘握手中，我若好言將你勸。快快搭我滚下山，你若不聽我的話，我老娘手中寶劍不認人。玉環雙劍來到相公門前頭。一場混戰比輸贏，玉環到後力不足，五位相公笑盈盈。玉環聖母心頭火，將玉環拋至九霄雲。五位相公來看見，寶貝來子吃一驚。五相唸起飛黃石，把玉環打得粉粉碎。玉環聖母寶貝無用場，衹好敗進自家門，回進房中哀哀哭，失了玉環大事情。

五位相公哈哈笑，來到山下聽風聲。姐妹五人來到母親房中去，看見母親嘮叨哭不停，姐妹五人上前問。便問母親爲何因，母親如此都説出。徽州府來子五個强横人，把我山頭來偷看。畫我圖賣錢文，就花山脚下來交戰。母親玉環打得粉粉碎，女兒嚇生你五個男與娘好做報仇人。養你們五個多姣女，衹好香房學繡針。母親放心來休養，女兒與他去交鋒。姐妹五人來商議，結束上馬行，五人跨上頭馬，各帶鐵扇手中扇，在路行程來得快，山脚下就在面前存。五位相公哈哈笑，來子五個小丫頭，長是長來大是大，配我你五人美端正。姐妹五人來聽到，口罵無恥不爲人，你想老娘做你的妻，是否西天出太陽。你要叫我下山去，衹是兄弟不肯來動身，兄弟五人姐妹五人來交戰。殺得天昏地不明，姐妹五人哪裏是對手。敗下陣去起身逃，姐妹五人對子相公衹一看。各將鐵扇手中舒，對子相公連扇三扇花風動。無影無蹤扇十萬八千程，扇到一座叫茅山。脚頭立定剌山中心，東南西北看勿清。山上苟芒無道成，兄弟五人面對面來發愁。哪能回轉家門做報仇人，五位相公立起身來走一走，看一看。看看路上嚇殺人，衹聽得東北角上蛇吐舌。西北角上側反身，看見百脚有扁擔大，小的百脚也有三尺高，大個蜘蛛有巴牛大，看見田鷄有七八斤，長的茅草透過頭，短的茅草齊胸口，走來走去走勿通。嘸不人家去問信，走到山脚上有個茅草棚。五位相公去問信，詢問老丈此地是何方？老丈裝聾作啞不作聲，公公啊此地是何地方？啥州啥縣啥鄉村？公公説詢問相公家住何方地，你們到此爲何因？公公啊家住微州婺甯縣蕭家莊上長生身。騰龍學法回家轉，路過姑蘇花錦城。來到上方山上來遊玩，碰着一個她説玉環院君稱。我要到山上來遊玩，他不許進山鬧事情。來到山頭來動武，把玉環打得碎粉粉。後來來子五個多姣女，與娘要做報仇人。説子句句空白話，她們各有鐵扇手中拿。我們飄蕩到此間，此地到姑蘇有多少路途程。多謝公公行方便，指明方向回到姑蘇城。此到姑蘇旱路少來水路多，你今來子八千程，定風大仙將言説。你們一定要回程，五位姣女是我外甥女，玉環是我姐妹稱。你們五人姻緣份，此去一定要完婚，媒人是我娘舅做。大配大來小配小，你們五人扎好五條龍，送你們回到上方山脚下存。我贈你定風珠一粒，囥剌身邊來傍身，你們駕龍先回去。我隨即就到來，你們到山下等一等。

姐妹五人一定要同力來殺人，兄弟五人頃刻到上方山石湖面前存。按落雲頭到山脚，五位相公坐定身。姐妹五人前來到，你們個些茅賊無恥人。你該個毛賊不認死，又要到此送死身。五位相公眼睛睜一睜，對子五位姐姐妹妹們。你扇得動五人毫毛動，我伲五人一世搭你倒馬桶。你若扇不得五人毫毛動，你衹好做伲妻子回伲家。大配大來小配小，一對一對結成婚。姐妹五人心頭火，各將鐵扇手中扇。對準相公連扇幾十扇，毫毛不動半毫分。扇得百年大樹連根拔，十年小樹着天飛。定風大仙前來到，外甥女兒聽事因。五位相公是上界財福星，個位蕭家求子孫。一胞生下五個人，指明與你結成婚。請你母親前來到，娘舅與你做媒翁。不多一刻前來到，廳堂上面講分明，就請媒翁來上坐，挂燈結彩鬧盈盈。送入洞房多熱鬧，一門和氣值千金。如此五人歸蕭府，萬古流傳到如今。今日漁民完神願，中艙裏面待大神。還願之後人口好生意巧，一年四季節節高步步好。四季生意頭艙做，舟船風水慶太平。東進財來西進寶，日進斗金有草原。保佑香夥機器一響黄金到，日日夜夜賺鈔票。千年好來萬年好，年年月月日日夜夜永保平安。夫妻和睦常常好，百年到老永健康。老個好來小個好，中年人如龍最好。

馬公

南歌贊也爪兩聲，揚歌稱赞馬通靈。家住太倉城一座，遠城十裏馬家村。爹爹就叫馬百萬，櫻花堂前稱夫人。爹爹手裏當糧長，十年糧長你爲正。糧長理老不服氣，被人告發去充軍。馬家一百零八口，單剩娘兒兩個人。馬公當時年紀小，親娘改嫁祝家門。馬公祇得投靠姑娘家，對了姑娘作個揖。姑娘還是甚分明，看見來人身襤褸。仝子官人進子門，藍布海青換一件，堂上去見姑父大人身，對子姑父作個揖，全然不睬半毫分。説道賣瓜頭裏不來尋親眷，瓜敗空船認啥親？姑娘見夫句句話，想來不是養人場。收拾盤纏並路費，打發馬公别處行。馬公思量無擺佈，到巷觀寺院去存身。結拜師父楊和尚，學子拳法緊防身。先打散花並蓋頂，後打五龍之轉身。六門兜底牽一轉，馬公拳法果然靈。馬公學得拳法好，到晚爺手裏要錢文。晚爺見説無擺佈，三言兩語哄官人。欠子工錢無畀還，拿塊田回去抵錢銀。門前水荒田三畝，我今與你去耕耘。大旱之年三尺水，水大年歲丈二深。寒種荸薺夏種藕，秋九八月種紅菱。

馬公種菱種得俱完備，一心要去採紅菱。千二銅鈿買隻船，千三銅鈿買家什。摇一櫓出嘰嘎聲，船頭拍開二三寸，馬公要去採紅菱。今朝燒飯明朝吃，明朝一早要採紅菱。第一擔紅菱八十斤，挑上肩胛覺得輕。進子盤門穿城走，穿城一路出閶門。

頭一擔紅菱穿城賣，一路轉彎有餘零。抚朵鮮花頭上插，口唱山歌轉回程。第二擔紅菱百十斤，挑上肩胛嘰嘎聲。進子盤門急急穿城奔，穿城一路出閶門。覓渡橋上歇扁擔，宋六相公廟內問靈神。抓把紅菱案桌上，先通香貫後通名。此擔紅菱穿城好賣穿城賣，穿城不好落鄉村。馬公老太來抛筶，一副四隻各處分。宋六相公細評論，我們三位傷官缺一位。你今年老獨爲尊，一片跳到高梁上，一片立剌地中心。馬公見筶不明白，收子紅菱就動身，走出廟門不滿三步路。烏鴉頭上叫三聲，馬公老太懊惱處，說破大吉念三聲，除子殺頭並死罪。

並無大事可驚人，出子廟門急急奔。碰着七個紹興人，勿問紅菱哪哼賣。搶子銅籃衹管吞，吃個吃來囥個囥，銅籃扯得碎粉粉。會吃個人扒皮吃，不會吃的連皮吃。馬公弄得無主意，馬公弄得氣悶悶，衹好到談家酒店吃點心。爛糊蹄膀切一隻，三年陳酒十來斤。吃酒好像龍起水，衹聽喉嚨唧咕聲。談家娘子不說起，前來衝撞相公身。祖宗三代開酒店，勿曾看見過餓老鴉。馬公老太親聽見，長凳檯子全翻身。吃你酒來回你錢，爲何說我餓老鴉。談家老闆將話講，勿要銅鈿請出門。馬公老太聽說心歡喜，得意洋洋走出門。三滚扁擔拿在手，要將武藝行一行。覓渡橋上觀占看，紹興人還去吃紅菱。第一個紹興人叫阿根，打得頭皮蓋脚跟。第二個紹興人叫阿多，打得頭皮蓋耳朵。第三個紹興人叫阿精，打得頭皮蓋眼睛。三個打到橋下去，四個橋上做亡靈。地方百姓全不服，口口聲聲捉强人。仔細思想無主意，腰間扯斷串頭繩。地方百姓貪財漢，衹搶銅鈿不捉人。搶完銅鈿喊捉人，馬公老太細評論。自小學得伏水性，不如伏水轉家門。對子橋下衹一跳，宋相花船到來監。逃入宋相官艙內，宋六相公細評論。三位傷官缺一位，你個年老獨爲正。馬公如此多有名，萬古傳流到如今。